一个医生的人文

郎景和◎著

长江出版传媒 湖北科学技术出版社

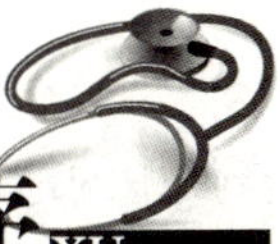

序 XU

这是近年我写的有关医学人文的论述及讲演的辑集。

一个很大的推动力是读了伟大的医学教育家威·廉奥斯勒的《生活之路》，他早已预言：现代医学实践的弊端是，历史洞察的贫乏，科学与人文的断裂，以及技术进步与人道主义的疏离。令人震撼的是，100 年过去了，这三大难题不仅没有解决，而是愈演愈烈！这将严重影响医学的发展、医生的成长和医疗的改革。

近 100 年，特别是近 20 年，医学科学技术有了长足的进步，这无疑推动了临床诊治的发展。但突现的问题也接踵而至，如技术至上、人道主义缺乏，医生心智的板结、医患矛盾，以及卫生经济诸多问题。其症结于何？其出路在哪？恐怕都涉及医学的本源和医疗的使命，都涉及如何认识和理解医学、医疗和医生，无论是从医者抑或就医者，无论是公众抑或社会。

因此，我们必须深刻地思考、沉重地移步于医学的人学本源、人文观念和人性化实践。我们都迫切地需要一场人文的再教育。我们都是受教育者，哲学、人文学和病人是我们的老师。

我曾说，医学史不应只是技术发展史，更是艺术和精神追求史。科学技术如果没有人文精神，甚至可能是破坏力！它是双刃剑，可以是天使，也可以是魔鬼。科技发展有时会像脱缰之马而远离方向，况且科技的认知有限，甚至常常出现偏颇与谬误……

所以，我们的科技发展，特别是我们的医学，必须确定人类在自然中的地位，特别是医学的核心对象是人的观念之极端重要性。

于是阐发、讨论和实施医学的人文精神、人文理念、人性实践就是一个根本性命题。

在医疗实践和医学研究中，医生和研究者的学识、经验和才能固然是非常重要的，但一个人的品德、修养、理念更为重要。所谓才、知、德三足鼎立，而以德为主柱。我们也特别强调哲学理念、思维方法是临床诊治决策的基础，是科学研究设计的导引。所以，我也花了很多笔墨撰写这其中的体会和感悟。

可以认为《一个医生的人文》是我“一个医生”系列的一部分，已经出版的有《一个医生的哲学》(1998年，3版3次印刷)、《一个医生的非医学辞典》(2013年)、《一个医生的序言》(2014年)、《一个医生的故事》(2015年)。这部“人文”实际是以《外科解剖刀就是剑》(2009年)和《医道》(2012年)两部书著为主，又收录了2013—2015年间人文论述的辑集。

感谢湖北科学技术出版社陈兰平编审等的劳苦，他们认真细致负责的工作精神亦令人感动。

感谢众多的同事同道及读者朋友们！

郎景和

2015年春

目 录 MULU

第一部分　春和景明，波澜不惊

第二部分　医生，请去看病人

第三部分　秋天，丰收的季节

第四部分　守 望 医 魂

第一部分　春和景明，波澜不惊

从外科医生的角度去看，医者必须经历三个境界：得艺，拥有娴熟的手法将手术完成；得气，在得艺的基础上对医学知识融会贯通，熟中生巧；得道，将事物的本质看得非常清楚，即使遇到一种没见过的病，也能够举一反三，登堂入室，从而达到更高的造诣。

从医之道[①]

2011年11月3日上午我接受中国工程院院士遴选的终审答辩，做了15分钟报告，又用15分钟回答6位院士的提问。都是非常好、非常深入的问题，自觉临场发挥和表现还不错。最后是秦伯益院士发问，他是军事医学科学院老院长、将军，是位令人尊敬的长者。除了对我工作的评价之外，他又特别强调医学人文的重要性，并希望我在这方面多做些工作。我深受教益，十分感动，并说，我正想编撰一部这样的书……

这显然是郑重的承诺！回来后，我不敢怠慢地抓紧这本书的编写和整理，得以付梓出版。

评上院士后，医院始终保持低调，这是协和的传统，没有任何“活动”，我亦觉得自然，依然喜欢大家亲切地叫我郎大夫。

圣诞节，学生们要聚会一下。我和夫人华大夫及70多位我的博士、博士后学生欢聚一堂，气氛热烈。我给大家的礼物是完全

①本文系作者2012年为《医道》所作后记。《医道》，作者本人著书，出版于2012年。

由我个人编著的十几部专业书和手书的两帧条幅，被两位最年轻的学生抽奖而得。一幅写的是泰戈尔的诗：神期待人在智慧中重新获得童年；另一幅是临床工作的三条基线——心地善良，心路清晰，心灵平静。都是我喜欢的，又愿意与同道、同学们一起努力践行的佳句。

并不想把这个聚会与当院士联系起来，事先也和主持聚会的、他们的大师兄张震宇教授打了招呼。酒酣耳熟之后同学们还是让我讲讲，也不能太扫大家的兴，况且都是自家人。于是，做了如下的即兴发言，补记如下。可以作为一个感想和表态：

当然是高兴的。

但确切的形容，应该是如释重负。因为妇产科学界十余年没有院士，我作为主委、会长、总编辑，有责任。无论是谁，妇产科大夫应该有一位。此外，更为沉重的是，妇产科学界只有过两位院士，均出自北京协和医院妇产科：一位是林巧稚大夫（1955年），系中国科学院院士（当时叫学部委员）；另一位是宋鸿钊大夫，1994年中国工程院首批院士。而我做妇产科主任近20年矣。这便是压力，是推动力！

我亦曾经想放弃，觉得作为妇产科大夫能到现在这样，似乎也可以了。但是，不能，不允许。如何告慰先人，面对同仁呢！

当然是荣誉。

但荣誉属于协和，属于妇产科，属于前辈、师长、同事和学生们。已故的林大夫、宋大夫前面已经说过，还有吴葆祯大夫，尚在的葛秦生大夫、连利娟大夫、孙念怙大夫，其实，他们都应该当院士。至于我，只是代表而已。我是站在巨人的肩膀上啊！

记得有一首歌，歌词大抵如此，不甚确切，索性做了些改动：

大路通向远方，

江河流入海洋。

白云依恋蓝天，

禾苗扎根土壤。

我拿什么奉献给你——

协和、妇产科、老师、同事和朋友们？

唯有努力与勤劳！

最后，我也要特别感谢我的夫人华大夫和儿女们，他们给予我支撑和力量，还有智慧。

在我完成这部书的编著之后，似乎聊以自慰，其实这只是个人征途中的驿站，又要开始一个新的里程。

“可以从其果实来判断一棵树”（英·威格里夫），读者可以品评这部书，以判断我的思想与工作。看耕耘，也看收获。

日前，美国斯坦福大学的朋友来访，送我一条印有他们学校标志的领带，其图案中醒目的是拿着病历的医生和听诊器，这让我欣喜和感触颇深。“医生应该重新拿起听诊器……”这意味着我们要走到病人床边去，不能让病人入院就是躺在冰冷的检查治疗的“流水线”上，他们应该得到温暖与关爱。

医患关系之紧张令人担忧，医疗是关乎社会与人的道德、健康的保证与底线呀，大家都应该来维护它。古希腊医圣希波克拉底早就有言：医术三要素——疾病、病人和医生。病人必须和医生一道来对付疾病。

医患之间不应有矛盾和对立，我们共同的敌人是疾病。所以，我希望非医学工作的公众也不妨看看这部书，理解医学、医疗和医生。期望它不是医书，胜似医书。

感谢袁钟社长和吴桂梅编辑给予的支持和帮助。袁社长本人就是医学人文学家，我们的交流有益而愉快。

正值春天，文思亦如春意不尽……

加强人文修养，建立和谐医疗①

我愿以本文作为新年献辞，并与同道们共勉。

当我们欣喜若狂地仰望神舟六号将航天员送上太空翱翔的时候，又禁不住低头沉思于我们所从事的医学。

医学不是纯科学，他只是人类情感或人性的一种表达。因此，他总是在其他科学的前拉后推下“爬行”。医学的发展、医生的技能远远滞后于疾病的发生和发展，医疗服务也常常得不到满足和欣悦。对不可解释的“人类价值”的意蕴，使得医生从“纯粹的”科学家的队伍中分离出来，并成为永远的落伍者，于是，“医生的价值”及对医生的“敬意”受到了挑战和动摇。

医学的特点是研究人类自身，而人类自身的未知数最多。况且，他不可以随便拆卸、随心取材，或者进行这样那样的试验。生命是神圣的，医学的宗旨恰恰是维护生命。

医学或医疗的突出特点，一是局限性，二是风险性。医学的局限性缘于认知的相对性和片面性，科学并不是“什么都知道”，科学只知道一部分，“包治百病”肯定是谎言。正如美国哲学家

①原载于《中华妇产科杂志》2006 年 1 月第 41 卷第 1 期。

Richard 所说，“真理不过是我们关于什么是真的共识，我们关于什么是真的共识不过是一种社会和历史状态，而并非科学和客观的准确性”。因此，对医学而言，未能认知，或认知不确、不全是难免的。我们对疾病的诊治也往往不能完全到位，所谓医疗并不总意味着治愈某种疾病，多数情况下意味着关怀、体恤和减轻病人的痛苦。作为医生，作为病人或亲人都应该知道，医疗只是“有时是治愈，常常是帮助，却总是慰藉”（sometime to cure，often to help，always to console）。于是，医生的注意力要集中到患病人的体验上，而不仅仅集中到疾病的过程本身。如是，我们的医疗思想、服务思想就一定会好得多。

医学，特别是临床医学（尤其是妇产科）有很大的风险性，其包括诊断风险（可有创伤、有贻误）、用药风险（毒副作用）、手术风险（麻醉、出血、损伤、感染）等。不少情况下是由于病情复杂、医者对其认识不足、技术受阻，甚至意外。当然，医生个人的素质、技术、责任心以及医疗单位的总体水平、条件与管理也起重要作用，甚至是关键作用。因此，我们应极端热忱、极端负责任，时刻如临深渊、如履薄冰。

所以，在当今社会经济、文化、卫生体制发生重大变化，医疗环境、医患关系出现新情况、新问题的情势下，医生在更好地钻研业务、提高技术、改善服务态度的同时，也应更加学习人文思想，树立哲学理念，建立和谐医疗。

哲学是分析问题的智慧和方法，是“价值的守望者”。人们总是在信奉和实行某种哲学，是自觉的抑或不自觉的，是适宜的抑或不适宜的。医学的哲学内涵在于其兼具自然科学和社会科学两种性质，特别是现今的生物—心理—社会医学模式的建立。医生要将科学与人文交融，使我们有完备的知识基础、优秀的思想品质、有效的工作方法、和谐的相互关系以及健康的身心状态，才能很好地完成医生神圣而艰难的使命。

医生的人文修养和哲学理念包括如何看待病人，如何看待自己及如何处理自己和病人的关系。它包括医生的品格和作风，不仅是技术能力，还有人格魅力。诊断治疗的正确与错误，或者恰当与偏颇，涉及责任心、技术水平、临床经验、思维方法等，而思维能力和方法便是哲学。譬如，一个完美的手术，决策占75%，技巧占25%，决策就是思维、判断和设计，哲学便是其元素或渊薮。我国古代政治家、思想家说，做事要“通天理、近人情、达国法”。“天理”者，乃是自然规律、疾病发生和发展过程；“人情”者，指人的思想、意识、情感、意愿；“国法”者，即诊治原则、规范、技术路线、方法和技巧以及国家法规政策。做医生理当如此。

医生的自身修养和哲学理念的树立也如“磨刀”与“充电”，他和一般的知识与技能更新不同，带有“基本建设”性质，是一种“塑造”，往往有益于一生。专业和技术的提高当然是必要的，但不要把自己限定在一个狭窄的领地里，我们要学习的更多：文学可以弥补人生经历之不足，增加对人与社会的体察和理解；艺术可以激发人的想象，给人以心境的和谐与美的熏陶；伦理和法律是各种关系、语言和行为的界定。如此，再忖思医学的目的则不难理解，治疗（包括手术）显然不总是意味治疗某种疾病，而是帮助患者恢复个人的精神心理和身体生理的完整性。在医患关系中，我们的一启齿、一举手、一投足都应表达我们对病人的关爱与负责，体现“以人为本”的准则，不仅仅注重疾病过程和技术程序，更应考虑病人的体验和意愿。

让我们努力营造一个和谐的医疗环境，建立一种和谐的医患关系，在庄严、神圣的医疗实践中，将自己塑造成品格优良、技术精湛的医生。

提高创新意识，促进学科发展[1]

国家社会经济进入了新的发展时期，科学技术也进入了新的转型阶段，一个突出的重要特征是创新驱动。

作为一个学科、一本杂志，应认清形势，确定任务，以顺应浩浩荡荡之潮流，把握风满帆鼓之航行。

一、树立创新意识，实施驱动发展

妇产科近年发展很迅速，学术活动很活跃。产科学注重了妊娠高血压疾病、妊娠合并糖尿病等的基础与临床研究；遗传咨询及产前诊断的进步对降低出生缺陷和先天性、遗传性疾病起了重要作用；子宫内膜异位症、女性盆底功能障碍性疾病、女性生殖器官发育异常等的诊治技术又有了新的进展；妇科肿瘤的发生转移及复发机制的研究日益深入，临床对策强调规范化、个体化、人性化和微创化，提高治疗效果，改善生存质量；生殖内分泌学作为亚专业呈异军突起之势，不断解决生育及不育的新问题，并适应人口“老龄化”情势，关注围绝经相关动向。各专业都强化

①此文系作者为《中华妇产科杂志》2014 年第 1 期写的主编寄语。

了微创及无创观念和技术，论文网信似风吹雪片，书著盘碟如雨后春笋……

成就和发展自然是可喜可贺的，但仔细思忖不难发现，我们的工作多数是跟踪性的（诚然紧跟也绝非易事），原创、研发、独具的结果并不很多。常常是热点问题跟随大流、焦点问题话语权少、难点问题触及不动，如是，我们即使有要素驱动而欠创新驱动，有战术促进而欠战略促进。

因此，我们应把握难得的机遇，将积累的能量迸发出灼人的光热，让丰厚的力量推进创新的车轮，找出学科发展的几个突破口，攻克妇产科学的几个碉堡，形成有战略性的阵势，取得关键性的成果。

二、强化学科建设，强调专业整合

妇产科学是个重要的二级学科，它涉猎广泛、专业庞杂，随着研究日渐深入，分野愈趋细腻。这无疑是进步的、必然的，一些边缘的、交叉的、新辟的亚学科、亚专业应运而生，诚如几个板块搭叠，支撑起新的架构、新的高端。

但是，亦应强调学科和专业的整合与合作，各学科的交叉打破专业的闭塞状态，多学科、多中心的大兵团联合作战才能有战略意义和战役胜利。现在已经不是独胆英雄逞能和小部队袭击成功的时代了，医学发展更不是零星乖巧技术和追风时尚观念可以完成持续发展的。况且，还有人文思想和哲学理念，人是一个统一的整体，而不是流水线上的一个部件；我们诊治的不仅是人的病，更是病的人。

这里还涉及继续医学教育和人才培养问题。妇产科医生，不论擅长、精通何种亚专业，即专家，必须有坚实、全面的妇产科学的理论与实践，即通科或杂家。产科学是妇产科学基础，内分泌学是妇产科学的内科学基础，妇科肿瘤学是妇产科学的外科学、化疗学、放疗学及病理学基础。一个成熟的妇产科医生必须有坚实、深厚的基础，先整合—再细分—再整合，毋庸着急当专家，当专家的日子很长久。

三、在普及基础上提高，在提高指导下普及

这是半个多世纪以前领袖的话，至今熠熠闪光。我们的临床工作和基础研究的总结、观念及论点，我们制定的、引入的规范与指南，都是在大量实践和深入研究基础上的闪光结晶和质量升华，具有重要的指导意义和实践价值。我们还必须有机遇意识和责任意识，进行宏观的、战略的、前瞻的设计和思考，以指引我们工作的普及和实践。

在普及和提高辩证统一、相辅相成的实践中，把我们妇产科学的科学问题和民生问题结合起来，譬如人口问题（人口质量、人口数量、人口老化、生活质量等），妇女健康问题（常见病、多发病及癌症防治）等等，不仅是学术的、宏观的、战略的，也是民生的、实际的、普及的，都需要我们认同的、审慎的、负责的思考和践行。

我们要善于抓住机遇，机遇稍纵即逝，抓不住就是挑战，抓住了就是机遇。我们还应善于诊治过程中的人文思考，给病人以最大的受益，又给病人以最小的损害，将这一观念贯穿始终。从

根本上改善医疗环境，改善医疗结局，改善医患关系。

最后，我有一个动议：和妇产科学直接相关的各分会的各位同仁（他们也应该是这本杂志的作者和读者）应该集聚起来，共商妇产科学发展的总体规划、顶层设计、攻坚策略，完成重大的、重点的研究课题和技术项目，团结、调动一切力量，联合各种“方面军”（各分会）、各路“野战军”（各省市），形成一支妇产科学的强大兵团，汇集广大妇产科学工作者的智慧和力量，为我们的战略发展献计献策、建功立业，做出新贡献！

我期望这不仅仅是春天的梦想，更是春天的播种、夏天的耕耘和秋天的收获。

为推行临床医学的规范性、人文性而努力[1]

新的一年，应该有新的目标，做出新的成绩。

科学技术飞速发展，临床医学日新月异，医疗体制改革成效显著。

在这种情势下，作为学术期刊，应结合自己的工作领域，找好靶点，确定“出击”方向，以尽拼搏之力。

一、重视建立与推行临床诊治规范

近年来，各种临床诊治的新观念、新技术、新方法，以及新经验、新药物层出不穷，这无疑是好事。但也会有繁复莫辨、鱼龙混杂、良莠不分的状况，或者追求新奇、各自为政、我行我素的情景，影响了诊治效果，有碍学科发展。所以，建立临床诊治指南，强化依照指南办事的意识和行为非常必要，且是当务之急。

1. 保证医疗服务质量。医疗质量包括结构、程序和效果。结

①本文系作者为《中华妇产科杂志》2013年所作之主编寄语。

构是设施和管理；程序是医疗过程，应以统一标准判断，有约束机制，有决策规范。结果是疗效、是目标。所以，临床诊治指南是医疗过程的详细计划和可靠依据的流程，是医疗质量的保障和准则。只有按临床指南服务才能为患者带来最佳疗效。

2. 维系合理医疗消费和提高医疗价值。主要的医疗卫生费用应是予以控制的，人口老龄化、高效却昂贵的医疗设施和技术以及药物都会提升医疗价格。我们不仅要注意费用的经济学，更应将注意力集中到保证和提高质量上。在这一过程中，指南是维持质量、提高质量的重要因素。

3. 强化组织领导和功能是获得高质量服务的关键。我们现在有各种学术及行业组织，以及政府主管部门，其功能也包括监测资源和使用效率，遏制费用过度。但操作规范的合理应用和对此的正确态度是与政府行为相辅相成的。缜密的决策、恰当的方法和良好的监督应是统一的。研究成果和可靠信息的转化，可以避免技术的滥用。应该说临床诊治指南是完善国家政策和医师行为统一的纽带，是信息正确转化的载体，以保证和发挥组织领导和高质量医疗服务。

临床诊治指南或规范是可以帮助执业医师和患者针对具体病情做出合理选择的系统指导决策。在具体的临床决策中还可以分三个水平：标准规定（standards）、实施指南（guidelines）和多种选择（options），前两者可以认为是规范化，后者是个体化。

在临床诊治指南或规范的实施过程中，强化组织领导功能是获得高质量服务的关键，如卫生行政管理部门直至医院与科室以及医学会及医师协会等；学术期刊在其中也起到了不可忽视的作用，《中华妇产科杂志》陆续发表了有关妇产科各学组制订的临床诊治指南或规范数十种，并有解读说明，各学组不仅组织专家认真讨论编写，定期修订，还注意参考国际权威组织如国际妇产科联盟（FIGO）、美国国立综合癌症网络（NCCN）、妇科恶性肿瘤分期与临床实践指南（IGCS）、欧洲生殖道感染和病变研究组织（EUROGIN）、美国妇科肿瘤学组（GOG）、美国阴道镜和宫颈病理学会（ASCCP）等发布的规范，并根据我国情况，具体问题具体分析，斟酌制订，取得了良好的效果。

在建立和推行临床诊治指南或规范的过程中，尚有两点值得注意：

其一，临床诊治指南或规范的制订，当然要参考国际学术组织发布的材料，他们一般都有 A 级或 B 级的临床证据，也能体现新的进展和观点，与之“接轨”是必要的。但我们的国情、患者状况不同，且经济、文化、医疗卫生事业发展不平衡，因此，必须依据国情而定、而行，也就是说，还要跟自己的状况“接轨”，

这是更重要的接轨。并且要与医改中的单病种管理、临床路径等结合起来。

其二，临床诊治指南或规范的制订不易，实施更难。应尽量使更多的医师参与、使用和评价，以提高其依从性，并有相应的鼓励、检查和奖惩机制。像任何工具一样，有人愿意用，有人不愿意用。只有愿意应用时，它才是有用的；只有愿意应用时，才知道它的好用抑或不好用。

二、重视医学的人文理念，改善医患关系

医患关系是社会关系、人际关系，体现医学的社会性、人文性。医患关系涉及社会及公众对医学、医疗的认识和理解，医患关系反映医师与患者及家属的观念和行为。建立正常的医患关系包括改革体制、增加投入、降低价格、提高技术、加强沟通、改善服务等多种途径和各方面的工作始能达成。但作为医师，加强人文理念，提高个人修养，乃为根本和关键。也许我们常常无法去做伟大的事，但可以用伟大的关爱和仁慈的心来做些小事。应强调对医学本源的认识，即医学是自然科学、社会科学和人文科学的综合和交叉的学科。疾病的诊治要遵循两个原则，即科学原则和人文原则，医师用最有把握的、患者和家属最情愿的方式给患者以诊疗，既保证有效性，也保证安全性。医师和患者都应理解医学的局限性和风险性，误差是难免的（当然要尽量避免大的误差），治疗并不总意味着治愈某种疾病，常常是体恤、减轻痛苦。诊治过程其实是医师对另一个生命体的悉心体察和感情交流。

现代医学有时缺乏整体观念，分科过细有助于深入，也易于

造成分离。高科技的现代检查技术和流程也会导致辩证统一的缺乏，活生生的人作为整体可能被分割成流水线上的一个部件。所谓科学技术的“去人性化”，临床医生心智“板结”和“沙漠化”，可能使我们蜕变成匠人和控制仪器及操作数字报告的纯科学家。这当然是令人担忧，并应努力避免的。况且，还有非医疗因素可能驱动技术扭曲，如政策的、商业的、功利的……更应警惕和废止！

医师和患者的感受和价值观是不同的，应该缩小和弥合这一沟壑。医生希波克拉底早已明示，医术包括三个方面：疾病、患者和医师，患者必须和医师一道对付疾病。医师应该加强人文修养，所谓修行就是修心，完善自我的同时，也增长了帮助他人的能力。这种修养既包括对患者的仁爱与关怀，也包括诊治过程中的哲学理念和思维方法，成为有品格、有能力的医师。

我们要始终保持敬畏之心。敬畏生命，生命属于每个人，只有一次而已，弥足珍贵；敬畏患者，她们把生命交给我们，患者是医师的真正老师；敬畏医学，医学是未知数最多的浩海，是庄严神圣的事业；敬畏自然，自然不是神灵，是规律和法则，要去探索、认识和遵循。

临床工作中三条基线是：心地善良，我们给患者开出的第一张处方是关爱；心路清晰，从繁杂的现象中清理出诊治方案；心灵平静，我们总会遇到各种难治的疾病，也可能遇到各种难处的患者，都应该心平气和、泰然处之、以诚相待。形成一种“道”——理性的升华、思想的精髓、行为的准则；构成一个“场”——和谐的氛围、友善的关系、团结的局面。

作为信息传播载体、学术技术交流平台、学科队伍发展建设阵地的医学科技期刊，完全应该、十分必要完成上述两项重任，发挥积极推动作用。把科学求真、艺术求美、医学求善三者结合起来，达成真善美。

在医师修养及医患诚信中构建和谐关系，形成良好的执业环境和医学发展的适宜氛围，迎接《中华妇产科杂志》建刊60华诞，开创更加辉煌的新甲子。

适应形势，更新观念，注重实际[①]

我们又进入了新的一年，像是翻阅着时代发展的精彩华章。

近年来，医学的进展、观念的更新，令人有夸父追日之慨；而妇产科学的长足进步，无论国际或国内的现状与前景，也让人振奋不已。

也许，我们得驻足思忖，如何看清形势，如何应对观念，如何举步向前。

一、适应形势

有两个年度的诺贝尔生理学医学奖与妇产科学密切相关：一是2008年的德国科学家哈拉尔德·楚尔·豪森（Harald Zur Hausen，1936—），他的功绩是发现了HPV是宫颈癌的致癌病毒，主要指高危型HPV；几乎所有宫颈癌的病理标本中均能检测到HPV，从而印证了HPV是宫颈癌发病的主要原因，也使宫颈癌成为目前人类所有癌症病变中唯一病因明确的癌症。这一发现显然对于宫颈癌的预防、筛查、诊断和治疗有重要意义，特别是关于

①本文系作者为《中华妇产科杂志》2011年第46卷第1期所作之主编寄语。

HPV 疫苗的研制，开创了抗癌史上的新纪元。2006—2016 年被认为是 HPV 疫苗的时代，这使我们备受鼓舞。

另一位是 2010 年的获奖者，被称为“试管婴儿之父”的英国生理学家罗伯特·爱德华兹（Rbert Edwards，1925—）。每 10 对夫妇就有一对遭遇不育问题，体外授精（IVF）技术帮助他们实现了有自己后代的梦想。迄今，已有大约 400 万人是通过 IVF 而出生的，其中，许多人还以自然方式生育了下一代。恰在世界第一例试管婴儿诞生后 10 年的 1988 年，中国内地的第一例试管婴儿也在张丽珠教授的培育下问世。试管婴儿的直接结果也许是使不育夫妇获得了子代，而其本质是对人类生殖过程的深刻认识，对助孕、避孕等的研究都是巨大的推动。

新世纪的第一个十年所展示的医学基础研究成果显著，特别是遗传学、免疫学、分子生物学及生物化学等。因此，基础医学家们可以乐观地推出“3P 医学”，即预测（prediction）、预防（prevention）和个体化（personalization），这当然是令人期待和欣喜的，但从基础研究到临床诊治尚有一段很长的路，甚至是一个裂隘，需要我们去拉近、弥合与转化。

可见形势喜人、逼人，前景广阔，道路漫漫。

二、更新观念

时代变化的一个重要特征是观念更新，新的观念不断涌现。这些观念一方面是科学研究与实践生成和推出的创新型名词、概念和理论。

循证医学是近年发展并被广泛接受与应用的观念和方法，对临床实践的指导及规范或者指南的制定均有重要意义。强调寻求证据，依照证据行事，主要观察指标应是满意的终点指标，如重要事件或者疾病的发生率、病死率、致死率、治愈率和生活质量等。不是或不能仅仅依靠个人或少数人的经验和结果得出结论。最可靠的证据是设计良好的随机对照试验（RCT）的结果，最好的内容是通过荟萃分析（Meta-analysis）获得的。患者的病情、依从性是实施循证医学的要求之一。医师的观念、多中心的合作、良好的设计与决策都是我们应重视和加强的。

对于转化医学的本质也许我们并不陌生，但强化、深入和实施都至关重要。所谓“B to B”（bed to bench），是指从病床到实验台，或者从实验到临床（lab to clinic），这一直是我们工作的目标，两者的相互促进，才能推动临床工作和医学的发展。这种转化是双向的，相辅相成的。树立转化观念，改善教育程序链和制定新的指南都有助于填补转化的沟壑（tanslational gaps）。

价值医学（value based medical）是一个新的概念，似乎还未臻完善。价值医学大致涉及价值取向和卫生经济学，价值取向主要系指对生命价值的认识、态度和对待，有时医师与患者的价值观是不完全相同的，比如对于肿瘤治疗，医师更想减少复发和进展，诚然是不错的，但只是相对危险的减少（relative risk reduction，RRR）；而患者更想减少副作用和痛苦，这对于患者及其家人甚至是绝对危险的减少（absolute risk reduction，ARR）。这并无对错之别，但需要医患相互的沟通、交流、理解和信任，统一到和谐的医疗上。另一方面是卫生经济学的考量，要研究、分析卫生经济学，这是全社会的医疗价值，不完全是个人或患者的经济花费。经济方面的原因可以影响患者对治疗策略的接受程度，一个有很好疗效的昂贵治疗方案未必是最佳的方案。

此外，数字医学也随着科技发展应运而生，从影像、解剖渗透到各学科领域，提高了医师的诊断治疗能力。而人文医学更注重人文关怀和医师的哲学理念与人文修养，它将使我们在重视技术更新的同时，更深刻领会医学的真谛，即以人为本，诊治要人性化、个体化，研究要符合伦理原则。可以说，无论是医学发展抑或医疗改革，都进入了一个哲学的时代。即如医圣和先哲们所说的："哲学始源于医学，医学归隐于哲学"。

三、注重实际

虽然"经验医学"向"实验医学"转化，但作为临床医师，经验仍然是第一位的、首要的。当然，经验是实践，经验靠积累，经验需升华。

无论是寻求证据，或者力图转化，都应该重实际，并以个人实践为基本条件。循证、转化或指南实施都还不是决策的全部，决策还是要考量其他的因素和条件，其中还包括医师个人的品格、素质、技术能力和经验。一个虽然懂得证据，而没有经验的医师依然不能很好地诊断和治疗患者。

这同样涉及如何正确地应用与理解新的技术和实验，不能脱离临床、脱离患者，不能一味地、绝对地相信某种技术和检查结果。应牢记林巧稚大夫的教诲：永远走到患者床边去，做面对面的工作。离床医师不是好医师！

认真地询问病史、仔细地进行全身物理学检查，仍然是医师的基本功。各种实验室检查及结果只是提供医师进行正确判定的参考。要规范化，更要个体化。对于疑难的、少见病例的处理，经验甚至是决定性的。须知经验本身也是一种证据，我们只是不囿于个人经验，我们只是需要更多的经验。

对患者的处理也应根据价值医学的观念全面考量，选择适宜的方案、方法，不追时髦、赶潮流，实事求是，因时因地因人而异。我们同样可以引用一个概念，即姑息医学或者姑息医疗（palliative medicine or palliative care），即根据病情（甚至医疗救治条件），给予无论是道义的或者临床必需的、最好质量的姑息疗法，欧洲有 18 个癌症中心都专门提供良好的姑息治疗服务。应该再次提起“生命质量”（1975 年开始出现于医学文献），这是一个多维的概念，涉及心理学及社会学多种学科。疾病治疗显然不只是一个生物学问题，在评价治疗时，引入生命质量可以更加客观地描述治疗结局。在医疗实践中，我们也应关注患者的心理健康和治疗，把其引入治疗计划中，这必将极大地改善患者的整体治疗状态。这也包括医疗对象（或考量对象），不仅是患者，还包括其配偶、子女及家庭与社会。

在 2010 年 10 月 8 日至 12 日举行的欧洲肿瘤学术会议（European Society of Medical Oncology，ESMO）上提出的宗旨和目标就是“良好的科学，较好的药物，最好的实践”（good science，better medicine，best practice），表明临床医疗实践的极端重要性。我国医师有很好的医疗实践基础，不可妄自菲薄，同时要适应新形势，接受新观念，一定会把医疗水平提升到新高度。

关于述评的评述[1]

述评（commentary）是对某个重要问题，或新问题、新进展、新医术、新方法、新成果的评述，当然也可以是经典或传统问题的争论、深化或革新观念，以及新视角的论证。它包括临床与基础研究、疾病发生机制、诊断、处理及预防，以及相关学科与相关技术等。近年出现的诸多新名词、新定义、新分类、新规范等的评价与解说也是述评的内容。述评是对问题的宏观的、深层次的、全方位的认识，具有权威性、导向性，可以认为是署名的类“社论（editorial）”文章（虽然文责自负），通常应该由这方面的权威专家撰写。

一、本杂志述评的状况

据统计，《中华妇产科杂志》自1990—2009年间共发表述评120篇，作者80人。论述了妇产科学临床的诸多方面，也有关于基础研究、病理、医学统计、计算机应用等的专论。每年6～8篇，不算多（1990年、1991年两年无述评），每位作者撰写1～2

①原载于《中华妇产科杂志》2011年6月第46卷第6期。

篇。纵观我们的述评：①范围比较广泛，也有一定深度，观念也新颖，有学科进展，也涉猎边缘学科和交叉学科；②选题适宜，抓住了关键，包括热点、新点、重点及要点问题，也有些冷点问题；③阐述较清晰，观点也明确。

问题是：①述评数量不够多，每年 6～8 篇，如果每期能有 1～2 篇述评，会增加杂志的吸引力和学术分量，这可以从国际权威杂志中得到借鉴。②叙述及复习文献多（像是综述），而评述及导向性观点少，这可能是述评和综述的根本差别。③论述、文字及体例等也不够清晰，虽然述评没有明确的体例要求，但应该与综述、论著等有所不同，值得品评、商榷。

关于撰写述评的论述很少，笔者根据阅读、撰写的经验提出一看法与意见，不仅是为撰写者，也是为广大读者提供讨论，即如何看待述评、如何撰写述评，也是期刊建设与学术交流不可忽视的问题。

二、述评要体现最新进展、最新观念

述评应将学科的最新进展、最新观念及时准确地展现给读者，并且有作者富于见地的评述，这是述评最鲜明的特点和功用。

如秦伯益院士在题为《21 世纪初医学科学发展的断想》一文中，首先提出疾病对人类生存的威胁依然严重，现在已进入“现代病”、“精神性疾病”时代。而人类对付疾病的手段必须提高，从“人人享受卫生保健”到“健康的完满状态”，要有知识的积累、学科合作与交叉、社会进步和人才战略。可以看出，论述的不仅是医学，而且有科学、文化与社会，观念拔擢全新、论断高屋建瓴，给人以启迪与深思。

本杂志关于骨质疏松症自 1997 年、1999 年、2005 年连续有述评发表，且为同一作者，表达了对该问题的研究、防治的发展，展示了学科前进的轨迹和方向。类似的还有内镜手术、宫颈癌防治、子宫内膜异位症、妊娠期高血压疾病、卵巢癌、分娩镇痛、习惯性流产、女性盆底重建等，都有不止一篇的述评。老题目可以做新文章，提新观念，不重复老调，不炒冷饭。此间，也出现了一些崭新的题目，如蛋白质组学、胎儿学、肿瘤标志物、计算机应用以及统计学处理等问题，都颇受读者青睐。

三、述评要宏观、要有高度

述评虽然通常只阐述一个或几个问题，但不能囿于狭窄视角，应在一定高度鸟瞰该领域的问题，所谓有高度、有视野，不能管

中窥豹，或只见树木不见森林。

著名临床解剖学家钟世镇院士著文《临床解剖学是外科学的重要基础》，阐述了解剖学的发展和新的分野，特别提出20世纪后解剖学的主要进展和任务。他指出临床解剖学能为外科学高层次人才培养创建新的模式，以及“虚拟人体解剖学”的应运而生。他站在统领解剖学的层次上，还告诫我们要珍惜传统特色，包括尸体解剖的价值，也中肯地指出临床解剖学存在的问题。这样的述评有权威性的指导意义和实践价值。

近年，本杂志发表的关于妊娠期高血压疾病的述评，包括专论“几个问题”，从实验到应用，从基础到临床，包括血管活性、纤溶系统、脂代谢、免疫与生化等，也强调了转化医学的作用。类似的论题有习惯性流产的免疫学研究，提高了临床诊治水平。子宫内膜异位症发病的“在位内膜决定论”对于诊断与治疗有新的促进作用，如开发内膜检查诊断及宫腔内膜的“源头治疗”。

四、述评要突出重点、突出观点

述评是专论，不可能面面俱到，要突出重点，特别是要凸现作者的观点。

如关于《卵巢癌化疗的现代趋向》，把方案选择、原则、途径及监测等，都一一明确阐明，给人以清晰的观念和方法。关于《复发性卵巢癌的处理》是依据一次“南宁会议”的专题讨论后拟就的，总结出“三定”的观点，即定性（是否为复发、复发的判定和标准）、定位（即确定复发部位，多发散在抑或单发孤立）、定型（对化疗，特别是铂类敏感型还是耐药型）。后来又补充“定法”，即处理方法。这些论述文题醒目，论点集中，文字简明，观点明确。

这里我们还可以引述一篇整形外科医师为妇科医师撰写的关于《伤口愈合及皮瓣技术的妇科应用》的述评。作者首先阐述了伤口愈合的分期，一般的影响因素（全身、局部及其他），也讲了各种皮瓣移植（会阴区、大腿区、全层皮瓣等）。这是面向妇科手术医师的，却也突出重点和要点；但仍嫌烦琐，技术过于细腻了，因为毕竟有些操作并不要我们去实施。

五、述评要叙述、更要评论

这是好的述评最精彩的闪光，也是很多述评最明显的缺憾，使述评变成了普通文献复习或综述。

我们欣赏一下著名外科学家黄筵庭教授所写的《关于外科临床决策问题》：提出外科决策的意义（形成诊治设计决策树，decision making tree），进而深入到决策思维，又谈如何进行决策思维，规避误区，如经常犯的盲目性、局限性和惰性等。其中的每一部分都有经验、有陈述，更有评论，有极强的指导性。而且论述全面，丝环紧扣，严谨中肯，有极强的说服力。后来竟成为一部专著，可见述评的作用。

因此，在述评中的叙述不宜过多、过繁、过细，要简明、提炼。叙述是阐明材料，目的是评论观点，既有材料、有观点，并突出观点。述评又不是问题的争论铺摆，可以有观点交叉，但更应该有作者鲜明的观点（或倾向），至少是当前的主流观点。述评的撰写更提倡段落要分明，文字要简约。可以夹叙夹议，也可以在段尾或文末“亮结论”；既可以是剔透的闪光镶嵌，也可以是最后的画龙点睛。关于参考文献当然要有出处，但每个杂志要求不同，有的需要列出，有的则可免去。

综上所述，写好述评可以概括以下几条要素：看清学科发展，把握时代脉搏；善于瞄准目标，善于抓住关键；充分掌握材料，明确作者观点；叙述层次分明，评论简约练达；切忌类同综述，突出有述有评。

述评难写，述评好看。有价值的述评会受到关注，多被引用，如本杂志发表的《子宫内膜异位症的研究与设想》《子宫颈上皮内瘤变的诊断与治疗》，都是高被引率的述评，而且被列入中国科学技术信息研究所颁布的全国 5 000 多种科技期刊第一届中国百篇最具影响优秀国内学术论文。期望资深医师写出更多更好的述评，年轻医师关心述评、学习述评，不断提高我们的学术水平和期刊质量。

医学小品写作刍议

让一个经常写医学小品的作者谈谈小品写作的方法仿佛是顺理成章的事。可是，做得出的事，未必都能说得清。比如我在刚学打字的时候，对每个手指控制几个字母，左右上下的关系背得烂熟。而在学会打字之后，却又不知道如何教别人控制自己的手指了。更何况我在开始写小品时，压根儿就没有看过“写作大全”之类的书。一个作家与一个评论家，一个翻译家与一个语言学家大概总是有所区别的。但是一个作者对自己的创作进行一番反思或借用生物学的“反刍”一词，静下来将自己的、别人的作品重新认真地读一读、想一想，或许可以悟出点道理来。这里谈的并不是创作理论，主要是写作实践中的体会，所举的例子也以自己的作品居多，难免有自吹自擂之嫌。

医学科学小品的概念

《辞海》上关于小品文的解释是这样的：小品文是散文的一种。特点是深入浅出、夹叙夹议地讲一些道理，或简明生动地叙述一件事情……现今的小品文因内容不同，一般分为讽刺小品、时事小品、历史小品和科学小品等。可见，科学小品无疑是小品文的一个分支，而医学小品便是科学小品之一个门类。科学小品这个词早于30年代就出现在上海《太白》杂志上。

我们不妨可以说，所谓医学小品就是深入浅出地、简明生动地讲述生理卫生和防病治病知识，使读者不仅获得医学知识，也能掌握增进健康、延年益寿的具体方法。并破除封建迷信、愚昧陋习，树立唯物辩证的医学科学观。

医学小品与一般科学小品不同，它更具有鲜明的实践性和实用色彩。这是因为医学是一门特殊的应用科学，涉及人的生命健康。这不仅要求医学小品有十分准确的科学内容，又要有实际的应用价值。此外，既然是小品，就不能太长。因此，多数医学小品是一事一议，不可于一篇文章中涉猎过多，议论庞杂。

医学小品又与一般卫生宣传资料或科普读物不同，它在语言运用及表达手法上带有文艺作品的色彩。发放的宣传资料、传单、医院里为门诊和病房病人写的知识介绍、防病治病须知等，也是科普宣传的一些形式，但依我看，不能叫科普小品。

医学小品当然也有别于文学中的小品文。其实在中国古代即有这种体裁，明清更为盛行。在浩如烟海的文学作品中，我们可以看到一些记叙科学知识的杂文小品。柳宗元的名篇《捕蛇者说》开头的文字就颇为动人：

永州之野产异蛇，黑质而白章，触草木尽死。以啮人，无御之者。然得而腊，之以为饵，可以已大风，挛踠瘘疠，去死肌，杀三虫。其始太医以王命聚之，岁赋其二，募有能捕之者，当其租入，永之人争奔走焉。

短短数句，把蛇害、蛇毒，和以蛇毒治毒害写得淋漓尽致，令人击节赞赏。诚然，作者最后是落实到“苛政猛于虎”而“毒于蛇”，以针砭时弊。

当代著名散文家秦牧有很多脍炙人口的佳作，不乏科学小品。其中有一篇使我很感兴趣，竟让我在写关于生育问题的小品时，乐于引用他的话。他的文章题为《没有生儿子就会断“香火”吗?》，其中有一段：

我自己是没有孩子的。在这件事情上，几十年来我从来不以为意。心想，在一棵树上，哪一个枝丫上结的果子，都是这棵大树的后代，结在哪一个枝丫上，有什么关系呢？……

总之，果子结在哪一棵树枝丫上，都不失为一株树的后代。就算这一株不结果，另一株同类的果树结果了，也同样是这一类果树的后代。

说得多么好，想得多么妙啊。试想，这样富于哲理却又浅显的比喻，比之泛泛的说教不是更叫人心悦诚服吗！

应该说，一般文学小品中虽然有涉及科学或者医学的内容，但若把它称之为科学小品似嫌不妥。科学小品（包括医学小品）还应该有其自己的特点，即与文学小品的区别在于：

第一，严格的科学性。科学小品以科学理论、科学事实为根据，为议论之出发点。一般不使用虚构，不使用夸张（尤其是医学小品）。虽然，科幻小说是专门用幻想的、推理的方式来完成科学奇迹或勾画未来科学蓝图的。因此，科学小品的议论不能海阔天空不着边际，有相当的限制性。

第二，通俗和实用性。小品要阐述一个事实，或者一个道理，作品的格调亦有不同，或“阳春白雪”，或“下里巴人”。而科学小品，特别是医学小品之目的在于给读者以知识，而不单纯给人以文学欣赏。因此，要深入浅出，要使外行人看得懂，这就是通俗；要使人看后有收益，或者用得上，这就是实用。这些在文学作品中则可以不顾及。当然，一篇科学小品毕竟不是广告，不是说明书，不一定都要“学得会、用得上”，但至少不能总是坐而论道，泛泛空谈。

总之，一篇好的科学小品是有严谨的科学内容，说理性强，又语言生动，趣味横生。科学和文学结合得越好，两者的界限就越不鲜明，糅合和协调是经充分运作产生的。这时，小品的定义已不十分严格了，比如茅以升的《桥话》，更像是散文；高士其的《菌儿自传》更像是科学故事。但人们有时都笼而统之地称为科学小品。一个科普作家，可以根据自己的喜好和习惯，驾驭科学文艺的不同形式、不同体裁，并形成自己的风格。

深入浅出谈问题

医学小品讲的是医学专业知识，要把问题表达清楚，让人明白，就要做到深入浅出。为此，应注意以下几点。

（一）把想要讲的问题，自己先弄清楚。

这好像是不成问题的，但一些科普作品说理模模糊糊，结论和观点似是而非的情况并不罕见。所谓自己“昏昏"，岂能使人“昭昭”！这种“弄清”不是一般的了解（那或许是对读者的要求），作为作者应该是透彻的了解，把有关的问题和内容融会贯通。

我对自己的科普创作定下了这样的戒律：

不写自己不熟悉的东西；

不写自己没把握的东西。

我的作品内容基本是围绕妇女保健、妇产科学、优生优育等方面的。因为我对这些领域里的问题的历史、现状和进展应该说是很了解的。特别是其中的有些问题就是自己经常从事的工作或研究课题，写起来心里踏实，下笔有准。如《妇科肿瘤的故事》，我连续在《健康报》作为两年“地主”——每月一两篇，几乎把有关妇科肿瘤的各种问题都讲到了。这些本来就是我的专业，平时经常给医学生、青年医生、研究生和护士讲，给门诊和住院的病人或家属讲，也给来访的朋友讲。我不仅熟悉要讲的内容，也熟悉读者和听众的需求和理解能力。于是，我是采用讲故事的方法，每一个问题都可以说出一则故事来。我曾说，除了姓名以外，其他的事情都是真的。通过一千多字描述一段肿瘤的故事，或症状，或发病危险因素，或诊断，或治疗及预防，使读者对以前未曾听说的肿瘤问题得到理解和认识。比如用“返老还童、吉凶未卜”来提示卵巢颗粒泡膜细胞瘤；以“巧克力汁，并非食入”来提

示卵巢子宫内膜异位囊肿（即“巧克力囊肿”）；以“越长越好，岂不怪哉”来说明卵巢未成熟畸胎瘤向良性逆转的特点等。

有的时候，用深入浅出的语言向局外人讲述，要比用医学术语、科学论文的格式向医学同行讲述要难得多。或者我们不能笼统地比较写科学论文与写科普小品孰难孰易。应该说写好了都不容易，不过，有一点值得提出的是，科学论文的读者对象是同行，而科普作品的对象基本是外行。后者要求的是经过作者“炮制”后，能够“服用”的东西，而不是“生药”。钱学森先生在搞好我国学位制的建议（《光明日报》1981年12月29日）中曾提出：

“作为一个科学工作者，应该有这样的本领，能用普通的语言向人民（包括领导）讲解你的专业知识。研究生在撰写论文的同时，最好再写一篇同样内容的科普论文，还应作为考核的一项重要内容。这有利于打破死啃书本，只会讲‘行话’的弊病。”

这个提议是很有见地的，应该作为制度实行之。

我们提倡专家写科普，并不意味着科普创作非专家莫属。实际上，科普创作的相当部分是由“杂家”和“通才”来完成的。这部分作家消息灵通、思维活跃、善于撷取，也善于“制作”。有些伟大的科普作家可以称得上是伟大的杂家，如儒勒·凡尔纳、阿西莫夫，他们写得很杂，但也很深，有的甚至使专门家惊叹，或给专门家以启示，或者其作品本身就是科学预言。这当然是堪称天才的。对于初学作者，我认为门类不宜太杂，涉及面不宜太宽，不能不小心对待科学命题的理解和处理。

（二）科普小品的内容应该是在提高基础上的普及。

卫生部前部长钱信忠同志曾经说：“有些科普小册子写得不

生动，就是因为深入不够，所以也浅出不了。”他又说：“搞科普不能光讲一些简单常识。如果科普工作者没有广泛的提高，没有深入的研究，不同社会生产生活结合起来，光讲那些一般常识，人家不但不去做，还会不爱听。”

我们不能完全避免一般常识的宣传，甚至在某些时候、某些地方还是必要的。但作为科学小品，则应该有新意、有提高。所谓新意、所谓提高，并不等于猎奇或耸人听闻；也不等于炫耀或哗众取宠。

新意是指对老的题目、旧的问题，给予新的内容、新的知识、新的思想。如阿司匹林是众所皆知的治疗感冒的老药，老药有新用，用以预防和治疗冠心病，这样的新进展就应该及时向大众宣传。又比如，对孕妇保健宣传的东西很不少，如何创造出新意呢？我按妊娠的各个阶段，从第一个月到第九个月，以至出生，来讲妊娠特点、胎儿发育、母体变化、疾病防治及孕期保健等，这就不是一般地讲，也不是纵的讲，而是横断面，使处于任何阶段的孕妇都可以准确地“对号入座”，明确自己应该注意什么，我把它叫作“妊娠月历”，这是从形式上、从内容上，把优生、围产保健、胎儿自我监护等较新的内容都融汇其中，生动活泼。而且也插入自我记录、自我对照、自我保健，为日后留下一些温馨、幸福的回忆。这样，关于妇女孕期保健的科普宣传就有了崭新的面目，受到了读者的欢迎。这套作品还不断修改补充，先后以《妊娠月历》《新编妊娠月历》《妊娠挂历》以及《孕妇手册》《妊娠必读》等形式，几经出版不衰。

除了赋予新意是一种提高以外，要做到提高还要及时地把医学科学的新概念、新进展、新成就以及未来展望予以介绍。科普写作要力求表现现代科学，在20世纪70年代写，就要写出70年代的水平；在90年代写，就要写出90年代的水平——不能落后于时代。尤其在科学迅猛发展的今天，我们每个人都会有一种信息危机感，不用说其他学科的知识，就是我们自己专业的文献都读不过来。但是，作为科普作者有责任成为向全社会介绍最新知识的尖兵。如何将新东西“推销”给大众，这就是科普作者的本领。有人说：“任何学科的知识都可以用某种形式教给任何年龄的任何人。”

（三）科普小品不能不借助于语言技巧。

有了新颖的、深入的内容，如何表达出来，让人明白，这要靠作者驾驭语言的能力，这便由文学素养和写作经验构成。也许，这样的问题由文艺家来讲更为合适，这里我只讲两点体会：

一是巧妙的提出问题，引入主题。即在一开始便要抓住读者，明朗地展现论题。要使人感兴趣，但又不要耍花枪、兜圈子。我曾写过一篇名为《运动竞赛和两性畸形》的短文，主题是两性畸形在运动竞赛中的问题和特殊意义，并介绍如何判断和处理两性畸形。文章是这样开头的：

据说直到最近，美国还在为69岁的世界著名田径运动员史泰拉·瓦尔什的性别问题争论不休。瓦尔什获得过50个奖牌，遗憾的是，可否称得上是女运动员竟难下结论！

问题提得明确，有吸引力。

接着说：

中国的老话“决一雌雄”，是争高低论胜败之意，在医学上借用一下就是判断性别。——一般地说，人分男女，一目了然。可是，有的时候就不那么容易，甚至还会判断错了。不是吗？有的运动员创造了女子田径记录，而“她”实际上是他。还有，一个人不是男的，但也不完全是女的，这些性别上的异常情况，医学上叫“两性畸形”或“性发育异常”。

引入医学主题，比较流畅自然。

医学小品不是讲义、教科学，文字僵硬死板会使人索然无趣。如若你说：什么是两性畸形？两性畸形有哪些分类？——这样的提问和回答，无论如何明确，都称不上科普小品。

引入主题，要求巧妙，也不妨高雅一些。

如《性爱之道》一文，这样开宗明义，是不是对性爱的一点不同凡响的议论：

爱是人们所歌颂的，被视为是永恒的主题；性是人们所不敢歌颂的，尽管它也是永恒的主题……

《女性之性过渡》是这样开头的：

女子过了50岁，面对生活，未免带点沮丧和凄凉：我们增加了经验和智慧，却失去了性。

中年女子是否失去了女性?

问题切入得也很尖锐和鲜明。

另一个技巧是恰当的比喻和解说。列宁说:“任何比喻都是缺腿的。”科学小品的比喻要尽量做到恰当。

细胞、染色体、基因、DNA 的概念及其关系对不学生物学、不学医的人是比较费解的。这里引用一段对这些医学术语的比喻,可以说是独具匠心,令人叫绝:

人体平均由一千万亿 (10^{15}) 个细胞组成。除某些特殊情况,我们不予考虑外,每个细胞都含有人体的 DNA 的一套完整的拷贝(注:重点号是原文的)。DNA 可以认为是一组有关如何制造人体的指令。这种情况就像在一幢巨大的建筑物中,每间房屋里都有一只“书橱”,而“书橱”里存放着建筑师建造整幢建筑物的设计图。每个细胞中的这种“书橱”称为细胞核。建筑师的这种设计图,人类共有四十六“卷”,我们把它们认为是染色体。“卷宗”中的“页张”就是基因。DNA 的“蓝图”就在上面。

可见要想准确而又精彩地说明一种科学道理,有时真的需要去琢磨、去联想、去挖掘和去采撷我们生活和心灵中的睿智和幽默。

有时,我们得跳出我们的书斋和学院,打开医院的窗户,去对着人群和自然,去回味那天地间本是值得回味的哲理。

请看美国著名影星简·方达在《红颜永驻》中关于女子月经的描述:

月经如同按月计年的周期变化，循环不已——恰是月之盈亏反照着我们。

到了50岁左右，月经要停止了。生殖周期“剧终的帷幕”才会降落……一个人的生殖的“车轮”从自然开始转动到自然停止，从初潮到绝经，这一大圆圈多么像是一座精确的钟！

俏皮的比喻在科普小品中可以被使用得生动有趣。如“月经——它像是子宫因为没有受孕而发生的一种失望的表示。”

在谈到配偶年龄差异时，我是这样表达自己的观点的：

真挚的感情，和谐的生活，不论新婚宴尔，还是老而弥坚；也不论你长于我，还是我长于你——爱情的小屋是两个人共同营造的。对男女亲密生活的纯精神和纯性愿望，都不该忽视，也都不必过分夸大，他们会找到相亲相爱的“舞步”，正像他们的高矮胖瘦不同，不会有什么不便。

《相对论》是多么深奥莫测的理论啊。据说有一本关于《相对论》的解释，其篇幅之长不知比《相对论》原著多多少倍（这在文学作品更是屡见不鲜，如《红楼梦》的评论文章大概可以装满大观园，红学家也不知出了多少！）。可是，最精彩的解释，我认为还是爱因斯坦自己的。你看：

如果你在一个漂亮的姑娘身旁坐一个小时，你觉得只有片刻；反之，你若坐在火炉边，片刻的炙烤会使你觉得已有一小时。这就是《相对论》的含意。

诚然，好的比喻和解说是建立在对内容的透彻理解和深刻的思辨基础上的。

总之，科学小品要做到深入浅出，必须融会贯通，经过充分的思考，并运用语言技巧表达出来，知识的新意和提高是深入的保证。

夹叙夹议

小品文的特点是有叙事有议论，叙议结合，飘飘洒洒，充满情趣，或寓哲理、知识于叙议之中。

在写医学小品时，也离不开叙述科学道理，然后发表议论，即让人们知道应该怎样做，为什么？不应该做什么，又缘于何。不能板着面孔说教。

为了把叙述和议论结合得好，下面几点可资参考。

第一，处理好讲道理和发议论的关系。

可以先讲道理后发议论。如我在《喜庆婴儿满月》中开头写道：

出生后1个月以内的娃娃叫新生儿，这是生命过程中十分重要的时期。据医学家统计，在人死亡的比率中，这第一个月是第一个高峰，特别是降生的第一天。

这是先讲新生儿时期的重要性，然后再议论如何对待未满月的婴儿。这种方式点题明确迅速，但有时会很快跳出一些科学概念的“拦路虎”，须要花费些笔墨去加以解释，会使文章显得不够生动。

所以，也可以先发议论，而后讲道理。

我在《珍爱保护你的小宝宝》中，则如是说：

幼儿没有“危险”的概念。周围环境对他是那样新奇而诱人。他的身体迅速发育成长，也急于学习。对周围环境里的任何东西，他都想看看、摸摸、玩玩，甚至尝一尝……总是跃跃欲试。把幼儿放在玻璃罩内，裹在棉花团里，并不是爱护。这将剥夺他探寻和认识这个世界的自由和机会，然而放纵和轻慢会使其招致不幸。父母的责任是：既要引导孩子认识世上的事物，学会生活和做事，又要保护他不受到伤害。这不仅需要慈爱之心，也需要科学之见。

这是一段议论，提示父母要预防孩子发生意外，至于怎样预防便是以后要讲的道理和内容了。

这样的引子议论不宜太长，否则会给人一种说教之感。议论过多，不切实际是科学小品的一大忌也。

在行文中，则可以灵活地夹叙夹议。我在《也谈宝黛的爱情悲剧》一文中借用《红楼梦》宝黛恋爱悲剧，谈近亲结婚的危害，引用调查材料，再回到宝黛爱情及现今择偶问题。这样穿插进行叙议，使人不乏其味。为了增加议论的说服力和趣味性，可以古今中外旁征博引洋洋洒洒。但要选择得当，不宜过分铺展，以免喧宾夺主。

为了引起读者的注意力，发挥警示作用，也可以先引出一些模糊认识、错误观念、迷信或谣传，或者误区，然后再讲科学道理，或纠正错误认识，或批驳封建迷信。如在《条幅不治夜哭郎》一文中，是从“天黄黄地黄黄，我家有个夜哭郎。过路君子念三遍，一觉睡到大天亮。”这样一条在民间比较流行的迷信条幅说起的，引出小儿夜哭的原因和科学处理方法。在《你可能了如指掌》一文中，是通过揭露“看手相卜命”来讲解神秘的肤纹学。所以，科普作者也有一个深入生活，了解民情的问题。这样才能做到问题抓得准，议论有的放矢。

第二，为了增强议论的力量和感人的效果，科普小品作者应该总结、凝练出科学的警句。

这些科学警句有严肃的科学性和深刻的哲理，是医学、哲学和美学熔于一炉的产物，它便于读者领会、记忆和遵循。如果一个科普短篇，有这样的警句在其中，会使文章干练精彩。我曾在不少科普短篇创作中尝试“酿造”，确有浓醇之妙。

我以为，一个科普作家，是将科学和文学巧妙而密切结合的能手，应该有能力去挖掘那些震撼人心的科学事实，并以简捷生动的语言写出来。我们交给读者的是经过冶炼的纯品，这个过程有时是很艰苦的，我有时为了思索这样的一句话，胜过写两篇文章。我不敢以此与居里夫人从成吨重的矿石中去提炼一克镭相比，但愿以这种精神去锤炼自己的作品。

一些类似警句的短句的确可以抓住读者的注意力，比如：

“更年期——多事之秋”

“卵巢——是非之地”

“绝经后出血是个危险的警号！”

“玩具不能比嘴巴小”

“父母，请注意你们在孩子面前的言行”

“孩子从低于自己身高的地方跌落，常常无碍；而从高于自己身长的地方坠落，常常是危险的”

……

我有时真希望有心的读者能记住这些话。在一次偶然的机会，我从一对年轻父母的谈话中得到了安慰，受到了激励。那一次我在商店流连，旁边是一对年轻父母在为他们 2 岁的孩子挑选玩具。父亲说，给孩子买几个五颜六色的玻璃球吧，让他在床上玩。可是母亲马上说：不行，我记得书上说，玩具不能比嘴巴小。孩子容易把玻璃球放到嘴里，这要出危险的——一个科普作者没有比这时更激动的了！

有些精辟的短句是自我提炼的，有些则可以从名人名著中采撷，可谓“拿来主义”，只要适宜，应该有画龙点睛的作用，也小心不要画蛇添足，故作“文化”“深沉”状。

我以方及署名的《性爱之道》由53篇文章构成，每篇都有个题记，有的是我自己想的，有的是引用别人的句子，意在点出该文的要义。不妨举出几个：

《人与性》——性，生之桥；性爱，爱之链。

《性欲之由》——灵与肉皆为天赐。

《处女膜之谜》——贞操不是解剖学而是伦理学的一种概念。

《新婚前后》——一对夫妻的命运，也许在第一个晚上就决定了。（巴尔扎克）

《性生活和谐的建立》——性爱是给予、接受和分享。

《早泄与阳痿》——同乐则乐倍之，分忧则忧半之。（瑞典谚语）

《性冷淡》——没有冷淡的女人，只有笨拙的男人。（法国谚语）

《性与性病》——情欲，既可以把你送入宁静的港湾，也可以把你卷入灾难的漩涡。

第三，在科学小品中，可以为读者总结提炼出便于遵循的要点条目。

或者将这些条目放在文章中间，或者以此为结尾，给读者以明确的要领。

这一写法在国外的科普文献中很流行，甚至影响到专业杂志。有的干脆变成了科普文摘，后者比原文更受欢迎，言简意赅，一目了然。比如，我们常见的“预防癌症十二条”、“儿童十忌”等等。当然，单纯罗列条目也许不能算是科普小品，但如果在我们的科学小品中适当地融入这种方式，则会增加科普效果。

我在《少女也应该做妇科检查》一文中，除了谈少女妇科检查的重要性以外，最后开出了一份在哪些情况下应该去做妇科检查的“清单”，可以认为是亮出了“黄牌”警告。

在《当孩子发生意外的时候》的短文中，也列出了在哪些情况下要立即到医院去的条条，可以说是醒目的“红牌”！

在开具“条条”的时候，也颇有讲究，要注意以下几点：

一、不能平平淡淡地开条条，那样会显得平庸无奇。

二、条条不可太多，不可反复罗列。如是，岂不成了“中药铺”。

三、语言要精练、准确、有趣。

四、在一篇文章中，条条的文字和内容比例不能过大，否则便不是科学小品了，而成了一个“说明书”。

作用于理智，作用于感情

好的医学科普小品应该是既作用于人们的理智，又作用于人们的感情。

因为医学的对象是人，人有思想、感情，人有社会家庭环境。所以，无论是对健康人或者病人，单纯的卫生知识宣传有时是不能解决问题的。不理解病人的医生和护士，不是好医生和好护士；同样，不理解读者的科普作者，也不会写出好的科普作品。

医学小品要有严肃的科学性，也要有热切活跃的思想感情色彩。好的科普小品，让读者觉得像是和一位可信赖的医生促膝谈心，像是和朋友对话，亲切而有教益。可以解除疑团，树立信心。所以，有时我的一篇科普作品完成之后，先请一位朋友，一位病人看一看，听听他们的反映，征求意见：选题是否有意义，是否看得明白，是否觉得有意思……然后再去修改。我想这样的作品是会受到欢迎的。

在一个偶然的机会，我读到了一篇怎样成才的文章，竟然有这样的一段话：有科学家素质的去当科学家，有艺术天赋的去当艺术家或作家；两者都难胜任者去当科普作家。我以为这是对科普作家的玷辱！我反其意而行之，应该说：科学家未必能当科普作家，作家也未必能当科普作家，只有集科学家与作家于一身者，才有资格当科普作家。

也许写一篇科普小品不太难，而要使其作用于人的感情，却是要煞费苦心的。

比如，在讲少女原发性痛经时，怎样使少女既要重视痛经问题，学会缓解痛楚和注意隐匿疾病，同时又要解除过多的思想顾虑呢？须知，思想紧张、恐惧本身就会加重痛经。我在文中以两个“一过性”来说服读者：第一个“一过性”是痛经发生在月经初潮以后半年到二三年的时间，随着年龄的增长，结婚、生育等会不治而愈；第二个“一过性”是每次痛经持续时间不过一二日。当然，文章也可以不这样写，但把这两个“一过性”突出出来，会明显地减轻女青年的思想负担。

医学小品的写作是作者利用医学知识的文学再创造。因此，它不是简单地把医学术语和概念的一般性通俗化或“白话”了事，它要求作者经过一番“冶炼”之后，奉献给读者可用的东西，而不是原材料。这正是科普作品和科学论文的根本区别。所谓“冶炼”，就包括诉诸感情，要倾注于对读者深沉的同情和爱！

《当妻子怀孕以后》一开始便说：

当你的妻子怀孕以后，小家庭充满了喜悦和期望，你即将取得做父亲的资格。你可曾知道，应该为辛苦的妻子，为可爱的宝宝做些什么？什么是未来爸爸的责任？

这是用和年轻的丈夫亲切谈心的口气写的，一个即将做父亲的人怎么能不读一读呢！否则，即使你把产科学“翻译”成再通俗的白话文也达不到这样的效果。这篇文章几个小标题的开头，都是着力激发青年朋友的感情的，如：

最使你难以理解的是妻子怀孕后性情的变化。她本来是温柔娴静的，此时会显得焦躁不安；她原来是开朗好动的，此刻却忧郁懒散。这是无须责怪的。

使你感到迷惘和不知所措的可能是妻子胃口的刁怪……

妻子送入医院，你的担心有增无减。妻子面临着一场“艰辛的劳动”，你会感到爱莫能助。

最后，文章如此结尾：

从此，你就做爸爸了。从“做爸爸”的字眼到其实际，你都是陌生的。你要从实践中和书本上去学习，你要与妻子进行新的合作，共同挑起培养和教育第二代的重担。前面的路还很长。

我们可以体会到，医学小品和医学教科书，或者其他科学小品的区别，它要带有浓重的人情味。

医学小品中的议论要符合科学原则，也要有针对性，而且要周全。不能以讹传讹，虚假片面。讲话也要实事求是，留有余地，不可绝对化。

比如，我们在写《胎儿性别的决定》时，首先应该破除各种封建迷信、道听途说的宣传，也要纠正所谓生了女孩就责怪女方的认识。要从遗传学的角度说明，生男生女主要取决于男方的精子。但只说到这儿似乎也不全面，还可能留下夫妇相互指责的“口实”。我想如果这样写则会更好：

> 如果说要责怪的话，倒是应该怪男子的Y精子没有与卵子结合。可是这种“结合”，生儿或孕女是男女双方合作的产物，是受多种因素影响的。我们又能说谁是谁非呢？

类似这样的提法或写法是教科书所不能为的，要靠科普作者去思索、去组织、去完成。

科普作者的基本修养

一个科普作者应该具备以下的基本修养。

一、要做好本职工作

现今，我国绝大多数的科普作者都是业余的，专业科普作家很少。医学科普作者主要是医生、护士、医技及防疫人员和健康教育工作者。他们都有自己的本职工作，这是业余写作的根本源泉。离开了本职工作，或本职工作都做不好，就很难设想能成为一个好的科普作者，那是无源之水、无本之木。我以为最好先成为本业务的专家，其次才是科普作家。一味追求写作，而轻慢自己的专业工作，是不对的。当然，那种把业余创作视为不务正业的说法也是错误的。

二、科普创作是一项职业本领和一种社会责任

一个医务工作者应该从这样一种高度来认识科普创作，它是一项本领，它是自己应履行的责任。科普的社会效益并不亚于临床和科研工作，一个医务工作者忘掉了或不去做科普宣传，说其失职亦不过分。当然，科普宣传是多方面的，写科普小品只是其中一种。

我在《妇女健康漫谈》的科普小品集的后记中这样写道：

作为一个医生，我常常遇到人们提出的各种问题，甚至当病人痊愈出院的时候，他仍然有不少问题要求回答。一个健康人又何尝不想知道健身防病的知识呢？于是，我想，我的工作对象决不能限于门诊和病房的患者，那些未到医院的求医者为数更多。这便是我从事医学科普创作的契机——一篇科普小品也许可以帮我诊治更多的病人。

三、要了解民情民心

医务工作者有条件和人民群众保持广泛而密切的联系，他们的喜爱、疾苦、疑虑、向往，都是我们与之共分享共分担的。我们要从医学的角度，从精神和身体健康方面帮助他们，这也是科普作品的生命力所在。

现代医学有了长足的发展，已经逐渐从经验医学转变为实验医学，它使得医务人员越来越多地依靠仪器和实验室对病人进行

工作，而出现越来越脱离病人的倾向。著名医学家林巧稚大夫曾告诫我们医生不能做纯技术专家，医生应该永远到病人身旁去做面对面的工作。

我想，无论是做医生，还是做科普作家，都应遵从林大夫的教诲。

四、要勤于读书

读书的益处不必多言。而一个科普作者要读的书应该更多，包括：专业书——应该有最新的文献，使自己的专业知识处于最先进的水平；科普书——各学科的，汲取科普创作的经验，扩大视野，使自己科学的触觉更加敏感；文学艺术书——陶冶我们的情操，培养艺术鉴赏、语言表达的能力。

五、善于积累资料

“好记性不如孬笔头”，常读常记。或做文摘卡片、笔记，或复印，或买书，现今又有电脑检索，总之要广泛地、持久地积累资料。资料是无价之宝，要“不惜千金买宝刀”。

资料是多方面的，专业的、科普的、名人名句、理工文史的。厚积薄发，总是有益的。丰富的资料、锐敏的观察、深刻的思索是创作的必备条件。也只有这样，作品才会古今中外，纵横交错，侃侃而谈，娓娓动听。

六、勤于写作

这是写任何作品的根本诀窍。可以说，没有技巧，没有捷径，只有在写作中学习写作。

开始写，不得发表，没有关系。等于练了笔头。写得多了，写作的路子也就走出来了。

此外，我认为举办科普写作讲座是很有益处的。在美国有的大学里，已经开设了科技写作课，或辟有科技写作专业。主要目的有二：一是提高理工农医等学科大学生的写作能力，改变一些科技文献晦涩、乏味、杂乱和难懂的文风。使这些未来的科技人员能够清晰地、准确地、严密地表达自己的思想，不仅能写出好的科技学术论文，也能写出好的科普文章。二是针对学新闻学科的，使他们善于处理各种科技信息，能够更好地报道科技内容。

科技写作存在的问题日渐突出。我国著名数学家苏步青教授说："现在修改研究生的数学论文，花在语言文字上的工夫，甚至比花在数学上的还要多！"

我们是从事自然科学的，但我们为什么不可以文思泉涌呢？这只是需要我们善于学习、勤于思索、勇于实践罢了。准确、鲜明、生动地表达思想是任何科学工作者都不可或缺的素质。对于一个医生更应该如此，医生的责任感应该广泛而深刻，让我引用这样一句意味深长的话作为本文的结束语：

一个医生，如果他仅仅是一个好医生，那他就不可能是一个好医生。

春和景明，波澜不惊①

导语：十年磨一剑，百岁难成仙。也许要寻寻觅觅一辈子，也未必能得道；但我们却一直身处这个过程，向这个方向努力。

1940 年，我出生于岧峣的长白山下，潇潇的图们江畔。广袤的黑土地上本应造就出粗犷彪悍的北方汉子，我却被父亲寄予温良恭俭、宽柔简廉的秉性，亦取名：景和。记忆中，在我儿时，母亲总是疾病缠身，郎中也成了家中的常客。当时的郎中被称为于先生，每次出诊他都随身携带一个微皱黑色的神秘皮包，皮包中不仅装有听诊器之类的东西，还有个打针用的小铝盒。先生准备打针时，一股清新的酒精气味便弥漫于空气之中，一剂针药下去，母亲腹部的疼痛便悄然而止，甚是神奇。在那个年代，亲眼目睹痛苦难耐的母亲被郎中诊一下，打一针，就可以安稳下来，我心中便升起了一股崇敬之情，由此奠定了我行医的坚定信念。

深化人文职责

一名男医生选择妇产科，的确会令人不可思议。于我而言，

①原载《中国医院院长》杂志，采访记者：吴菲。

选择妇产科是机缘巧合。1964 年，我从白求恩医科大学毕业时，很幸运地被从 800 人中选中，与其他十几名同学一道来到北京协和医院，成为第一批闯入协和的东北人。当时林巧稚大夫担任妇产科的主任，她受欧美教育影响，习惯在每一届新生里挑一名男医生。对我而言，妇产科可以做手术，很能解决问题：孩子总得生出来，瘤是总得切除去，我喜欢刀起刀落的体验。恰好林大夫又挑中了我，心里很是高兴。从此我便成为一名妇产科医生。

产妇生孩子时总是痛苦得大喊大叫，这时有些女医生也许会不以为然，但男医生却不能。在他们眼里，女性为了孕育新生命承受了巨大苦痛，这是男性一生都无法体会的，因此，他们必须对女性更好些，女性必须获得更多的关爱。

女性是一个很特殊的群体，因为她们有责任孕育生命，一位年轻妇女若是把子宫切除，就会丧失很多：生育能力，甚至尊严。甚至很难和身边的人倾诉隐衷。为什么我们不替人家考虑呢？在诊治中，医生在遵守医疗原则的同时，也应该体谅患者的想法，特别是涉及更多伦理和社会问题的妇产科，必须正视这些问题。

我曾经就遇到这样一件事：20 世纪 70 年代，有一名在部队文工团工作的女青年，还没结婚就得了很严重的多发子宫肌瘤，从广州来北京求医，找我给她做子宫肌瘤剔除术。手术最终保留了子宫，而且没有破坏其生育功能，她很高兴。3 年后，她结婚怀孕了，恰巧又赶上我值班，为她做了剖宫产手术，接生了一个儿子。又过了 3 年，她的肌瘤复发了，当时她已经开了两刀，如果再挨一刀，剔除肌瘤会很困难。切子宫呢，她年纪又不是很大。这就很让人为难，需要抉择了。当时我很直白地对她说：

“从医疗原则上说，子宫不好再留，但你又这么年轻，你是怎么想的?”她对我说：“现在我的孩子已经3岁多了，还是男孩，挺好的，况且自己都30多岁了，不想再受更多的痛苦。”最后，我为她切除了子宫。很多年过去了，她的生活一直很美满。她的三次手术都是我做的，我认为还是很圆满的，病患解除了，孩子有了，其他顾虑也消除了，大家都很开心。

像这种情况平常在临床中经常会遇到，这时就需要协商。要解除患者的顾虑，首先就要仔细倾听她的想法。因为医治患者医的不只是身体的疾病，还要考虑患者的心理状态。这就需要充分的交流，平衡患者身体、心理、家庭状况以及医生的医学知识，最终取得一致。一名患者入院后，经过多项烦琐的检查与化验，很多时候，他会感觉自己是躺在一条冰冷的流水线上。但这里是医院，不是维修厂，他也不是一个有零件破损的机器，患者应该得到很温暖的人文的关怀。

医生一定要走到病人床边去做面对面的工作。试想，我对一名患者说，我是郎大夫，我是你的主治医生。这对医生是一件很有尊严的事情，同时也给予了患者尊严。在患者做手术的前一天晚上，医生来看望；手术之前，医生还要来看，这样一来，患者心里就会很安宁，很有依靠感。这是一名医生起码的作风，是一种技术与人文的融合。类似的医学人文教育应该从医学院开始，当了医生以后再在临床中不断地深化。

传承协和品质

1992 年，弥留之际的妇产科主任吴葆桢医生找到我，他说："郎大夫你回来吧，林大夫的科室是很重要的，这么大的科，你回来最好。"我听了他的话，回到妇产科做主任。我可以很自豪地说："我们科室有非常好的传统。"从林大夫开始，这种传承从未间断。虽然现在绝大多数的中青年医生没有见过林大夫，但都能感受到她的存在。

协和妇产科现在有 110 位医生，在一所综合性医院里是很强大的，并且专业齐全，梯队完备。也许是性格使然，身为主任，我更认同"垂拱而治"，发挥每个人的自觉性、自律性和积极性。搀扶长者、提携后生、携手同辈，这样才能打造一个团结的方队。

在科室中，每个人都有一个前进的 400 米跑道。400 米赛跑，意味着不能串行，专业分工明确。你可以努力不懈地跑，与同行竞争，但又不可碰撞。在这样的理念下，虽然不可能完全避免矛盾，但至少可以将内耗减到最低。

不仅如此，每所医院还都应该有棵大树，大树是一种标志。一提到协和妇产科，我们就想起林大夫，她就是大树。现在，我就算大树了。然而，大树到一定时期是需要剪枝的，遮挡了滋养小树的阳光雨露不行。只有小树成长起来，才会形成蔚为壮观的森林。

从医近50年，无论是当医生、做学问，还是管理科室，我都依着自己的本性去做事，不是疾风骤雨，而是用一种平和的方式去赢得光明。这当然也与北京协和医院的环境和传统有着不可分割的关系。现在回头看，医者的成长其实犹如历经一场艰苦的磨炼，无数次的锤打、淬火，百炼成钢。从外科医生的角度去看，医者必须经历三个境界：得艺，拥有娴熟的手法将手术完成；得气，在得艺的基础上对医学知识融会贯通，熟中生巧；得道，将事物的本质看得非常清楚，即使遇到一种没见过的病，也能够举一反三，登堂入室，从而达到更高的造诣。

十年磨一剑，百岁难成仙啊。也许要寻寻觅觅一辈子，也未必能得道，但我们却一直身处这个过程，向这个方向努力。

林大夫留下的[1]

当我们重新修订第3版，而将第4版呈现在读者面前时，历史又翻开了新的一页——我们进入了21世纪。

新世纪面临的医学问题主要有人口增长和老龄化，计算机技术的广泛应用和信息"爆炸"，遗传学的深入研究及至人类基因图的完成，以及医疗卫生保健系统的改革等。这对医学的发展和医生的责任提出了新的挑战和契机。

癌瘤或癌病仍是人类的主要杀手，除肺癌、肠癌以外，女性的乳癌和生殖道肿瘤的发生仍会上升，这将是妇癌工作者的沉重任务。

妇科肿瘤诊治的传统观念仍然是普查普治、早诊早治，近年又在治疗方面强化了现代观念，这就是微创化、个体化、人性化和多元化。内镜手术、经阴道手术、介入治疗（超声介入、高能超声聚焦HIFU及放射介入）等为我们提供了更多更好的微创技术，但微创是一个基本概念、是一项外科原则，诚如医圣希波克拉底所言"请你不要损伤！"其同样是肿瘤诊治的箴言。所谓个

①本文系作者为《林巧稚妇科肿瘤学》（连利娟主编）第4版所作之序（2006年）。

体化和人性化系指在诊治的规范原则下，因人、因时、因地之不同，采取相应的对策，并注意保护及改善病人的生活质量，尊重病家意愿和要求，重视保留其生理和生育功能。现今的治疗亦提倡多种方法、多种途径及联合治疗，强调支持治疗以及精神心理的关慰和照料。

在为此而实施的妇科肿瘤诊治现代策略是注重筛查，液基细胞学检查及人乳头瘤病毒（HPV）检测为宫颈癌筛查提供了简便有效的方法；子宫内膜癌的筛查亦在推行新的尝试；唯卵巢癌尚待研究更特异的标志物。癌前病变与交界瘤的处理也已成为重要的防治癌瘤的重要程式。保留生理生育功能关键在理念、手术及化疗选择以及子宫、卵巢甚至卵子的保护。难治性及复发性癌病的处理依然是最棘手的难题，逐渐形成的原则、方法以及深入的基础研究有助于攻克这些堡垒。此外，加强妇科肿瘤医师的人文修养对于诊治决策的建立至关重要，包括医师的哲学理念、医患关系、谈话与交流等。

正是在这种情势的影响下，在现代观念和现代策略的推动下，第 4 版《林巧稚妇科肿瘤学》诞生了。是应运而生，是水到渠成。

在过去的 7 年里，北京协和医院妇产科及妇科肿瘤专业组，老中青学者密切协作，临床与基础研究深入结合，使妇科肿瘤的诊治水平又提升了一个新的台阶。该科承担了多项关于妇科肿瘤的国家级科研课题，特别重视宫颈癌的普查普治，是最早引入液基细胞学、TBS 分类及人乳头瘤病毒 DNA 检测（杂交捕获，hC_2）的单位，并承担了北京市科技项目“北京城乡子宫颈癌前病变发病调查及早诊早治”，以及卫生部“十年百项”项目，推行子宫颈癌预防（CCP）的规范化。进一步重视妇科恶性肿瘤保留生理生育功能的临床研究；逐渐建立形成青少年妇科肿瘤学及肿瘤内分泌学亚专业；将PET引入诊断与追随；负责多项新的化疗方案的临床试验和推广实施；率先开展保留子宫的子宫颈根治术（Radical Trachlectomy）以及将腹腔镜手术引入妇科恶性肿瘤的治疗：对和肿瘤有密切关系的子宫内膜异位症的发病机制提出了新的观点；甚至报告了有效治愈少女外阴横纹肌肉瘤、母婴同患胎盘绒癌等少见及罕见病例……凡此种种，都在新版书中得到了很好的体现，使其成为有特色的、新颖的、有实用性和学术价值的参考书。非但如此，主编还邀请了科外、院外、市外的著名流行病学家、细胞学家、病理学家、免疫学家、肿瘤药物学家、放射学家等撰写有关章节，使内容丰富、充实，颇具权威性。

正是在全科同道的齐心努力下，近年妇科肿瘤的基础与临床

研究多次获得国家级及部市级奖励。并出版了不少有价值的书著，如《卵巢肿瘤的基础与临床研究》（连利娟主审、郎景和主编，2001 年）、《妇科肿瘤面临的问题和挑战》（沈铿、郎景和主编，2002 年）、《临床妇科肿瘤学》(PJ .DiSaia，WT .Greasman 著，郎景和、沈铿、向阳主译，2003 年）、《滋养细胞肿瘤的诊断与治疗》（宋鸿钊、杨秀玉、向阳主编，2004 年）以及《子宫颈病变》(郎景和主编，2005 年）等。这些成果既是同仁们辛勤劳动的结晶和阶段总结，又在本版书中再次得以升华与体现。

应该诚挚地感谢主编连利娟教授，连大夫作为林大夫之后的老主任，著名的妇科肿瘤学家，颇多建树。开始协助林大夫编撰《妇科肿瘤》，后主编第 2 版、第 3 版《林巧稚妇科肿瘤学》，获卫生部医药卫生杰出科技著作奖和北京市科技进步奖。而今虽年事已高，却壮心不已，殚精竭虑，带领我们再版本书。她极端认真负责，事无巨细，精益求精，堪称楷模。我们把这一再版过程当作一种学习、一种领教、一种锤炼、一种提高。

正像主编在前言所详尽追忆的，林大夫不仅是中国现代妇产科学的开拓者，也是妇科肿瘤学研究的先驱。今年恰值林大夫诞辰 105 周年，本书的出版亦是对林大夫的最好纪念。我们还深切地怀念为妇科肿瘤学发展与本书各版做出卓越贡献却已仙逝的宋鸿钊教授、吴葆桢教授、王元萼教授和夏宗馥教授，他们的名字和事迹将铭刻于后来者的心里！

一本书就是一部历史——它是跋涉者的足迹，它是攀登者的血汗！我们奢求于它的，仅仅像是长途中或远航中可以提供的路标和指南，哪怕只是一种参照和参考。我们也期冀所有的同道和有识之士创作出像《Te Linde's 妇科手术学》《Berek & Novak's 妇科学》、《DiSaia & Creasman 妇科肿瘤学》《Bonney's 妇科手术学》和《Williams 产科学》那样的巨著，以放射中国妇产科学之光华！

临床思维的思维[①]

这无疑是一部饶有兴致、理论与实践相结合的参考书，是具有创意、旨在培养临床诊疗思维的优秀教材。如何看待这部书、如何阅读这部书、如何使用这部书，主编有开宗明义，各章节作者有具体点拨陈述，当不必赘言。以下诸项倒是我的有感而发。

其一，书本上“最典型的”，实际临床中是最不典型的。

教科书当然要对疾病案例总结提领最典型的症状与体征，以求完整、全面，具有代表性，但临床上则通常不会悉数表达，甚至扑朔迷离。比如常见的妇科急腹症宫外孕，最常见的是输卵管妊娠，典型的表现是停经、腹痛和阴道流血三大症状，但30%的病人并没有明确的停经史，20%的病人腹痛不明显或不严重，也只有少数人有不规则出血，可见相当多数的病人症状很不典型。有经验的医生会仔细询问她的月经状况，包括末次的，再前一次月经，其时其量；会分析她的腹部不适、下坠及便意；以及阴道流血的状况。从想到、怀疑，以及必要的检查，得以诊断，甚至很早期的、还没有破裂的输卵管妊娠。

①本文系作者为《临床思维》（谢辛主编）所作之序，2009年。

举凡本书的案例，既有比较典型的，也有不很典型的，并有分析导引，推理思考，可与教科书相得益彰，互为辅成。但即便这些案例，也只是思维方法的训练，亦不可以此按图索骥、刻舟求剑。诊断如此，治疗也如此，有通常情况下的治疗原则，即规范化；也有不同病人的治疗选择，乃为个体化。没有规矩不成方圆，囿于条框，也难成图画。

其二，诊治的决策是成败的关键，决策在于思维。

决策就是决定的策略。诊治的决策基于临床资料的采集、整理、分析，诊断及鉴别诊断，检查、诊断及处理（有时是管理或治疗——Treatment 与 Therapy 并不完全一样）选择，以及相关问题的讨论、评估与对策，甚至包括医患交流和医疗文件，以期达到良好的诊治结局。我们常说，一个成功的手术，决策占 75%，技巧占 25%，足见决策之重要！当然，手术技巧也是完成决策的重要组成部分，需要决策的还有手术以外的很多事情。

临床决策的基本原则是：充分的事实或证据，周密的设计或方案，审慎的实施或操作，灵活的应急或应变，以及全面的考量或考虑。还应强调决策形成的严格性、严密性和可行性，使之完善安全诊疗、优化诊疗和节约诊疗。

为此，起主导和根本作用的是医生，特别是决策医生的思维方法及其知识、技能和经验等。科学的思维方法至关重要，实事求是地、全面地、辩证地看待事物（症状、体征、检查）、认识事物、分析事物，从而形成决策。要克服主观性和随意性、盲目性和偏向性、局限性和机械性以及非人文性等。当今，还应该特别注意现代技术投下的数字化、去感情化和“离床化”阴影。我以为，无论哪一级别的医院、哪一资格的医生，都是自觉或不自觉地施决策、做学问，均不可有凿空之言，凡事要思索。亦如圣人曰“学而不思则罔，思而不学则殆”。学问或学术乃为公器，不可济入其他。欲成其工，须先利其器，思维即是器之质矣！

其三，思维即在思维中，更在思维外。

我们讲到思维，自然要讲到思维者本人，就是我们妇产科医生自己。一个人的经历、意志、魄力、想象力、心理素质、品格修养，以至情感性趣、理想追求等等都在我们临床思维中起作用，不仅仅在于知识与技能，也不仅仅在于具体案例的诊治思维。所谓人之立人、立世、立业的条件有三：才、知、德，必兼备也。知是知识、技能，是可以通过学习与实践而获得、而积累；才是能力、灵性、兴趣，多为天赋；德是品格、理念、操守，靠领悟、思辨和升华。所以，人文修养和哲学理念更为重要，具有根本性、终身性，大概是真正的智慧之源。伟大的医学教育家威廉·奥斯勒说“知识是在自家脑海里塞进别人的想法，而智慧是在心灵深处聆听自己的脚步。”所以，我们在读这本书时，千万莫要忘记，不要仅仅是“塞入”别人的想法，更应“唤醒”和“聆听”自己的声音。还要学习、琢磨这些资深医生们对职业的洞察、职业的智慧和职业的精神。

感谢主编谢辛教授嘱我作序，是给我一个不揣简陋恣肆议论的机会；感谢诸位编者给了我们同道一部难得的佳作。我又陡然想起前些年我说的一段话：也许，我们学习得很不少，只是实践得不够；也许，我们实践得也不少，只是思索得不够；也许，我们不是记忆得少，只是忘却得多……愿与各位共勉之。

拥有初学者的心态是件了不起的事情[①]

我们高兴地看到一本新的妇产科学专著问世。

这是华克勤教授主编的《实用妇产科学》。该书的特点是实用，因为实用，其读者群会很广，必将受到欢迎。

其实，一部学术专著写到实用是很难的，而实用又不平庸就更难。记得2012年在意大利米兰召开的欧洲肿瘤协会（ESMO）大会的宗旨是“好的科学、较好的医药、最好的实践”（Good science，Better medicine，Best practice），即在如此高端的学术盛会上，依然强调注重临床实践的重要！但我的体会是，还要善于学习运用别人的经验，包括书著和文献中阐述的观点、方法和技术。诚如培根所说：“学问本身并不给人以运用学问的本领，这种运用之道在学问之外，是学问以上的一种智能。”这种学问以上的智能为何物，则各有领悟和仁智之见了。

看到上海复旦大学妇产科医院编撰的书，自然想到红房子医院，想起王淑贞教授等前辈专家。作为中国现代医学史上的杰出女性，王教授与北京协和医院妇产科林巧稚大夫有“南王北林”

①本文系作者为《实用妇产科学》（华克勤主编）所作之序，2012年。

之誉。我在大学读的高等医药院校试用教材《妇产科学》就是王淑贞主编、林巧稚评阅的（人民卫生出版社，1961 年 4 月第 1 版）。作者说，费时 3 年得以完成。1981 年 4 月王淑贞教授又主编出版了《妇产科理论与实践》（上海科学技术出版社），此乃是有重要学术史料价值的名著，印数达 45500 册，的确有理论和实践意义。后来又有张惜阴任主编、朱人烈任副主编的《临床妇科肿瘤学》（上海医科大学出版社，1993 年 3 月），也用了 4 年时间，足见其良苦用心及血汗之力。时光流逝，王大夫等已驾鹤西去，但她们留下的宝贵财富依在，她们伟大的医学思想至今熠熠闪光。

王淑贞教授以诊断正确、处理果断、手术细致著称，她经常教导下级医生"医生的经验就是从询问病史、详细检查、做出诊断和处理过程中慢慢积累起来的"。这与林巧稚经常告诫的"要永远走到病人床边去，做面对面的工作。要临床，不要离床。离床医生不是好医生"是多么相同而深刻的真知灼见啊！这些话在今天尤其有指导意义，也是贯彻在华教授主编的这部书里的主导思想。如是，才能避免医学本源的缺失和诊治要素的偏颇。

逛逛书店，买几本好书；安静下来，读上几段文字，真是无比惬意的事。还得有开卷有益的心态，借用佛教中的一句话，"拥有初学者的心态是件了不起的事情"。这是真的、必需的。至于为人作序不是做得更多，而是学得更多。

是为序。

重提阴道手术[1]

当我通读了这部令人振奋的巨著，并遵嘱要写一篇序言的时候，我油然而生出三个问题：如何看待经阴道手术，关于这部书以及我们如何读这部书与如何去做。

阴道手术的发展史已逾百年，重提此事可是一种怀旧和落伍？不是。正像本书著者所强调的，发展史证明阴道手术的卓越性，在现今技术进步（如内镜技术、器械工艺、能源使用、材料学）、观念改变（微创要求）及文化考虑（精神、道德及美学）的情势下，它更突显了重要地位。Dargent 手术（即保留子宫的子宫颈根治术）就是现代肿瘤手术之典范，借助于腹腔镜清除盆腔淋巴结，进而通过阴道完成子宫颈根治性切除，也体现了时代特征！而腹腔镜辅助的 Schauta 手术（Coelio-Schauta）更令人击节赞赏。我们所说的微创手术一般系指手术创伤小、出血少、时间短、痛苦小、恢复快等，但其含义本身则是外科的基本观念和恪守原则。微创手术的选择包括入径和术式，虽然入径与术式要根据病情而定，但从对机体的

①本文系作者为《经阴道手术学》（Michael C，Denis Q，Dargent D 著，熊光武译）所作之序，2007 年。

损伤、干预和影响而论，自小至大依次是经阴道—内镜—开腹。将阴道手术作为首选方式业已成为现代模式。尽管如此，我们依然认为开腹、内镜及阴道手术是三种并驾齐驱、相辅相成的方式，不可能以一概全。它们各有所长，各有所短，善于取长补短才是明智之举。

毫不夸张地说，这部阴道手术学是我迄今看到的最好的阴道手术专著。它体现了以 Danie Dargent 为代表的关于阴道手术观念、技术与经验的宝贵结晶，不仅有发展史的洞察，也有最新的进展，包括腹腔镜协助的 Schauta 手术，盆底重建及压力性尿失禁手术（如 TVT、TOT）。细腻精美的解剖图解跃然纸上，惹人喜爱揣摩；手术策划指南及警示给人启迪思索。在描述手术时，关键步骤非常详尽，仿佛与你面授机宜，甚至包括体位、收集袋的放置与计量出血等细节。更为可贵的是本书贯穿人文思想与哲学理念，客观而辩证，书中说“外科医生的职责并不是要创吉尼斯纪录，而是让他们的患者信任他们自己，并为患者提供最合适的治疗手段”。因此，我们将不必追求能从阴道切下多大子宫，外科从来不是技巧与器械的炫耀，患者比手术本身更重要！

最后，我想谈在当今时代如何开展阴道手术。中国的妇产科医生有丰

富的阴道手术经验，始于 20 世纪 50 年代的“两病”（子宫脱垂、阴道瘘）防治，安徽的张其本教授有经阴道施行子宫颈癌根治术的专著。近年亦有不少专家擅长阴道手术，与腹腔镜结合所施行的盆腔手术可与国际同道媲美。但总的看来，年轻医生所得到的阴道手术的训练较少，技能欠缺，有待加强，因此本书便是极好的参考书和教材。阴道手术和内镜手术一样是 21 世纪妇产科医生的必备技能。一个成熟的妇产科医生应该掌握各种手术方式，又善于形成自己的特长。

应该感谢熊光武教授等为我们带来这样一本好书。

医生的职业良知和社会责任①

这是为向阳、谭先杰两位教授撰写的《妇科肿瘤》科普书作序的补充，也是未尽之意的延伸。

从“谈癌色变”到增强防癌意识、防癌行动以及在防癌过程中与医生的配合，这是大众医学知识、保健观念的提升，有科学发展的推动，更有科学普及的作用。

不仅对于肿瘤，对于传染及感染性疾病，如艾滋病（AIDS）、非典型性肺炎（非典，SAS）、各种流感、结核、肝炎、性传播疾病（STD）等；对于各种慢性疾病（如糖尿病、高血压等）、心脏血管疾病等，科学知识的宣传、长期的治疗、随诊及保健措施；以及各种康复，包括体育训练、饮食摄生等，都是完整、全面治疗的一部分，无论医者及病者都不应该轻视和忽略。所以，我认为医学科学普及工作是医生的职业良知和社会责任。最经典而值得铭记的是伟大的医学家、教育家林巧稚大夫说的话：“妊娠不是病，妊娠要防病”，“如果等到孕产妇有了问题才来找你，产科医生的责任已经丢掉了一大半！”可见科普及预防的极端重要

①本文系作者为《协和名医谈妇科肿瘤》（向阳、谭先杰著）所作之序，中国妇女出版社，2013年。

性，又何止限于产科。

老一辈医学家都高度重视科普工作，或著文、或写书、或讲演、或广播电视，的确把这些“业余工作”当成医生职业工作的一部分，是业余而为，而非“副业”也。副业可做，亦可不做，正业则必须要做，科普是正业！

20世纪80年代，政治的春天到来了、科学的春天到来了，第一部全面的医学科普书出版了，即《家庭卫生顾问》（北京出版社，1980年）。领衔的就是林巧稚、翁心植等著名教授，影响甚大，不断再版，达千万册。当时，我做林大夫的学术秘书，正是在林大夫的教导及影响下，开始撰写医学科普文章，1982年即出版了《妇女健康漫谈》（天津科技出版社），直至21世纪初，累计写作字数达数百万字，出版图书30余部，而形成《妇女科学文丛》（中国文联出版社，1999年）共分4册，包括女人的一生（从初潮到更年）、女人的圣职（从妊娠到分娩）、女人的乐园（性爱与婚姻）、女人的雷区（肿瘤的预防与治疗）。

近年，中国妇女出版社又相继出版了《郎景和谈妇女健康》（2010年），《女性健康全书》（郎景和，2011年）、《女性生殖健康必读全书》（田秦杰，2013年）以及这部《妇科肿瘤》（向阳、谭先杰）等。

可以表达一种观念，就是对科普工作的重视。值得称道的是老、中、青专家都是以深厚的学识、经验及丰硕的学术、著作为沉淀、为基础的，北京协和医院妇产科仅在妇科肿瘤方面，就出版过《妇科肿瘤》（林巧稚，人民卫生出版社，1980年），以后改名为《林巧稚妇科肿瘤学》（连利娟、郎景和、郭丽娜，2～4

版），《滋养细胞肿瘤的诊断与治疗》（宋鸿钊，人民卫生出版社，1981 年），以后改名为《宋鸿钊滋养细胞肿瘤学》（向阳，人民卫生出版社，2010 年）。还有《实用妇科肿瘤诊治指南》（郎景和，台湾新竹天禄出版社，1991 年）、《卵巢肿瘤的基础与临床研究》（郎景和，中国协和医科大学出版社，2001 年）、《妇科肿瘤面临的问题和挑战》（沈铿、郎景和，人民卫生出版社，2002 年）、《妇科肿瘤临床决策》（沈铿、郎景和，人民卫生出版社，2007 年）等。正是在这些工作的基础上，我们才完成了妇科肿瘤防治科普的著作和任务，如《妇科肿瘤的故事》（郎景和，人民卫生出版社，1998 年）以及这部《妇科肿瘤》。

因此，我们可以说，学术发展与科学普及是相互促进、相互转化的。也可以说，“在提高指导下普及，在普及基础上提高”。在科普工作中，我们可以发现公众亟待解决的困惑和问题，以启发学术研究，临床的或基础的；学术研究及其结果可以更好地在公众和社会中加以应用和推广，并保证其科学性、可靠性、先进性，特别是新理念、新技术，使公众受益，乃为医学的民生意义。一种疾病，如肿瘤的医学对策，包括筛查、预防、诊断（特别是早期诊断）和治疗（特别是

早期治疗）四个范畴，可谓“四环医学”交叉集聚、相互连锁，构成“防治链”。其中任何一项几乎都有科学普及的任务和作用，所以科普也是这一“防治链”的组成部分，更是一个“黏合剂”。

科普工作另一个重要使命是与迷信与愚昧做斗争。如果说从前的几十年主要问题是愚昧与封建迷信的旧传统、旧风俗、旧习惯及落后意识起主要“负能量”作用，而近年，则有各种各样的新旗号、新招牌、“新技术”、奇异歪招、土洋新秀充斥于世，招摇撞骗，蛊惑于民；各种各色的“大仙”、“神医”丛生，人们趋之若鹜，而深受其害。可谓不科学的、反科学、伪科学的宣传，比不宣传更加有害! 因此，宣传阵地、媒体平台，科学不去占领，杂草、毒草便会滋生，与反科学、伪科学做斗争显然是科学家的良知和责任。

以上是借向、谭这本书，引出作为老医生、老科普工作者的一些话，愿与青年朋友共勉之。

医学是人学、艺术与哲学①

我有一个写笔记的习惯，包括读书笔记、手术笔记等。特别是当做了或看了一个有意思的手术后，坐下来回顾（review）一番，或再过一遍（rewind），感到特别有滋味。我把它称为“反刍”（rumination）——乃为消化所必须。然后将操作步骤、要领以及自己的体会记录下来，还配上图解，或者对有些问题再查阅资料，做摘记，并加评论，这便是我的手术笔记了。日久天长，居然成章成册。

手术笔记便于积累经验，提高悟性，真有以一抵十的作用。认认真真地做一个手术，仔仔细细地总结一个手术，甚至可以胜过稀里糊涂地做十个手术。开始，我只是把它作为个人的工作日志，有时也拿出来给年轻医生和学生们研读、讲解，大家觉得比看有关手术学的著作还有收获。后来，《健康报》记者周寰先生看到我的笔记，颇感兴趣，认为虽然是很专业的手术问题，但文字比较洒脱，容易理解，引人入胜，遂开专栏连载。读者反映不错，更有剪报收集者、来信来电征购者，着实令人感动。一年下

①这是《妇科手术笔记·第一卷》的序言，该书是作者的一部关于妇科手术技术的专业著作。

来，竟有20余篇。文章毕竟太专业，不能长时间占据栏目当"恶霸地主"，只好中辍。而中国科学技术出版社赵秀娥先生又一眼看中，慨然约稿，拟出专著。这便督促我继续整理文字、描绘图画。临床、科研和教学工作太繁忙，拖延不少时日，赵先生称不好意思催稿。我倒是真的不好意思，因为有很多人以为书早已经出了，不知到何处去买……

这不是普通的手术学和教科书，未求全面、系统，只是选了一部分常见手术和特殊手术，并讲明实施的方法和技巧，尤其是对一些手术的特殊处理加以描述。因为是笔记，我对每个问题都开门见山，直述其意，并无适应证、禁忌证、手术方法、术后处理和并发症等程式，而是讲重点，讲诀窍，讲思考。在文字上，我力求轻松流畅，避免艰涩枯燥，也是叙写科学文献的另一种尝试。所以，本书对有一定经验的医生更为适宜，可以仔细研读品味，我们似乎在直面切磋，共享工作愉快；对年轻医生，更可反复揣摩，领悟其意。不必正襟危坐。在案头、床边，信手拈来，读来不费劲，掩卷有回味。

除了记录有44个问题的手术笔记以外，我又遴选了与已经发表的和手术直接有关的论文24篇，可以认为是一种补充对照，也充实了临床的具体材料，不无参考价值。

我一直认为医生应该有很高的人文修养，因为医生工作的对象是有生命的人。不可见病不见人，不可只医病不医人。妇产科医生更有其特殊性——面对的是女人，是为人妻为人母者，是集家庭所有重任于一身者，不可稍有疏忽和懈怠，更应得到尊重与关爱。完成这一使命的妇产科医生显然应该体会到妇产科学不仅是一项技术，更是一种人学，一种艺术和哲学。所以，我在笔记中说了一些技术以外的话，但愿不是多余的。

我在北京协和医院已工作了36年，有了一点经验，那是我的病人给的，是我的师长给的，林巧稚、宋鸿钊、连利娟和吴葆桢等教授，他们的热心传道、授业、解惑，使我终身受益。我的同事，甚至我的学生们都是和我挽手协作，共同组成了永远前进的方队。这部手术笔记，虽然从文字到绘图都是我单干而出，但书中记述的内容，在某种意义上都是我们这个队伍共同锻造的。

为了整理这本笔记，我又购买和浏览了我能得到的所有中外妇科手术书籍，从中学习，特别注意不重复，少重复别人已经说了很多、说得很透的话。不敢说另辟蹊径，只为少走老路。

感谢病人、读者、同道和朋友们给予的关注和支持。作为专业书，我自知瑕疵难掩；名为笔记，也聊以自慰。不论怎样，它非一日一年之功，我看重于它，不啻亲生儿女。因此，无论从内容抑或形式，都愿聆听指教，匡其不逮。

《妇科手术笔记·第一卷》题记

《妇科手术笔记》是作者郎景和三十余年（编撰出版时）临床妇科诊治及手术经验的总结。该书以散文笔记的写法，轻松、流畅地阐述了沉重、艰涩的科学命题和复杂的操作过程，亦谐亦庄，不失严谨与求精，于 2001 年 5 月由中国科学技术出版社出版，后又再版 5 次。

本书名曰“笔记”，实际是很专业的妇科手术学，不是科普读物。因为写法特别，故不仅妇产科医生愿意读，其他科医生，甚至局外人也喜欢读。为学术专著写题记，恐怕绝无仅有，也是一种尝试。看看这些题记，琢磨一下手术笔记，会有一种既轻松又隽永的感觉，体现医学的人文理念。

1. 曹雪芹·《红楼梦》：假作真时真亦假，无为有处有还无。——人工阴道成形术之造穴

2. 李白·《清平调之一》：云想衣裳花想容……会向瑶台月下逢。——人工阴道成形术之腹膜法

3. 泰戈尔·《飞鸟集》：我不能选择那最好的，是那最好的选择我。——人工阴道成形术之魏氏法

我从中学时就喜欢泰戈尔的散文诗，《游思集》《飞鸟集》等的优美诗句至今倒背如流、朗朗上口。在大学时，因为上课时看泰戈尔被同学“告密”，“罢免”了我的团小组长职务。

此句在这里提示我们，给病人选择治疗方案一定是最好的。另一句翻译过来的话与此有异曲同工之妙：最好的一开始就给予，一开始给予的就应该是最好的。

4. 流水不腐，户枢不蠹。——阴道斜隔

5. 外行看热闹，内行看门道。——一种阴道后壁膨出修补法

6. 有时，外科医生的“残酷”，恰是一种仁慈。——兼治肠疝的阴道封闭术

7. 陆游·《游山西村》：山重水复疑无路，柳暗花明又一村。——从阴道切除大子宫

8. 处女膜及其完整与否，终究是个解剖学问题，为此所怀的自豪感或犯罪感都未免太严重了。——处女膜修补及整形术

9. 无意辟蹊径，天然去雕饰。——小阴唇整形术

此句甚美，犹同禅语。小阴唇修补（太专业了）是教科书及手术学都没描述的，术中之操作应是自创，虽无意于此，却也是另辟蹊径。我将外科手术的意境或外科医生的层次划分为三：得意、得气、得道。得道者方有升华之感觉，举一反三、地作天成。我也说："十年磨一剑，百岁难成仙。"——我们穷其一生亦难达到。

10. 道虽迩，不修不至；事虽小，不为不成。——阴蒂整形术

11. 刘孝威·《寄妇》：经稀疑杼涩，纬断恨丝轻。——会阴阴道修补"经纬论"

12. 孔子·《论语·为政》：学而不思则罔，思而不学则殆。——子宫颈 Sturmdorf 缝合法

13. 《菜根谭》：知机真神乎，会趣明道矣。——意外发现的术式：卵巢楔切术

14. 败也卵巢，成也卵巢。——卵巢囊肿剔除术：适应证与切口选择

15. 破坏是单纯的，而建设可以各种各样……——卵巢囊肿剔除术：止血与缝合

16. 尽管我们有一双眼睛、两只手、两条腿，但谁都知道，每一个都是弥足珍贵。——卵巢囊肿剔除术：腹腔镜手术

17. 希波克拉底：请你不要损伤！——输卵管显微镜外科（之一）

18. 建设比破坏难得多。——输卵管显微镜外科（之二）

19. 过犹不及，多抑或缺。——子宫畸形的矫治

20. V·邦尼（英）：为了半打纯属良性的肿瘤而切除年轻女性的子宫，不啻一次外科手术的彻底失败。——子宫肌瘤剔除术：最初的考验

21. 在犁过收获后的马铃薯地里，我们总可以挖出遗留的马铃薯。——子宫肌瘤剔除术：技巧

这是一个再恰当不过的比喻了。儿时曾跟同学做过这种有意思的活计，土豆地已被犁开，收成过，但小孩拿着提篮，还能捡到不少“漏网”的小土豆，甚至较大的土豆。肌瘤剔除，特别是多发性子宫肌瘤，常常会有小肌瘤隐匿而未被发现者，又不能将子宫切得千疮百孔。所以，要让病人理解，当然，手术大夫要认真仔细地检查，尽量避免遗留。我们曾经在一个子宫上挖出200多个肌瘤（亦难免有遗留！肌瘤愈多，遗留的可能性愈大）。

22. 泰戈尔·《飞鸟集》：神期待着人在智慧中重新获得童年。——子宫肌瘤剔除术：缝闭瘤腔

23. 看画家作画，点点拨拨，像是随意涂抹；看工人盖房，垒砖抹缝，似乎简单粗糙。画成、楼立，却是浓淡相宜、美轮美奂的艺术品。——经阴道子宫黏膜下肌瘤去除术

24. 鱼和熊掌有时可以兼而得之。——筋膜内子宫肌瘤切除术

25. 吴葆桢：卵巢癌手术的最大失误是不做手术。——卵巢癌的手术：手术种类

26. 自然本身搭起了梯子，缺乏的只是我们攀登的勇气。——卵巢癌的手术：肿瘤细胞减灭术

27. “明知山有虎，偏向虎山行”和“初生牛犊不怕虎”是不同的，我赞同前者。——卵巢癌的手术：盆腔包块切除

28. 身体是一尊生命的山，还有流动着的江河、湖泊——血液、淋巴及其他……——盆腔淋巴结清除术：盆腔血管淋巴解剖

“身体是一尊生命的山……”发挥我们的想象吧。现今的问题是诊治的“去人性化”或“沙漠化”，把身体的器官当作一个部件，放在冰冷的流水线去检查修理，正是忽略了“生命”二字。温暖和关爱多么重要，就是山、水都需要环保，何况人呢？

我认为外科医生施行手术应该既合理、又美丽。

29. 《地道战》：各村有各村的高招……——盆腔淋巴结清除术：淋巴结清除技巧

30. 清除血管上的淋巴结，就像高空走钢丝。——盆腔淋巴结清除术：应急处理

31. 像任何以人名命名一样，解剖学上的名词并没有刻在那个部位上，而是刻在外科医师的脑海里。——股三角解剖及Cloquet淋巴结

32. 这和高空走钢丝一样惊心动魄。——高位腹主动脉旁淋巴结切除术

33. 泰戈尔《飞鸟集》：创造的神秘，有如夜间的黑暗——是伟大的。而知识的幻影却不过是晨间之雾。——根治术中的两个侧窝和一个隧道

34. 谁都想破译生命之谜，那实在过于宏伟和困难。其实，能把人体的一个区域搞清楚就不错了——正像农民莳弄好他的自留地……——骶前区中的解剖和手术

35. 我们不仅要经常读普通解剖学，而且有时要翻阅发生解剖学。——性发育异常时的性腺切除

36. 妇科泌尿学把大家都不太管的事变成都爱管。——张力性尿失禁的手术

37. 歌德：凡是合理的，不一定是美的；但是，凡是美的，应该是合理的，至少是合理的。——一种有意思的阑尾去除术

因为外科不仅是技术，也是艺术，更是哲学。

38.《三国演义》：天下大事，分久必合，合久必分……——如何分离粘连

39. 世间的许多麻烦是因为位置没有搞对。——妇产科手术的病人体位

“位置”至关重要，外科称之摆好体位，却又常常被忽略，包括教科书等多无人问津。在国外，有的手术室有专门的护士管理

手术床位置与病人体位及照明灯光，使外科医生施术方便、舒适，也使病人安全、减少损伤。

本题记另一层意思是在社会生活、工作过程中，也要摆正自己的位置，看清上下左右的位置，使之和谐顺畅，减少拥塞、碰撞、倾轧与伤害。

40. 外（科）事无小事。——腹腔镜手术铺巾法

41. 在腹腔镜手术操作时，病人的安全是第一位的。——腹腔镜手术箴言

手术是劳苦的，手术是快乐的[1]

手术是很惬意的事，写作也是很惬意的事。如果你做了一个成功的手术，如果你写出了一篇有意义的论文，那时的感觉，便是惬意。

手术是很劳苦的事，写作也是很劳苦的事。无论怎样的手术，都须小心谨慎，如履薄冰，如临深渊；无论怎样的写作，都要斟酌再三，皓首穷经，那时的滋味，便是劳苦。

没有劳苦，哪里有惬意？没有惬意，劳苦何以得到报偿！

于是，我们日复一日、年复一年，做手术、写文章，乐此不疲。外科医生的生活与工作，似乎很枯燥，似乎还应该有些别的，可是时间没有那么慷慨，我们只能选择"高尚"。

在《妇科手术笔记》(第一卷)出版2年后，我又将这部第二卷奉献给读者。自然是惬意的、劳苦的。这些题目和体裁亦然是笔记性质的，稍用心的读者不难发现，我有意避开一般手术学屡写不辍的内容，更着意于其他书籍所未涉及或涉猎不多的问题，以避免和减少重复；或更突出自己的经验和体会。在陈述上，力求

①本文为《妇科手术笔记·第二卷》序。

轻松畅达、短小精悍，可信手拈来，几分钟读毕，明了可用；如感兴趣，不妨再静下心思，揣摩品味，会饶有兴趣。不论是初试手术锋芒者，抑或台上老将，都会各取所需，心有领悟。

我想做到文图并茂，这并非易事。如果说，手术是外科医生的强项，绘图则不尽然。但绘图应该是基本训练、基本功夫，可以培养形象思维和形象表达能力，也是创造力的一个基础。我甚至有一个志愿，就是做个漫画家，去表达那些耐人寻味的情趣和幽默。

当我们复习国内外妇科手术大师的传记和他们的经典著作时，的确有高山仰止之慨，甚至有一种阅读的“恐惧”，因为我们会发现，很多思想早已被大师们表述过了。但是我们亦然会为之激励、为之启迪、为之振奋：知识之无穷尽，学海之无涯际，发展之无限速。于是，追忆先哲，实际上是一种聆听、一种对话。

我有一个习惯，或者癖好，就是看书先看序、跋，因为它可以让你透视作者在正文中未能尽现的思想。所以，我也冀望读者不要疏漏前言、后语，所谓高山流水，多在山水之外也。

《妇科手术笔记·第二卷》题记

《妇科手术笔记·第二卷》作者郎景和，承袭第一卷的体例、写法和风格，作者整理和推出了50个新题目。文字与图表相映并茂，科学与文学融于一体，并将哲学理念注入其中，对科学文献创作的新思路日臻成熟。该书于2004年5月由中国科学技术出版社出版发行，后又再版2次。

1. 宋鸿钊：我绝不相信“癌症治不好，治好的不是癌症”的说法。——一代宗师医界楷模

2. 吴葆桢：我们对癌瘤的态度是殊死搏斗、锲而不舍。用尽最后一分力量，治到最后一分钟。——与癌魔抗争的斗士

3. 也许，我们学习得很不少，只是实践得不够；也许，我们实践得也不少，只是思索得不够；也许我们不是记忆得

少，而是忘却得多……——妇科手术大家

这是我在《妇产科临床备忘录》扉页上写的一段话。这本书是一位青年住院医生主编的，她将每天上级医生查房、巡诊及学术活动的精彩及重要部分记录整理，又参阅文献，最后集结成30万字的小册子，条理清晰、言简意赅。我为之命名为“备忘录”，很受欢迎，后又再版。这里强调，一是学习，二是实践，三是不断复习印证，加深记忆，和忘却做斗争。实际是实践—学习—再实践，如此循环不已，形成自己的技能和经验。在这个过程中，还强调要思考，做个“有心人”、“用心人”，这位青年医生就是“有心”、“用心”，善于学习的医生。

4. “台风”是素养、品格、个性、技术与经验的综合体现，是外科医生个人风格和全部特质的集中展示。——试论外科医生的“台风”

5. 外科手术，一半是技术，一半是艺术。只有技术，没有艺术，手术难以尽善尽美；只有艺术，没有技术，手术又不能完成。而统帅技术和艺术的是哲学，没有哲学，手术便失去方向，没了灵气。——外科医生与烟、酒、咖啡和眼镜

这是作者对外科手术的基本看法，外科是技术、是艺术、是哲学。之所以放在“咖啡”一节作题记，是想在外科医生劳累之后，或刚完成一台手术，或结束了一天的辛苦，坐下来，喝着咖啡，想想这个手术、这一天的工作是怎样的，我们追求的是什

么，我们辛苦劳顿之中蕴含着什么。除了救死扶伤，从外科手术的深层里挖掘一点思想、沉淀一点意味。也许我们需要养成这样一种习惯，曾子曰："吾一日三省吾身"，那是先哲。我们是凡人，就想想凡人的事也行。

6. 毕加索（西班牙）：绘画比我强，它指使我照它的意思行事。——妇科绘图：8 笔画法

7. 凡事，就怕小事不愿做，大事做不来，不大不小的事做不好。——外阴血肿

这是对外科医生成长、状态的描述。其实何止是外科手术，任何职业和工作都大抵如此。即如何对待小事和大事，亦如简单和复杂、低级和高级、主角和配角……

我的孩子外交学院毕业后到美国一个总领馆做副领事，开始

管签证。他觉得挺没意思，收过来申请单，复核材料，掌握几个原则，然后收款、发签证。“每天好像售货员。”他说。我很严肃批评他，一方面，你是代表国家的签证外交官呀；另一方面，你必须懂外交工作的最初始、最基本工作，你想当大使，也要非常了解和掌握签证的全过程呀。正像一个外科教授，也得从住院大夫做起，从写病历开始，从拆线、换药开始。

我认识一位亿万富翁，他的孩子在美国读完 MBA 回国工作，显然是接班公子，但父亲让他先做 3 个月清洁工，然后到多个部门轮转，并没有一开始就委任什么总经理、总裁之类。

所以，大事都是从小事做起的，小事里有细节，细节有时决定成败。

8. 不通则痛，通则不痛。——穿刺、切开与引流

9.《西游记》主题歌：踏平坎坷成大道……敢问路在何方？——先天性阴道闭锁手术

10. 子宫颈癌是感染性疾病，是可以预防的，可以治愈的。——子宫颈上皮内瘤变的检查与诊断

11. 我们缺乏的可能不是技能，而是管理。——子宫颈上皮内瘤变的管理与治疗

12. 如果同样的指征和条件下，一个手术能够从阴道施行，要选择从阴道做；若能够从腹腔镜做，要选择从腹腔镜施行。——腹腔镜下人工阴道成形术（腹膜法）

13.方法可以有很多种，技巧也可以有很多样，但原则只能有几点。——瘘修补的 8 原则

14. 王昌龄（唐）：青山一道同云西，明月曾何是两乡。——来秋氏间隙

15. 出路问题是一种政策，给出路或找出路。——腹膜后：你可以利用的空间

16. 一位病人或一种疾病适合某种手术或某种方式、方法和途径，并且这个手术或方式也是适合这位病人或她的疾病，这便是最佳的或最合理的选择。——良好地发展妇科内镜手术

17. 一根绳，无论你打什么结，或者在哪打结，都是可以使它缩短的。——圆韧带的缩短和悬吊

18.《海问》：瓦蓝的海，雪白的浪，海到底是什么颜色？潮退后，海滩上遗留下水母、海星、贝壳……是被海所抛弃，还是他们对海的背叛？——腹膜外科学：值得关注的亚学科

19. 希波克拉底：疾病是一个自然过程，症状是对疾病的反应，医生的主要功用是帮助身体的自然力量。——腹膜外科学：妇科中的粘连与预防

20. 可能是两个悲剧，或是两项提防：其一是不能随心所欲，其二是太随心所欲了。——压力性尿失禁的微创手术治疗：腹腔镜下 Burch 手术

21. 看见那条带，使我联想到缰绳，它管住了不驯的烈马；想到雨后美丽的彩虹，它带来了清爽和喜悦。——压力性尿失禁的微创手术治疗：TVT 手术

22. 黄永玉：很多年前，我与聂绀弩先生走在街上，我告诉他有个很好的故事。他说故事并不重要，重要的是谁来讲。——妇科手术，你所要知道的输尿管

我很愿意看永玉先生的书画和文章，其风格特异，其意蕴隽永。这句话也表明了他是多么可爱的怪老头。

这又是一句至理名言，问题是黄先生说的好玩。

一个故事谁来讲，一出戏谁来演，一首歌谁来唱，一个手术谁来做……诚然，这个“谁”非常重要，甚至是决定性的。所谓同样的事可以做起来可能很不相同，结果甚至大相径庭！所以，我们在做事情的时候（具体说到手术），必须选好做事的人（即术者及助手）。

23. 问题是科学技术的发动机。——子宫切除术的类别与选择

善于提出问题，无论是给自己，抑或给别人，都是科学技术发展的动力。有问题才能有发现、才能有创新。

就怕没问题。

讲完课，征询问题，鸦雀无声，会令人难过。

什么问题都可以：没听明白，深究其源，甚至争辩和反对，都是好问题。

“没有愚蠢的问题，只有愚蠢的回答。”

我们不缺乏讲演者、解释者，我们缺乏提问者、质疑者。

24. 鲁迅：世上本没有路，走的人多了，也变成了路。——全子宫切除术后的输卵管脱垂

25. 子宫内膜异位症是一个让你痛苦，折磨你，又让你不死

的精灵。——子宫内膜异位症的手术治疗：原则和分类

26. 飘飘扬扬的雪落在冰冷的地上，一层一层，一片一片不化不融……——子宫内膜异位症的手术治疗：腹膜型

27. Sampson 是当之无愧的“子宫内膜异位症之父”。他提出了发病学说，他命名“巧克力囊肿”，他指出恶变的标准……——子宫内膜异位症的手术治疗：“巧囊”

28. J.Donnez（比利时）：这是第三种子宫内膜异位症，请你们忘掉深部结节吧。——子宫内膜异位症的手术治疗：阴道—直肠型

29. 但丁（《神曲》）：……我向前走着，走着，看到了花朵，脚步就停了下来。——子宫内膜异位症的手术治疗：腹壁内异症

我喜欢但丁这句话。

我有一个做文摘笔记的习惯，从中学时代就开始了。一个小本子经常带在身上，我把它称为“知识的篮子”，采撷知识也。扉页上写道：我丰富你，你培养我，我们共同进步。这些本本多达几十册。现今，我改用宣纸线装本，一做文摘、二可练字，不枯燥、不厌烦，始终兴趣盎然。每册的卷头词各有不同，如：“字句有灵魂”、“有书无法集”、“风花雪月”、“业（夜）余而为之”……，又增加了很多自己有感言、评注、议论，并非仅仅是文摘而已。

做文摘、写笔记，是思想捶打、是前行脚步，要一锤一音、一步一个脚印。

30.《汉书·贾谊传》俚谚曰：欲投鼠而忌器。——子宫内膜

异位症的手术治疗：会阴内异症

31. 生殖器官可因其太老而失去功能，但却不会因太老而不长肿瘤。情况通常是其相反。——妇科肿瘤诊治纲要

32. 外科不仅是一门技术，也是一门艺术、一门哲学。——浅谈妇科肿瘤医师的培养

33. 哨兵常常第一个发现敌人，哨兵也常常是第一个牺牲者。——前哨淋巴结（之一）

哨兵和前哨淋巴结概念太清楚了。哨兵坚守岗位，防范侵犯，我看见部队大院门口就有岗哨及“哨兵不可侵犯”的牌子。前哨淋巴结作为人体的警卫，受到关注。

这是科学，也是社会常识。

无论作为科普，还是学术讨论，要善于将深奥的事理与人们的常识结合起来，这是件有意义、有意思的事情。

不是讲的越深奥、越玄虚，就越高级，恰恰相反，将深奥的东西讲的大家都能懂，特别是局外人也点头称是才算本事。所谓深入浅出，只有深入才能浅出，那表明你对问题理解的透彻。

34. 张旭（唐）·《桃花溪》：隐隐飞桥隔野烟，石矶西畔问渔船。桃花尽日随流水，洞在清溪何处边？——前哨淋巴结（之二）

35. 毛泽东：暮色苍茫看劲松，乱云飞渡仍从容。天生一个仙人洞，无限风光在险峰。——淋巴结清除术的水平分级

36. 内镜伸展了我们的视觉，延长了我们的手臂。——腹腔镜淋巴结切除术

37. 好与坏的变化，都有个过程。一般地说，不会一下子变坏，也不会一下子变好。可谓“冰冻三尺非一日之寒”——癌前病变及交界性肿瘤：概念和意义

38. 勿以善小而不为，勿以恶小而为之。——癌前病变及交界性肿瘤：诊断和处理

39. 莱蒙托夫（俄）：它寻求什么，在那遥远的异地？它丢下了什么，在自己的故乡？——根治性全阴道切除术

40. 留得青山在，不怕没柴烧。——保留子宫的子宫颈癌根治术

41. 妇科肿瘤学的发展只是近100年的事。当我们看到世界发生如此巨大变化的同时，有不少地方、有很多人的基本医疗与100年前没有多少区别。——妇科肿瘤学纪事（之一）

42. 子宫颈癌仍是女性生殖道癌瘤中的第一杀手。子宫内膜癌的发病率逐年上升。——妇科肿瘤学纪事（之二）

43. 卵巢和外阴都是是非之地，尤其在多事之秋。——妇科肿瘤学纪事（之三）

44. 毛泽东：神女应无恙，当惊世界殊。——21世纪的妇科肿瘤学

45. 有时，要把问题复杂化，以探寻其细微；有时，要把问

题简单化，以提挈其纲领。——卵巢癌治疗提要

我曾戏言：科学家要把问题简单化，政治家却常把问题复杂化。当然，如是说，也有偏颇。只是对问题的认识和处理方式的确有差别。科学家要善于从纷乱复杂的事物或现象中找出有规律的东西来；而政治家则应从平常、简单的表象中察觉苗头和动向，以“青萍之末”至狂风大作。如果将两者结合起来，则如本题记所示，岂不更加完美！

46. 新世纪妇科肿瘤的治疗更强调“以人为本”。强调规范化、个体化、人性化、人文化，为之“四化”。——复发性卵巢癌的手术：基本考虑和选择

47. 毛泽东：不打无准备之仗，不打无把握之仗。——复发性卵巢癌的手术：手术的实施

48. 林巧稚：有时，你把患者的病痛解除了，可是她并不幸福，你还要考虑到她的婚姻、家庭和孩子……——妇科恶性肿瘤保留生育功能的治疗

理想婚姻不应忽视的问题①

爱是人们所歌颂的，被认为是永恒的主题；性是人们所不敢歌颂的，尽管它也是永恒的主题。

婚姻，作为人类男女的结合，有着复杂的背景，但直接媾和的因素应该是性。当然，婚恋不仅是情欲的表达，还有着更为丰富而深刻的内涵。不应回避情欲赋予爱情的巨大内在力和潜意识动机——我们仍然认为这是至洁至纯！但爱情给人的意识以坚定性、目标和目的，使性欲同人的审美、道德、社会观念等高级领域联结成和谐的统一体。因此，婚姻的要素也许有多种，但爱与性的和谐统一是最坚实的基础。爱与性是可以分离的吗？有只要性不要爱的，如花花公子的逢场作戏；有只要爱不要性的，如柏拉图式的“无色的爱”。不过，多数人还是愿意两全其美。我们要直言不讳地承认，理想婚姻应该包括称心愉快的性生活，它实际也是“生命质量”的一个重要标尺。谁又能否认，夫妻性爱失调可以危及忠诚、危及婚姻、危及健康呢？避免和预防这一可能导致双方冲突、冷淡、疏远、离异的危险因素是多么重要！正确

①本文系作者为《理想的婚姻》（[美]冯·德·魏德尔著，杨慧林等译）所作之序。

处理婚姻中爱与性的关系，不仅保护了家庭，也保护了人体和人性。对于家庭的价值观念，对于幸福的理解因人而异，但单以对性生活的态度的区别得出诸如道德之类的简单结论是不应该的，而医生的轻慢与草率也是极大的遗憾。

性，这曾是一方禁地，一块空白，一片阴影。它足以引起人们意念上的混乱、感情上的迷茫、身体上的失调。作为人的本能，作为一种生物学特征，它是天经地义地存在着：男女之别、两性成熟、媾和繁衍，编织着人深邃感情的纽带，构架着人生命的无限桥梁。因此，萎缩它的生机，剥夺对它的感受都是不可取的。有道是“食色，性也”，但色与食还有不同，食之种类、数量，全由自取，不碍他人。而色之观念、行为，则必涉对象（或性伴，或夫，或妻），这就不应该是一个完全自由和随心所欲的事，它要受社会、道德、法律的制约，这是性在人类社会（特别是文明社会）中所独具的，即使作为性关系的直接后果的生儿育女也受到了控制，它显示了性关系的人道化、高雅化，逐渐完善了灵与肉的真正渗透和结合。对于性的认识和态度，是以深厚的历史、文化、宗教为背景，以广泛的哲学、美学、社会学为根基的。无论是回顾历史，还是审度现实，我们都能够看到它既可以是庄严的圣火，也可以是淫乱的浊流。它是人类自身最沉湎的乐趣，也是最普遍的焦虑。当我们一方面要把某些人从性的愚昧中唤醒的时候，同时也要对“性自由”“性解放”的陶醉者提出忠告，因为包括艾滋病在内的性传播疾病的泛滥足以给人类社会带来难以预见的灾难——性被人类社会所贬低和亵渎，性也贬低和亵渎构成社会的人类！

于是，性知识、性教育对于我们每个人是不可缺少的。遗憾的是，我们每个人都太缺乏这类知识了。“认识你自己”，这是古代哲人的告诫，而我们最不完备的知识之一恐怕正是我们自身，特别是关于性。

作为研究两性发育、性生理、性心理、性病理、性治疗以及有关性的社会意义的科学，即性学（Sexology），只有一百年的历史。它的研究及论著者开始在欧洲，如克拉夫特－埃宾、布洛赫、弗洛伊德，以后是美国金赛的性学调查，接着是华生及玛斯特斯和约翰逊创立的性实验科学。从20世纪60年代起，在欧美的许多医学院校已经开设了性学课程，或成立了性教育协会、理事会，性教育被广泛推行。

在东方，令人感到骄傲的是，我国早在汉代（公元前206年至公元220年）即有人陆续研究性问题，当时这种学问被称为“房中术”，他们的论述被后人收集到中国古代巨著《医心方》中。在印度，十五十六世纪流行的性著作是《爱欲之舞台》，是当时写给王室的性教育书。我们可以从文化发祥的文明古国的文学、艺术和宗教中看到对性、性器官、生殖的描绘和崇拜，以及对它们的肆意的玷辱和神秘的遐想。我国在新中国成立前，尽管有不少有识之士呼吁重视性教育，但有关性学的书籍凤毛麟角。新中国成立后，20世纪50年代中期《性的知识》问世，它只有5万多字，可印数大，并被翻译为朝鲜文和越南文。就是这样一本最浅显的性的解剖生理小册子，在“文革”期间被指令定为“冠以科学之花的大毒草”而横遭批判。此后，性知识宣传便销声匿迹了20余年，直到80年代出版了《新婚卫生必读》（后改编为《新婚卫生》）、《性知识手册》《性社会学》等。近年来也编译或翻译了一些有关性的书籍，如《健身与性》《性医学》《性心理学》《性关系史话》《神秘的圣火》等。有些书尽管历经坎坷、命运多舛，但毕竟是性科学知识的一次复兴！然而，一旦禁锢的闸门打开，泥沙俱下，鱼龙混杂，低格调，甚至淫秽的东西也是有的，但这和性知识、性教育并不是一回事。我们总不能任凭色情文字和影视剧去撩拨人的情欲，而对性知识评头品足。即使是科学的性宣传，也难免有一定的副作用，正像任何治病药物有副作用一样，它因使用的适应证、剂量、用药方法以及个人反应而不同。但讳疾忌医是愚蠢的。同样，宝剑可以习武防身，可以杀敌，当然也可能被歹徒当作凶器，但不会因此而不铸剑；魁伟的身体可以做工，可以扬阳刚之气，当然也可能去凌弱侮人，但不会因此而反对健身。何况孱弱猥琐者也可为非作歹。所以，把性知识教育和诲淫诲盗与犯罪联系起来是不公正的。问

题在于要讲究适宜、适时、适度、适量。近年，各地已经开展了不少性教育、婚姻教育活动，它的发展令人瞩目。至于性学研究，在我国还是空白或刚起步。性学是一门边缘科学，应由社会学家、精神心理学家、泌尿外科及妇科专家，有关基础医学、药学及医疗器械等多学科专家协作来完成。这一工作得到的关注还远远不够。1987 年 6 月在联邦德国海登堡召开了第八届国际性学会议，与会者近千人，我国北方的一位妇产科教授参加了这次会议，并被接纳为国际性学会（World Association for Sexology, WAS）的第一名中国会员。该会总秘书长希望并欢迎我国派有关性医学方面的组织参加 WAS，这无疑是有益的，它将有助于我国和世界各国的学术交流和性学研究与发展。

这里呈现在读者面前的是一门阐述婚姻的性学基础的专著。作者是一位荷兰的著名妇产科医生，有着渊博的专业知识和丰富的实践经验，我们能看到他的另一部专业著作是 1931 年出版的《生育与不育》。《理想的婚姻》1928 年出版于美国，以后在西方各国畅销不衰。正像本书的副题所说，内容主要是婚姻的生理学和技术方面，有关社会学方面几未涉及。对于性的生理解剖、性生活的技巧和卫生学等，论述颇为详尽，是我国以往的译著中所没有的。它不仅以科学为基础，又上升到哲学的高度，耐人寻味；它不仅极富情趣，又引用了不少名家警句，醒人心智。读起来，情脉婉约，亦谐亦庄。所以，本书不仅是实用的婚姻教科书，也像是富于哲学味的人体情爱艺术雕塑。

作为西方文化的一种体现，我们也许会对本书感到某种陌生，那是由于我们在价值观和审美观上的差异，甚至只是一种坦率程度上的不同（如若是科学，还是堂堂正正地讲个明明白白为好）。诚实地说，该书的所有内容都并非不可理喻，这就说明人类心灵都是相通的，东西方的文化尽管千差万别，最终也许殊途同归，何况自然科学本来不应该以国界为障碍。本书是 1940 年的版本，对婚姻采取了严肃谨慎的态度，并以维护一夫一妻的爱情的合理性关系为前提，这应该为国人国策所乐于接受。当然，读者的理解、取舍和把握是自由的，纯洁和淫荡、端庄和下流，赖于文化观念和道德力量，崇高与滑稽也只有一步之遥！

应该感谢本书的译者和编者。他们都是小于这本书龄的青年学者，他们关心此道、潜心专研，译编极为刻苦、认真、负责，其科学胆识和奋发精神是值得称赞的。是愿为序，“借花献佛”——献给丈夫，献给妻子，献给医生。

《临床妇科肿瘤学》译者序

我们高兴地把这部著名的《临床妇科肿瘤学》翻译成中文版并介绍给同道们。

新世纪伊始，妇科肿瘤学发展迅速。回顾百年来的进步，对临床医生而言，进步意味着早期诊断、有效的治疗、减少患病率、延长生命及改善生活质量。从伦琴发现 X 射线、居里夫人分离出镭以后，人们很快将其应用于肿瘤的诊断与治疗；从 Wertheim 完善并传授宫颈癌的根治术，到 Schauta、Te Linde、Bonney 这些手术大师们的精彩外科技术；从 George papanicolaou 的阴道宫颈细胞学检查及分类，到 CCT、TCT 和 TBS；从单一的学府、医院的工作，到国际联合组织行动，如 FIGO 妇科肿瘤委员会、UICC、北美 GOG 等，多中心合作、“年度报告”已经成为癌瘤防治的不可或缺的内容。这些技术的进步是整体科学技术发展的缩影。因为在 Wertheim 等所处的时代，电灯尚未广泛使用，交通是蒸汽机动力，知识和物质的传播和交流非常缓慢。而现今已进入电子时代，任何信息和知识可以在片刻传递到世界各地。但科学技术，包括医疗卫生、癌瘤防治，也和经济文化发展一样极不平衡。今天世界上还有许多人生活在没有电、没有清洁水源，甚至没有基本医疗的困境中，这和一百年前几乎没有什么区别！我们之所以如此赘述历史和现状，只是感触于我们的责任。

中国的妇科肿瘤防治成绩斐然，如20世纪50年代的大规模子宫颈癌普查普治，60年代的滋养细胞肿瘤的有效治疗，以及之后的卵巢癌、子宫内膜癌的临床与基础研究。中国也拥有世界一流的妇科肿瘤学家，如宋鸿钊教授等。中国的妇科肿瘤学组（CGOG）的成立并不比美国晚多少，而且富于成效，自1980年至今已有七届会议，并组织多中心合作和临床试验。但我们面临的问题很多，如宫颈癌的筛查、宫颈病变的防治、子宫内膜癌发病率上升、卵巢癌的治疗不理想等，特别是我国幅员广大、人口众多，经济文化、医疗卫生发展不平衡；肿瘤诊治规范的建立与推行、肿瘤医师的培训与继续教育制度的完善，都亟待解决。这也是我们在繁忙工作的同时，愿意翻译出版一本好的妇科肿瘤专业书的初衷。

《临床妇科肿瘤学》是一部国际流行的、颇受好评和欢迎的妇科肿瘤专著，自1981年开始，每二三年再版一次，经久不衰。其特点是侧重于临床诊断和处理，很有实用性，又不断注入新概念、新技术。有些临床观念被广泛应用、脍炙人口，比如我们常规的卵巢肿瘤良恶性判断的十条，卵巢上皮性癌可以保留生育功能的十条等，盖出自DiSaia等之手。本书文图并茂，一些图解、表格，便于领会、记忆，尤可用于教授医学生和青年医师。所以，它不仅是临床工作，也是临床教学的重要参考书。我们曾反复参阅过它的过去版本，这次能将其2002年最新6版翻译出来，也是该书的第一次中文版，乃为译者和读者共同之幸事。

担任这次翻译工作的都是中青年医师，基本都是医学博士，又有一定的临床实践经验，工作认真负责。这使我们难以忘怀老师们的谆谆指教。林巧稚教授、连利娟教授和吴葆桢教授等为我们的妇科肿瘤的诊断和实验研究奠定了基础。我们科相继出版了《妇科肿瘤》《林巧稚妇科肿瘤学》《滋养细胞肿瘤的诊断和治疗》《卵巢肿瘤的基础与临床研究》和《妇科肿瘤——面临的问题和挑战》等妇科肿瘤专著，正在编撰《滋养细胞肿瘤的理论与实践》，连同这部译著的出版，都是我们妇科向肿瘤进军征途中的一个里程碑和记录。

先进科技和现代医学的发展为妇科肿瘤患者带来了希望和益处。内镜手术的实用越来越广泛，尤其在卵巢癌、宫颈癌和宫体癌的诊断和治疗方面，虽然不能根本改变生存结局，但可能带来更佳的手术分期、更合理的治疗方案，减少手术并发症，改善生命质量。医学影像学、核素学的进展，尤其是 CT 扫描、MRI 及 PET 成像，极大地提高了我们确定疾病程度的能力，帮助我们制定治疗方针。实验室技术的发展可以检测用于诊断和追随的较为敏感和特异的肿瘤标志物，可以确认激素受体，用于某些肿瘤的治疗。化疗药物和方案不断涌现，提供给我们更多的选择。免疫理论及其肿瘤疫苗研究，癌基因的确认和针对这些基因的分子效应而实施的特异性治疗，在肿瘤的诊治方面有着划时代的意义。在未来与妇科肿瘤的斗争中，我们有信心去取得突破。

正是在这样的形势下，我们翻译这本书；正是在这样的心境下，我们陈述了以上的文字，旨在与读者和同道们携手前进。至于译著中的疏漏恐难避免，望乞指教匡正。

你可知道，5个人中有1个患子宫肌瘤[1]

我们常说，每五位生育年龄妇女中就有一位罹患子宫肌瘤。我们甚至安慰她们，这和脸上长一个疙瘩那么寻常。但是，我们应该体察，当大夫告诉她长了肌瘤，或者B超报告中提示哪怕只有1厘米大小的肌瘤的时候，她们仍然恐惧、焦虑，甚至为此而四处求医寻药觅法。就是这样一种最常见的妇科肿瘤，在门诊一天就可以遭遇几个；在病房一天就可以动几个手术。这司空见惯的肿瘤，这习以为常的治疗，似乎使我们困囿于较为僵化的蛋壳之中，几乎没有“蜕变”出动人的“彩蝶”来！

经典的妇科学似乎已经将子宫肌瘤的临床表现和治疗阐述得很清楚了，但我们对其发生、发展还是不甚了了。20世纪五六十年代，苏联还做过一些较深入的基础与临床研究，如发病机制、子宫肌瘤和高血压的关系等。可是我们惊奇地发现，近年就是在欧美的文献也较其他问题为少，给人一种“疑无路”、“走到头”的假象，或者“无对策”、“难深入”的状态。其实，由于科学技术的飞跃发展，特别是遗传学、分子生物学、组织病理学、影

①本文系作者为《新编子宫肌瘤》（石一复主编）所作之序，2007年。

像学、药物学、内镜技术、介入技术等都对子宫肌瘤的基础研究和临床实践有重要的推进作用。现代遗传学和分子生物学可以说振兴了子宫肌瘤发生、发展的研究；以促性腺激素释放素类似物（GnRHa）为代表的新药成为缩瘤止血的有效药物；腹腔镜、宫腔镜开拓了肌瘤剔除或子宫切除的新途径、新方法；介入技术，特别是血管造影及栓塞治疗已开始显露出微创有效的优点；高能超声聚焦（HIFU）将成为一种新的外科技术。凡此种种，为子宫肌瘤诊治的认识与提高、理论与实践翻开了新的一页。正是在这种情势下，石一复教授主编的《新编子宫肌瘤》一书问世了，是应运而生、是势在必生。该书是我今年看到的最全面、系统的关于子宫肌瘤的专著，总结了关于子宫肌瘤的基础与临床研究成果，并有自己的丰富经验，引入新观念、新理论、新技术和新方法，所以称之为“新编”是当之无愧的。本书是妇产科医生难得的参考书，它还是重新调动妇产科医生对子宫肌瘤兴趣和重视的催化剂，后者也许是本书出版的意义所在。作为妇产科医生，我们都十分明确地意识到子宫是女性生殖器官的“中心”和“主体”，它维系女性月经、生殖，

关乎婚育、家庭，因此，在处理子宫肌瘤时必须注重人文关怀，施行个体化、人性化和微创化，在临床实践中强化医患交流和哲学理念。

应该感谢石一复教授为我们编撰了一本好书。石一复教授是著名的妇产科专家，他知识渊博、功底深厚、技术全面、建树卓越。他的敬业勤勉尤为令人钦佩，江南冬天很难过，他的很多文章是在床被上完成的。他始终笔耕不辍，论著等身，近年相继出版了《子宫颈疾病》《外阴阴道疾病》，这次又推出《新编子宫肌瘤》，可见其用意良苦、壮心不已。

每当我展读石教授作品时，都有一种深沉的感慨和激越的情愫，那便是作为一个资深医生的社会责任：悉心地诊治病人，耐心地带教学生，热心地承传精神。于是我们便会忘记了“老之将至”，印度诗人泰戈尔说得好：“神期待我们在智慧中重获童年”！

全世界第二本最好的医学书[①]

近年，我们对子宫颈癌的防治投入了极大的关注。当然，涉及子宫颈问题，还有发育、功能以及临床与病理所发生的其他病变。但关于子宫颈的专著却凤毛麟角。

这部《子宫颈学》专著可谓雪中送炭！

最重要的还是子宫颈癌的防治。众所周知，子宫颈癌是妇女最常见的生殖道恶性肿瘤，发病率上升，发病年轻化。中国的新发病例约 13 万以上，每年有 2 万 ~3 万妇女死于子宫颈癌，这是中国妇科医生和肿瘤工作者的沉重任务。我国政府重视子宫颈癌的普查普治，20 世纪 90 年代比 70 年代死亡率下降了 69%。但我国人口众多，经济、文化及医疗卫生发展不平衡，子宫颈癌依然严重地威胁妇女的健康生命。

现今，我们已经初步建立了筛查方案，但体制和实施尚待落实。癌前病变，所谓子宫颈上皮内瘤样病变（Cervical Intraepithelial Neoplasia，CIN）的诊断已形成“三阶梯”程式及治疗规范化，但推广仍有一个过程。最引人注目和振奋的是人乳头

①本文为郎景和主译《子宫颈学》（Singer A 著）的序，2008 年。

瘤病毒（HPV）在子宫颈癌发生、筛查、检测、治疗随诊的重要作用，特别是HPV疫苗的问世，不仅使子宫颈癌的预防能够进入一个新时代，也为所有癌瘤的防治开辟了一个新的局面。

正是在这样一种形势之下，我们翻译出版这部专著，就觉得兴奋不已，信心倍增。这是一部颇具学术权威性的巨著，对子宫颈的各种问题论述周详全面，而且资料丰富、观念新颖，曾被誉为第二部全世界最好的医学书籍。编著者皆为该领域的名牌专家，我和两位主编还算熟谙，特别是阿尔伯特·辛格（A.Singer），曾多次来中国讲学，举办学习班，足迹踏遍大江南北，还接受我们的年轻医生到英国进行专门培训。他也是几个重要研究组织——欧洲生殖道感染和肿瘤研究组织（EUROGIN）、亚太地区生殖道感染和肿瘤研究组织（AOGIN）以及美国阴道镜及子宫颈病理协会（ASCCP）所举办的学术会议的主要演讲者。2005年他将所著 *Lower Genital Tract Precancer* 赠给我，我亦将拙作礼回之，以志纪念（见所附照片）。当他得知我们翻译 *Cervix* 时非常高兴，欣然命笔作序，在AOGIN会上再次询问翻译出版情况，诚挚友爱之心令人感动。

本书的图解、病理图像等都非常鲜明清晰，内容适合各层次医生研读，的确是难得的好书。正因如此，翻译中委实不敢疏懈，但亦难平复心中忐忑。

再次由衷地感谢以两位主编为首的原著作者，以及我的译者同事，还有山东科技出版社范嗣文主任，还有广大读者。

人与病菌斗争的画卷①

高老写的《杀菌的战术》的科普小册子，是直接与医学有关的书。在高老大量的撰著中，这是最晚近的涉足医学的著作，作为医生科普作者，我们希望高老能再写一些医学的科普作品，供作我们学习的楷模。《杀菌的战术》于1977年春天出版，只有2.5万字，它展现了人与病菌斗争的画面。掩卷沉思，我们仿佛看到病菌猖獗肆虐，人们运用各种武器与之格斗的情景，从中不仅可以看到耐人寻味的科学史话，而且可以看到令人鼓舞的科学未来。这是一幅科普大师描绘的“科学油画”，仔细观摩是颇有教益的。

“画面”和“景深”的掌握适度

和病菌做斗争，预防感染，减少疾病，这是人们并不太陌生的问题，但对病菌和传播的消毒、防腐、抑菌和杀菌却又是人们不很熟悉的知识。因此，讲述这一科学知识的宽窄、深浅，要恰到好处。太宽太浅，落入俗套，老生常谈；太窄太深，陷入专论，艰涩费解。而高老这本书，我们以为具有初中文化水平，甚

①本文系作者为《杀菌的战术》所作之读后感。

至文化水平再低一些的读者，对其基本内容，特别是有关实际生活应用的部分，都是可以明白领会的。就是医学的专业工作者读一读，也会觉得谈今论古，旁征博引，既开阔眼界，又轻松愉快。

以杀菌知识的广度而言，作者是用心良苦，不失疏忽的。从物理、化学、生物三个主要方面，数十条杀菌手段都提到了，而且只要提到都交代清楚，不使人感到唐突莫解。这点是一般科普作者常常抓不到的，顾此失彼、挂一漏万的情况不乏存在。这说明高老学识渊博，驾驭知识的本领超人。在《杀菌的战术》中，不仅把溶菌酶、干扰素、噬菌体等人们感到别扭的词儿解释明白，而且对人们习以为常的中药的作用，用现代科学加以阐明，甚至列出某些中药的抗菌谱（对哪些细菌起作用）。这对于一般医务工作者也是求之难得的资料。

以杀菌知识的深度而言，由浅入深，从人们最熟悉的科学习惯一直说到这一学科的最新发展最新成就，但读起来却清新自然，不使外行人感到“玄”。可是，在我们的作品中，要么平淡乏味（讲世人皆知的道理）；要么故弄玄虚（讲耸人听闻的动态）。请看高老在讲“杀菌的物理兵”中是如何设计的：先讲热作用，这是人类最早总结出来的灭菌法，巴斯德消毒法至今仍在沿用，人们很容易想到食具的煮沸消毒，含有细菌废物的焚烧等。继而讲到干燥法、紫外线照射等，最后讲到放射线杀菌、超声波杀菌和冷冻杀菌，甚至原子能在灭菌方面的作用，步步深入，使读者在物理学因素的杀菌方面有了明确系统的概念。

在化学杀菌方面，也是先讲高浓度盐和糖的脱水作用，即人们熟知的菜肉的腌渍，果品蜜饯的制作。尔后谈皮肤用药、氧化剂、重金属制剂，最后讲到新型的灭菌剂焦碳酸二乙酯。这种写法是很体谅读者的，读者完全可以择其所需，不勉为其难。所谓雅俗共赏的艺术即在于此。

浓颜与淡抹的着色相宜

在数十种乃至更多的杀菌手段中，作者并不是平分秋色的，有些着墨颇多，颜色浓烈；有些轻描淡抹，数笔而过。给人的印象是重点突出，配合协调。

比如棉花塞、烧瓷、石棉对细菌的过滤作用，在某些情况下对空气、水的净化过滤是有一定意义的，但这种机械的阻拦是有限的，作者介绍的不多，却已经“到家”了。而对磺胺类药物（虽然只是一类药物）却不惜笔墨，讲了磺胺的发现，磺胺的分类、抗菌谱、副作用，可以说是对磺胺的全面评价。这是因为磺胺已经是人们常用的药物，而且作者深知目前在应用中出现的偏见和问题，有针对性地详尽论述。

又比如，关于红药水、紫药水、碘酒和酒精的灭菌作用，作者也是下了功夫的。尽管这些也许是老幼皆知的事情了，但往往问题就发生在多数人的知识停留在浅薄的水平，似乎不屑一顾而实则谬错的习惯上。这四种药水可能在不少家庭已经是常备药了，这当然是好事，可是用得怎样呢？我们在门诊看到过这样的病人：碘酒引起的较大面积的烧伤；红药水和碘酒联合应用引起的毒害。我们也看到过在一些家庭里，红、紫药水装在普通的白玻璃瓶内，日复一日，月复一月，甚至年复一年，还在给孩子涂用，如此等等。高老在书中，详细介绍了这些常用外用药的作用，还苦口婆心地讲了使用注意事项和药物保存办法。

读到这些段落时，我们都十分感动，我们仿佛看到了一颗与人民息息相通的热烈跳动的心！一个卓有成效的科学家，不是去标榜和卖弄什么高超技艺，而是设身处地解决人民群众亟待需要解决的问题，思人民之所思、急人民之所急。这正是高老作品的群众观点和人民性，这正是高老作品受到人民欢迎的根本所在。伟大的革命导师马克思说过：科学不是自私自利的东西，有机会致力于科学的人，应当把自己的全部学识贡献给人民。如何贡献呢？一项重大的发明创造是一种贡献。把科学的成果变成群众手中的武器更是一种贡献。科普工作者在创作中要学习高老的群众观点，牢记自己宣传的是科学，宣传的对象是群众！追求猎奇、讲究花哨，不是一个有出息的科普作者之所为。

形象与意境的运笔灵活

一般科普小品、科学丛书中是没有形象的，也很少有意境。常常是平铺直叙，就事论事。高老的笔却总是灵活的，科学童话、科学诗自不待言，就是这本来是纯属科学技术的杀菌法，也写得有形象有意境，栩栩如生。

首先是书名起得好，懂得医学的人会知道，这是微生物学和卫生学、药理学等学科的专业内容，如果把这本书叫“消毒灭菌法”是确切的，但恐怕就没有多少人看它了。而《杀菌的战术》不仅更符合文题（既有武器又有战术战略），而且惹人先睹为快。

其次，把杀菌的物理、化学、生物三大因素，标上“兵”种，好像与病菌作战的三个纵队和集团军，每个兵种下面又有“特种部队”“尖兵”“警卫员”“主力军”……使得这场“人妖之战”画面广阔，阵容威武，给人战胜疾病提高了信心，增加了力量。而且高老在选择比喻时，十分贴切。比如把放射线、超声波称为灭菌的特种部队，说明了这两种技术的特殊作用，也使人联想起实际存在的特种兵械，很难遗忘。把高锰酸钾（灰锰氧）水称为“出色的氧化钾”，连小学生也会过目不忘的。最精彩的比喻是“这些细菌还有许多交通工具：苍蝇是它们的‘运输机’；蚊子是它们的‘轰炸机’；跳蚤、虱子和臭虫都是它们的‘坦克部队’；人的污手是它们的‘登陆艇’。”仔细想想，这些害虫们是如何携带和帮助病菌的，我们就会发现高老选词遣句是何等严谨，刻画得惟妙惟肖，并使你从心眼里产生对这些害虫和病菌的憎恶！

这也使我们想到，在目前的一些科普作品中，对于科学性和趣味性的结合，还需要不断琢磨和提高。科普作品如果离开了科学性，则不是科普作品；如果没有趣味性又与专业教科书何异？为了增加趣味性，可以运用童话、寓言、小说等各种体裁和形式，但就是科学小品、科普丛书同样也能做到趣味横生，高老的作品已经给我们提供了榜样。为了增加趣味性，时常会运用比喻、拟人等手法，排比、对偶等句法，但要应用得好，否则适得其反，甚至以词害意。有些科普作品，比喻不着边际，令人啼笑皆非；有些故意搞噱头，做谑语，使人浑身起鸡皮疙瘩。所以，写科普作品，也要讲究文字素养，也要有一个好的文风。

高老是从事科学工作的，他为人热忱，很富于感情，这点在他的作品中是很容易感觉到的。就是在这本《杀菌的战术》中，读者也可以看到这位不屈的学者对待危害人民的病菌的无比憎恨，对于人民无限的热爱，对于为人民利益奋发工作的科学家的深深的崇敬。带着这种感情的描述，自然就有了感人的意境，这也是科普读物中难能可贵的。

高老记述了德国医生欧立希经过十多年的辛勤劳动，研制了杀菌药物“六〇六”。他写道：“六百零六次的科学实验，意味着六百零五次的失败，但是，每一次的失败都为后来的成功铺平着道路，这里面该包含着多么顽强的意志和毅力啊！”“六〇六注射到人体以后，能像导弹那样跟踪追击……把病人从病痛中解救出来。”这是高老和欧立希大夫感情的共鸣，这也是我们广大读者与高老感情的共鸣！高老自己也正是以令人崇敬的顽强的意志和毅力，生活着、工作着、战斗着！他对欧立希的褒奖和赞美，也是对青年的呼唤和敦促。高老之所以受千百万青少年由衷的热爱，就是因为他关心青少年，热爱青少年，培养青少年，用他的作品，用他的精神，用他的心血！

高老的这本书已经问世4年了，读起来依然新鲜有趣，理解高老其人和其作品的读者，更可以看出这位坚强高洁的科学斗士的性格。

三种外科医生①

卵巢恶性肿瘤的诊断，特别是早期诊断及治疗业已成为妇科肿瘤学的重要课题，国内外学者均投入了极大的精力进行艰辛的研究，但卵巢癌预后之改善尚不理想。李教授集自己三十余年之临床经验，撰成此书，乃我国妇科肿瘤学一大幸事。

经典之癌瘤治疗包括手术、化疗药物及放射三种，近年来，生物治疗发展甚速。但对于多数妇科肿瘤，手术切除仍是基本的治疗手段。在某种意义上说，妇瘤科医师是女性盆腔外科医师(卵巢恶性肿瘤的手术亦常超越盆腔之外)。

外科医师可分为三类：一是乐于开刀而不疲，手技好，经验多，但不擅（或无暇）坐而论道或于纸上叙短长。二是理论博广、研究深高，长于讲授，但刀下功夫并不十分精彩。第三种则是两者兼具。笔者并无厚此薄彼之意，无论哪种，居其一者也实不易也；如若文武皆优更难能可贵。

李孟达教授手术娴熟，经验丰富，并长于思索总结，属文武双全、刀笔均锋之能手，令人钦羡，亦为青年医师学习之模范。

---

①本文系作者为《卵巢恶性肿瘤的诊断和治疗》一书所作之序。该书作者李孟达是中山医科大学附属肿瘤医院教授。

我赏观李教授手术，手法细腻，清晰流畅，吾称之“岭南派”。而化疗、放疗也是他的拿手好戏。这些在本书中得到了很好的体现，读者可仔细研讨，从中获得裨益。外科医生之乐在于手到病除，为患者解除病痛；还在于外科不仅是一门技术，也是一门艺术、一门哲学。经过多年磨一剑，外科医生会有一种“得气”的感觉，一招一式见功夫，做到得心应手。

有幸先一步拜读孟达大作，并推荐给广大读者和同道。而有感所发之议论，但愿不是画蛇添足。

是为序。

关注热点话题①

妇科内分泌方面的问题困扰着平日妇科临床实践中40%～60%的患者。分子遗传学研究已经显示了女性激素对女性健康、幸福度、心智、社会行为及性行为的重要性。了解女性激素复杂的变化过程、了解激素相关疾病及提高药物安全性是妇科内分泌学的目标。尤其是使用激素避孕和激素替代治疗的女性，她们往往需要使用很长时间，而降低使用激素的可能风险代表着患者的最大利益。为了达到这一目的，需要各学科间多讨论，各学会的专家应就他们领域现在的状况和将来可能的发展多进行讨论。本书覆盖了妇科内分泌学的一些特殊问题，这些问题曾经被学者们讨论过或正在讨论中，即“热点话题”，在学术上和临床应用中都有很重要的意义。

本书从孕激素的药理学开始。孕激素是妇科内分泌中除雌激素外使用最多的激素。Kuhl的综述是非常棒的，文中给出了新型孕激素和以往孕激素药理学性能的概览。本书还对激素避孕的应用、益处和风险这一“热点话题”继续探讨，因为应用口服避孕

①本文系作者为《妇科内分泌学热点聚焦》（托马斯·拉贝、阮祥燕、艾尔福莱德·奥·默克主编）所作之序，2013年。托马斯·拉贝，医学博士，自然科学博士，教授；阮祥燕，医学博士，教授；艾尔福莱德·奥·默克，医学博士，药学博士，自然科学博士，教授。

药来防止意外妊娠的50年期间，没有哪一种妇科治疗领域能有比激素避孕更多的实践、研究和知识。在关于避孕的相关章节中对所有避孕方式进行了详细的描述，包括适应证、禁忌证、优势和不足，还有非避孕益处及药物相互作用。激素避孕的不良反应、使用过程中的癌症风险，尤其是避孕与易栓症都是比较特殊的问题，临床实践需要解决这些问题。围绝经期的避孕也很重要，因为40岁以上妇女每次妊娠都是高风险妊娠——关于这个话题有专业的工作团队给出了一篇综述。

另一个话题是紧急避孕。这个话题之所以“热”是因为醋酸乌利司他的发展，醋酸乌利司他是目前使用的第一种特异性孕酮受体调节剂，现在或将来在妇科内分泌领域将应用于不同的适应证。这一方面的综述是由有着广泛临床经验的专家撰写的，而且具有相当高的临床相关性。此外，将醋酸乌利司他应用于子宫肌瘤或严重阴道不规则出血的治疗，或与高强度超声联合治疗子宫肌瘤，对内分泌功能和生殖保护有很大益处。男性是否应该对避孕负责？这一直是妇科内分泌的“热点话题”，但到目前没有哪个国家对这有明确的答复。Nieschlag（可能是世界上关于这个问题最重要的专家）的综述总结了关于这个问题的临床试验。另外，子宫内膜异位症也作为“热点话题”被收录于本书，Schweppe根据自己在子宫内膜异位症诊断、手术治疗的经验及30多年药物治疗研究的经验，对这一问题进行了总结。

最后最有争议的话题——激素替代治疗过程中的乳腺癌风险——也被收录到本书中。这是我们合作项目（中国与德国之间）的主要研究方面之一，我们的合作项目是多中心的（中国北京和上海，德国图宾根和海德堡)，研究重点是激素治疗过程中雌激素和孕激素成分致癌性的机制。因为临床研究得出了有争议的结果，尤其是理解这一机制将有可能帮助筛选出临床上使用某种形式激素治疗乳腺癌风险增加的患者，特别是当使用某种或某剂量孕激素时。

本书中列出了药物治疗的形式和剂量，不同国家某些产品的名称可能不同。同时，中国现在使用的产品有可能与其他国家不同，但是相信在不久的将来，现在中国市场上没有的产品在第三期临床研究之后迟早也会进入中国市场。在国际领域，现在许多中国专家也逐渐参与到本书中新型物质的研发中，并且一步一步将他们的知识传递给中国的妇科医生。所以本书中的“热点话题”可以帮助中国妇科内分泌专家增加他们这方面的知识，并在这些方面的研究上给予一些启示。

总之，这本书对计划生育领域的重要发展和妇科内分泌热点话题给出了概述，因为大部分都是新的进展，有些方面是现在有争议的话题。然而，所有的作者都是各自领域的专家。此外，大多数话题都与各个妇科和内分泌协会讨论过，最后得出了学术界的建议，例如德国妇科内分泌协会、生殖医学协会、德国专业妇科医师协会。所以中国的医生、这本书的读者可以将这些建议和结论作为他们日常临床实践中的重要参考来诊断和治疗患者，或在自己的科学研究（尤其是这些热点话题中新的、有争议的、临床实践重要的话题）中有所指导。

内分泌学是妇产科学的内科学基础①

长期以来，我都对内分泌学有一种格外的敬畏，爱屋及乌，包括内分泌学家。我常说，内分泌学是妇产科学的内科学基础，不论你构建恢宏的大厦，抑或营造温馨的小屋，都要夯实这个基础，只有它才能使建筑坚固或者美轮美奂。

记得毕业后刚来协和工作，为了记住多囊卵巢综合征，我在小黑板上写“Stein–Leventhe Syndrome”，林大夫走过来，给我改了一个字母，至今难忘。也使我在平日勾画那些难记的甾体激素的“乌龟壳”，甚至在近年讲子宫内膜异位症芳香化酶而涉及异位内膜组织雌二醇来源的线条图时都格外小心，不敢些微疏忽。我感觉的是内分泌学的微妙与精细。诚然，其事物本身远不限于此。

多囊卵巢综合征作为常见病近年在基础研究和临床实践方面均有长足进步与发展，而不仅仅在于我们最初认识的卵巢形态学和内分泌障碍。研究及至基因学、蛋白质组学，并作为一种代谢综合征而统筹考虑。在临床治疗上亦和胰岛素抵抗、促排卵及辅助生育的处理密切联系起来。于是，一个综合征竟然可以成为一个会议、一部专著及众多专家学者关注讨论的主题了。

①本文系作者为《多囊卵巢综合征》（陈子江、刘嘉茵主编）所作之序。

我们高兴地看到陈子江、刘嘉茵两位教授主编的这部关于多囊卵巢综合征的专著的出版，令人振奋和欣喜。我以为本书有以下几个特点或可圈可点之处：

其一，本书体现了对 PCOS 基础与临床研究的现代观念，表现在对其认识的深度和广度，达到了最新程度。

其二，本书融入了国人的研究成果和临床经验，使它不拘泥于复习文献和综述进展，表现在论述和报告的资料来源。不仅有他山之石，也有本土之玉，可相辅相成，交相辉映。

其三，本书的很多观点、具体方法已付诸临床实践，形成规范。本书的丰富的内容可以认为是我们初步形成规范的基础和可资参考的蓝本。

其四，本书的编著者均为中青年学者，充满生气和活力，思维活跃，研究深入，犹如一缕春风扑面。并可以透视出学术梯队的延伸场景。

20 世纪初人们发现了 PCOS，只是在为剖检这个奇怪的卵巢而意外地形成了治疗该病的卵巢楔形切除术。几十年过去了，我们对 PCOS 已经有了相当的认识和多种途径的处理方法，但仍然有诸多悬而未决的问题，这使我们想起伟大的科学家法布尔的一段话：不

管我们的照明灯烛光线投射多远，照明圈外依然死死地围挡着黑暗。我们的四周都是未知事物的深渊黑洞……我们都是求索之人，求知欲牵着我们的神魂。就让我们从一个点到另一个点移动我们的提灯吧。随着一小片一小片的面目被认识清楚，人们最终也许能将整个画面的某个局部拼制出来（请注意，只是“也许”，只是“某个局部”）……愿以此与编者和读者共勉之。

我不是内分泌学家，只是对本书主题的一种兴趣，一丝思考，一点领会，赘言如是，不敢以为序，权作为序。

红颜永驻之术[1]

人到中年，增加了经验和智慧，却失去了青春光彩；解脱了生儿育女的劳累，某些烦恼和疲惫却不时袭来。是唏嘘逝去的年华呢，还是去发掘自己身上从未被认识到的能力？这是一个非常重要的问题。

20 世纪初，妇女的平均寿命只有 47 岁；到 20 世纪末，可望达到 80 岁。延长了 30 年！所谓更年——以绝经为重要标志，多数在 48 ~ 50 岁，那么绝经以后还有 30 年——这是人生历程的 1/3！显然，尽管生儿育女是我们的天职，但从时间上和社会效应上，女人已经不是以生儿育女为中心了。中年妇女（一般指 35 ~ 55 岁——对此尚有不同解释）占人口的 20%，这是一股不可忽视的家庭和社会力量。中年妇女如何认识自己，设计自己，精彩地完成自己的后半生，无论从哪方面说都是举足轻重的。

不能否认，身体的老化过程是不可抗拒的，它随年龄的增长而日趋明显。但如何正视老化，延缓衰老，甚至永葆青春，这正是简·方达这本书所要回答的。作者充满信心地认为，衰老的过

①本文是《红颜永驻》中文版的序言（[美] 简·方达著，郎景和、华桂如译）。

程是“可通融的”，有相当的余地去减缓衰老进程，她希望本书能帮助你阻止向衰老滑去。本书的特点是全面详细地阐述了女性进入中年后所发生的一系列解剖、生理和心理变化，特别是妇女们最为关心和困惑的诸如出汗与潮热、精神抑郁、皮肤、骨骼和性生活等问题，以及如何对待和解决的方法。可以看出，作者强调了三个要素，我们将其概括为“简·方达的中年妇女精神、锻炼、营养中心论”。

精神，是指乐观豁达的情绪和充满自信、对不适泰然处之并勇于克服的观念。简·方达说：“我不觉得自己是中年人。”如果，你是48岁（像简·方达完成此书的年龄），而别人吃惊地说，你才像刚过40，你应该这样回答：“48岁的女人就应该是这样！”我们欣赏这样的建议：请将你的年龄减去10岁。你要认为自己是年轻的，那么你就是年轻的——年轻人的活力、童心、好奇、学习，而不是装作年轻；相反，你要自认“我老了”，这无疑是给自己又加了10岁，那么你可真的老了或者未老先衰！

锻炼，这是红颜永驻的最佳手段。它的好处人尽皆知，而付诸实施并持之以恒者并不多。本书要强调的是缺乏锻炼引起的变化和衰老引起的变化十分相似，而速度更快！我们对自己的身体使用不当或废而不用是促进衰老的重要原因。30岁以后，年龄每增长10岁，就得增加些时间来锻炼，这不只是“都市文化”的一种时髦选择，而应该是每个人生活中必不可少的组成部分。我们要锻炼身体的各个部分，包括大脑也要活动，如果不去使用它，那么反应速度、记忆能力会下降得更快。本书用相当的篇幅图解了简·方达的健身秘方，中年妇女健美操——这是专为中年妇女设计的，它已受到百万妇女的青睐。

营养，这不是简单的“吃得好”的概念，膏粱厚味，适得其反。本书认为，合理的中年健康饮食是低盐、低糖、低脂肪。作者对各种营养素的作用，食物的选择和烹调艺术讲述甚详，特别指出必须改变不良饮食习惯，她甚至告诫人们，“我们用叉子自掘坟墓的速度并不亚于用铲子挖掘的速度”。现今，不少人热衷于减肥，减肥的目标是脂肪，而不是肌肉，其唯一的途径是锻炼，而不是节食、饿肚皮。人们注重于美容，迷信化妆品和美容术，可是作为演员的简·方达做过一切尝试，她却认为，不是用化妆品来维持皮肤的美丽和年轻。适当的清洁剂和润肤剂是必要的，但这毕竟是表面的、暂时的作用，而最好的方法是锻炼和营养，适宜的、丰富的营养才能滋润细胞！当然，国情不同，经济文化水平不同，饮食的具体选择不必生搬硬套，但她提出的原则是合理的、实用的。

简·方达的芳名已为国人所熟知，她不仅是电影明星，也是健美明星，又热心于社会活动，还著书立说推行健美运动。她的第一本书《简·方达健美法》是纯粹的健美书。4年以后，她又拿起笔，写了这第二本书。当时她46岁，最小的孩子12岁，其勤奋笔耕、用心良苦可想而知，正如她所

说：“从银幕到案头，面对稿子，觉得比任何一个难演的角色都难。”可是，呈现在我们面前的这本书，就是从纯医学角度上，也是无可挑剔的，表明了这位明星深厚的文化根底。她对卵巢内分泌的理解、比喻和描述都是准确生动的；她对中年妇女不正常出血，绝经后出血要做宫颈涂片，刮宫的建议是相当明智的；而对骨质疏松症的预防、激素治疗的应用，反映了该领域的当代科学进展。但她的论述一扫古板的学究气，语言活泼风趣，现身说法，热诚感人，使得本书不仅是中年妇女健身防老的必备读物，对科普创作也是很好的借鉴。

近年来，健美已成热门，健美书比比皆是，不乏仁智之见，但在中年妇女的保健方面的专门讨论并不多见，这正是本书的独到之处。所以，在中国文联出版公司常涛同志的鼓动下，我们欣然接受翻译此书，而且我们一个是妇科医师，一个是物理医学及康复科医师，共同翻译，可能是再合适不过了。但是，医院的工作十分繁忙，只能挑灯夜战，又得做做停停，旷日持久。它本应早些与读者见面的。中国社会科学院的刘绯同志为本译著做了认真校阅，谨致谢忱。后期的抄写整理，又不得不动员我们的儿女和其他青年朋友，盛夏溽暑，蚊虫叮咬，他们的辛苦自然是不该忘记的。

科学是理智的诗[1]

多年来，我一直认为，科学工作者，特别是医生，应该把普及科学知识作为自己的职业或社会责任。我也一直寻求一种方法，把那些深奥的理论、艰涩的词汇让局外人理解。

遗憾的是，人们需求科普知识，却又存有偏见。譬如，在了解其他学科知识的时候，我们希望它通俗易懂；可是，对于本学科的科普宣传却不屑一顾，甚至对从事这种创作带有某种鄙夷态度。这是不正常的。

我以为全民科学素质的改善，全民健康水平的提高，仅仅靠在门诊、病房、手术室的工作是不够的。一个医生不仅要拿听诊器、手术刀，不仅要写科学论著，还应该做面向大众的科学普及工作。

问题的另一方面是，这种普及工作，或者姑且把它限定在科普创作上，也并非易事。它需要具备两套本领：一是专业知识，要对讲述的问题有较深的理解。二是文学知识，要善于深入浅出的、生动有趣的表述。两者的结合，运用自如，方可有上乘之作。像做任何事情一样，需要学习、训练和经验。

这种结合是双向的，有作为的医学家不要拒绝科普创作，在

①本文是《妇科肿瘤的故事》的序言，该书是作者的科普书。

此所花费的时间和精力是值得的。文学家也有涉足科学领域的，便又是一番洞天。当我们读高士其的《菌儿自传》，秦牧的知识小品，徐迟的《哥德巴赫猜想》，赵鑫珊的科学杂文的时候，我们甚至很难划定这篇文章是科学作品还是文学作品，他们是作家抑或科学家。高尔基说得好，在我们的文学里，在文艺作品和通俗科学作品之间，不应该有显著差异。伊林也说："每一门科学仿佛都在向我们召唤，邀请我们专门写它。到处闪耀着文学还没有接触的一堆堆最宝贵的新材料，到处都标明文学家们的笔尖没有走过的路。"

这真是令人鼓舞和神往的路！

我之所以在将《妇科肿瘤的故事》奉献给读者之前，写上这样一段也许是多余的话，只是表明我的一种初衷，一种追求，一种对医生责任的理解。妇科肿瘤是妇女的常见病、多发病，从幼女到老妪，皆难完全幸免。肿瘤可以生长在生殖器官的任何部位，肿瘤有良性也有恶性，肿瘤可以影响成长发育、结婚生育，肿瘤对生命健康、生活质量有严重威胁。人们往往"谈瘤色变"，而对如何预防，早期发现，怎样治疗，或如何配合治疗茫然无知。但关于癌瘤的文章通常比较生硬，令人"望文生畏"。一些知识女性甚至自己找肿瘤的教科书来读，"对号入座"，更加惶恐。医生终日繁忙，很难有充裕时间向病人作详细的解释（尽管理应如此）。

因此，我觉得有必要写出这样的文字，就像和朋友谈心一样，把肿瘤的防治知识向她们通俗地、辩证地、实际地讲述出来。让她们安下心来，树立和癌瘤做斗争的坚定信念。在写法上，我采取了讲故事的方式，便于和读者沟通。我在开篇的题记中明言道：这里的故事都是真的，这里的名字都是假的。就是说虽然叫故事，可都是真实的事例，而不是编出来的“天方夜谭”。因为是给普通读者写的，我侧重于自我保健意识，过多的、过深的本应是医生或医院做的事情的描述，显然是不必要的。

还是我在中学的时候，就对高尔基的一段话体味不已：“我之所以具有这种本性，应该感谢人类灵魂的圣经——科学，理智的诗；艺术，感情的诗。”理智与感情，每个人都是具备的；科学与艺术，也是每个人都需求的。于是，当我们把医学知识告诉读者的时候，应该既作用于她们的理智，也要作用于她们的感情。因为医学的对象是人，不是机器。写医学科普作品，如同面对自己的病人，必须满腔热忱，认真负责，体谅她们，爱护她们，帮助她们。

接下来，让我来告诉读者怎样读这本书。

“故事”是从如何早期自我警惕和发现妇科肿瘤开始的，进而是怎样检查确定。不同年龄，容易罹患的肿瘤种类也不同。以后便是从子宫颈癌、子宫肌瘤、子宫内膜癌、卵巢肿瘤、绒癌以及子宫内膜异位症等一一道来。治疗虽然在每一种肿瘤的篇章里讲过，但于故事的最后几部分，又综合地把手术、化疗、生物、心理治疗分别讲述之，以给读者有个总体的认识。作为“故事”，文题起初定得很洒脱，为了更显明、更切题，加了副标题，便于翻阅查找。正文之后，我将常见的五种妇科癌瘤的分期以图解的方式表达，也是为了给读者一个清晰的概念。女性生殖器官解剖图和常用化验值也有参考作用。

这里的40篇故事基本上回答了妇科肿瘤的所有问题，曾在《健康报》连载，历时2年。当有的读者拿着报纸来找我检查，还果真发现了毛病。当有的医生依着文中的方法进行诊治获得了成功向我反映时，我以为这是我的最大快慰。这本书是给大众看的，医生同道们和科普作家们也不妨拨冗一读，希望有切磋的机会。

我不能不提到《健康报》的编辑朋友们，他们为我发表“故事”开辟了专栏，这使我“欲罢不能”。任凡同志对此帮助诸多，王海云主任等都颇为关心、鼓励。人民出版社李春林同志慨然允诺出版鄙作，使之得以付梓，在此谨致谢忱。

《妇科肿瘤的故事》题记

郎景和所著的《妇科肿瘤的故事》，是妇科肿瘤学的科普读本。该书以通俗的语言，生动地讲述了女性颇为关心的常见妇科肿瘤问题，于1998年6月由人民出版社出版发行。

小书是以故事形式描写的，作为一个妇科肿瘤学家，我自认为这是得意的肿瘤防治的科普册子。因为是讲故事，所以写起来随意、通俗、亲切，道理容易讲得清，忠告容易令人信服。当然，诚如扉页所书：这里的故事都是真的，这里的名字都是假的。读者可对号入座，切不可自以为是；所谓保健靠自己，看病找大夫。题记所涉及的内容，古今中外，诗词歌赋，名句箴言皆有，也颇有趣。

1. 癌症是可以治愈的，只要我们早期发现它。——不必谈“瘤”色变

2. 生殖器官可因其衰老而失去功能，但并不因此而不生长肿瘤——妇科肿瘤年龄谱

这是从一本妇科肿瘤的洋书上翻译过来的一段话，作为妇科肿瘤发生的概念，十分重要。一般认为，六七十岁，甚至七八十岁，

器官都萎缩了，就不会有麻烦事了。恰恰相反，这是容易发生肿瘤的时期，所谓“多事之秋”。警惕固然重要，常规体检乃为必需。我的意思是，老年妇女要牢记这句话。

3. 谁能把这个问题求证清楚，谁就能获得诺贝尔医学奖。——“我为什么会长瘤子?”

幸而言中，德国科学家楚尔·豪森因为发现某些类型的人乳头瘤病毒(HPV)是子宫颈癌的致癌病毒，而荣获2008年诺贝尔生理学医学奖。豪森的发现使子宫颈癌这一妇女的主要杀手变为可以预防、可以早期诊断、可以治愈，甚至可以消灭。从2006年始是HPV疫苗的时代，乃基于豪森的卓越研究。

当然，多数肿瘤的确切病因还不清楚。

4. 月晕而风，础润而雨。——肿瘤的先兆和自我感觉

这是一句成语的奇妙引用。告诉读者，不正常的血、带及出现肿块和疼痛，就应该想到妇科肿瘤。

我不同意“自己是自己的医生”，这些知识不可能使人成为医生，那只是“提醒”、“警戒”。(当然很重要！)

5. 柳宗元《小石潭记》：“伐竹取道，下见小溪，水犹清洌全石以为底，近岸，卷石底已出，为坻，为屿，为嵁，为岩。”——诊病先医生，而后仪器

6. 最好的医疗是预防——威胁女性的“第一杀手”：子宫颈癌

7. 疾病不是对人的惩罚，至少，医生应该这样看。——看癌下刀

人是平等的，生命对每个人都弥足珍贵。罹患疾病是不幸的，遭遇的情况各有不同，有些病是自己不能把握和避免的(如先天性畸形等)，有些则与人的行为有关，甚至是不当行为(如性行为、不良嗜好、习惯等)。医生面对病人，追溯其病史，当然要明了发病缘由，但没有理由去鄙视他们、歧视他们，依然要关心他们，热忱地为他们诊治疾病，并且尊重他们的隐私。也应该忠告其摒弃不当与不良行为。

因为我们是医生，对病人一视同仁。诚如在战场上，一分钟之前我们与敌人开枪对射，你死我活；一分钟之后敌人投降了，停止抵抗，成了俘虏。如果他受伤了，作为军医，我们当然要为他包扎治伤。这是对生命的责任。

8. 它像身上长疙瘩那样寻常，重要的是它长在子宫上。——最常见的良性肿瘤：子宫肌瘤

9. 英国妇产科学家邦尼：为着半打纯属良性的肿瘤而切掉年

轻女性的子宫，意味着一次外科手术的彻底失败。——要不要切除子宫？

10. 天有阴晴，月有圆缺。——不可违拗的“月事”：子宫内膜增生

阴晴圆缺，“此事古难全”(苏东坡语)，恰是自然、正常。所谓“月事”(月经)由此而来。月经如期不至，至少是不正常的。天、地、人应合一，规律均在，表象不同。这便是哲学，故古希腊先哲说：“哲学始源于医学，医学归隐于哲学。”医生必须有哲学理念和人文修养。

11. 纪伯伦(黎巴嫩)：只有在你被追逐的时候，你才快跑。——遭遇绝经后出血……

12. 老子：祸兮，福之所倚；福兮，祸之所伏。——福之所蕴，祸之所出：谈子宫内膜癌的高危因素

13. 病处于何病理期几乎对所有癌瘤的预后都是最重要的。——甄别早晚，判定吉凶：子宫内膜癌的预后

14. 最有用的，应该是最需要呵护的。——娇小的卵巢，巨大的肿瘤：卵巢，是非之地

15. 上台阶容易，下台阶困难。——“癌库”一览：五花八门的卵巢肿瘤

16. 白居易《琵琶行》：“寻声暗问弹者谁？……犹抱琵琶半遮面。”——卵巢肿瘤中的“骑墙派”：卵巢交界性肿瘤

17. 你要看了 X 线片子也会找到它。——自己读读片：卵巢

成熟性畸胎瘤

18. 让它“放下屠刀，立地成佛”。——“改恶从善”与“和平共处”：卵巢未成熟性畸胎瘤

19. 扫帚不到，灰尘不会自己跑掉。——活着，而且快乐着：卵巢恶性生殖细胞肿瘤的治疗

20. 衰老其实是不可抗拒的。——莫名其妙的“返老还童”：卵巢性索间质肿瘤

21. 医生做诊断，像是警察捉凶手，未果是常有的事。——“凶犯”在逃：转移性卵巢肿瘤

22. 典型的事件，最不典型。——阴道流水，警惕“源头”：输卵管癌

这是医学教育、医疗实践的名言（尽管容易被忽略）。教科书所写的、教师所讲的病征都是最典型的，但在临床上，其实是最不典型的。看病不能对号入座，否则，医生就容易做了。这很像特殊与一般、偶然与必然的关系。学医者要经过长时期的临床实践，逐渐掌握疾病发生发展的规律，又善于发现细微之处，从现象到本质。也许，不只是做医生，做任何事情也大抵如此。

23. 菩提本无树，明镜亦非台。本来无一物，何处惹尘埃。——子宫内膜异位症之腹中的“巧克力”

24. 庄子《天道》：夫形色名声果不足以得彼之情，则知者不言，言者不知，而世岂识之哉？——“巧克力”囊肿在腹中“爆炸”

25. 时时勤拂拭，莫使惹尘埃——子宫内膜异位症之捕捉

“流寇”酌情“斩除”

26. 古代医言：药治不好的，要用铁；铁治不好的，要用火。——子宫内膜异位症之烧“野草”，用良药

从医学的洪荒时代到现代科学的昌盛，人们的认识有个漫长的、艰辛的过程。药，好理解；铁，可以认为是针砭刀剪，乃外科也；而火，则是各种物理治疗，直到现今的放射、激光等。古言善哉！

27. 似乎每个人都要经过些磨难，不过各有不同罢了。——“鬼胎”无鬼，良恶有分：良性葡萄胎和恶性葡萄胎

28. 产后未必都平安。——绒癌曾是“癌中之王”

29. 它是上帝给人的第一个癌瘤，也是上帝给人以治愈的第一个癌瘤。——制服绒癌庇荫后代

用什么表达根治绒癌的功绩，此句便是。绒毛膜癌，一般指妊娠滋养细胞肿瘤(恶性葡萄胎及绒癌)必须是继发于一次妊娠，所以说它是上帝给人的第一个癌瘤。而能够达到完全根治效果的妇科癌瘤，肇事者也是它，故称为可以治愈的第一个癌瘤。说是上帝给予的，是因为始于一次“造人”；而治愈乃为肿瘤学家之艰辛工作而为。两处用上帝，含意自行揣摸。

不过，一些伟大的科学家也是信奉上帝的。有人问爱因斯坦，您是物理学家，都相信上帝，岂不矛盾!爱氏回答巧妙：“上帝指明方向，我来完成细节。”科学与宗教完全相悖吗？也不尽然，又

是爱氏称：科学没有宗教犹如瘸子，而宗教没有科学则是瞎子。

这是迄今我认为最完美的科学宗教“调和论”！

30. 我们常常疏于隐蔽，我们常常碍于羞耻。——外阴癌瘤

隐蔽和羞耻是讳疾忌医的两大缘由，也是愚昧与迷信的表现，另一种原因是缺乏常识。所以，所谓保健和科普，除了宣传知识以外，还要摒弃羞怯、隐瞒和迷信，才能做到早预防、早诊断、早治疗，这在癌瘤的防治中至关重要。

31.“上帝”安排如此周到又如此不公——少女腹痛莫忘妇科

32. 妊娠与肿瘤，亦喜亦忧；处理敌我友，难定难夺。——患得患失的妊娠：妇科肿瘤与妊娠

33. 泰戈尔：你离我有多远呢？果实呀；我藏在你的心里呢？花呀。——肿瘤与内分泌关系复杂

34. 卢梭：我觉得人类的各种知识中，最有用而最不完备的，就是关于人类自身的知识。——治肿瘤　虑及性

我在给医大学生讲性学课时，在卢梭的话后面又加了一句“其中最不完备的是关于性的知识”。

人体的未知数最多，尽管我们可以把人送到月球上，但我们对自身的了解还很不够。一个重要原因是人是活的机体，从一个细胞到一个器官系统，所以千万不要说我们什么都知道。如是，那可就什么都不知道。我曾对一个吹破天的治疗仪广告商诚心告

诫：不要说，什么都能治，那就是什么都不能治；不要说，没有任何副作用，那就是没有作用。

35. 三十六计中居然没有“以毒攻毒”，乃为遗憾。——“武器”要精良“战术”要灵活

36. 只有保护自己，才能消灭敌人；只有消灭敌人，才能保护自己。——化疗副作用难免并发症要慎防

37. 居里夫人：应该以极大的努力和真正的牺牲精神去做……——瞄准，向癌瘤射击：肿瘤的放射治疗

38. 正气存内，邪不可干矣。——动员自身抗击癌瘤：癌瘤的生物治疗

39. 世界卫生组织：到2000年，让癌症病人不痛，并提高其生活质量。——活得好一些痛苦少一些

40. 既来之，则安之。——与癌“共舞”：癌瘤的心理治疗

最早借用以安心养病的是毛泽东给王观澜同志的信，表明对疾病的淡定态度。看似“安之”，实本是积极地战胜疾病的信心。我把它作为“故事”的最后一篇，又以“与癌共舞”为题，是多么好的乐观心理啊！

科学与文化①

这里奉献给读者的是《妇女科学文丛》1～4辑，希望以后还会有5辑、6辑……

我体会这部科学文丛乃科学文化丛书之简略，而科学与文化实在是庄严神圣，须仰视的，不过低下头来思忖，却又生出不少悲哀。一方面，人们在呐喊着振兴科学文化，强国富民；一方面，伪科学、反科学的东西充斥于市，均不乏趋之若鹜者。至于各种各样的“文化”更是光怪陆离，从厕所到汗衫，都有连篇累牍的“文化”阐述，真佩服那些文化的挖掘开发者，真欣慰我们生活在这样充满“文化”的氛围中！也不免想起老少边穷地区乡亲们在为温饱而拼搏，城市胡同炎炎夏日之夜，多少人袒胸露背或仰或卧，或路灯下对弈，或在大排档狂吞酒菜，乱吐脏话。又有谁论证其中的文化？

诚然，我们崇尚科学与文化，我们需要科学与文化，这至少可以使我们的生活变得美好与文明，使我们的身心变得健康而充实。如今，人们不仅追求丰富的物质享受，也追求崇高的精神生

①本文为《妇女科学文丛》的总序，该书是作者的系列丛书，中国文联出版社出版。

活；亦看重家庭责任，认真履行对于国家民族的义务。这一切显然需要科学与文化的维系。然而，如果缺乏真正的科学与文化氛围的营造，如果对伪科学和乌七八糟的文化听之任之，将直接影响我们的社会生活，危害人民的健康。

我们想起了妇女和儿童，想起被称为“半边天”的成千上万的母亲、妻子和女儿。她们从旧中国深重的压迫下解放出来，在社会生活中可以和男子平分秋色。但是，她们面临和将遭遇的挑战仍然是严峻的。我只是一名妇产科医生，不是妇女问题专家。仅就妇女的健康而言，既有传统的尚未解决的老问题，又有令人困惑的新问题。“十月怀胎、一朝分娩”，世世代代，年复一年，依然险情丛生，危系母子。虽说妊娠不是病，却要始终防着病。控制人口数量，提高人口质量。当然也不单单是女性的事，但生育过程毕竟是由女性来完成。避孕与不育，优生与优育，妇女承担了更多的责任。于是有了我们的妇产科学，须知这是与男性共有的内科学、外科学、眼耳鼻喉科学等等以外的，专门研究女性生理、病理、疾病发生、发展、诊断、治疗和预防的科学。随着社会经济、文化生活的发展和变化，有些原来不多见的疾患变得司空见惯，有的几乎未曾听说的毛病现今居然人人皆知。像糖尿病、子宫内膜异位症、乳腺癌等，俨然成了“现代病”。性病“死灰复燃”，艾滋病如同恶魔猖獗肆虐……令人不安的是妇女往往是这些洪水猛兽的首当其冲的受害者！

更令人不安的是那些充斥着各种迷信的谬说：亚当和夏娃偷吃禁果，上帝让夏娃忍受整个妊娠和分娩的痛苦。席勒莫明其妙地发现，女秘书每天为他更换鲜花，一个月中竟有几天花是容易枯萎的——由此推断有“月经毒”。孕妇梦见樵夫砍柴会生“豁嘴”（兔唇）儿……这些古老的神话似乎已成笑谈，可是古老的问题却依然没有解决：100多年前，辛普森认为子宫内膜异位症是由于经血倒流引起的，这一理论不足以充分解释其病因。现今又提出这个病是免疫性疾病，是炎症性疾病，是出血性疾病，是器官依赖性疾病，是激素依赖性疾病……通常是理论、假说、学说越多，表明对问题的认识越不清楚。我在国外的一所大学校园里看见一尊尊伟大科学家的塑像，都是些令人景仰的名字：牛顿、哥白尼、伽利略、爱因斯坦……台基上镌有他们的贡献。却有几尊雕塑，是只有底座而没有头像和名字的。台基上写着“分娩动因的发现者”、“妊娠高血压综合征病因的发现者”。分娩动因就是宫缩分娩为什么会起动，多么古老的悬而未决的问题。妊娠高血压综合征，简称妇高征，曾叫妊娠中毒症，是危害孕妇和孕产妇死亡的主要原因之一，其病因仍然不清。在这些先哲们和尚不知名的后来者面前，我们感到一种强烈的震撼，一种沉重的昭示——原来科学还有那样多的洪荒之地，原来我们在所有的科学中，人体本身的未知数最多。

于是，在我做了几年住院医师以后，在经过基

本的临床训练和医疗实践后，我已经把从事科普宣传，主要是科普创作作为自己职业的一部分，或者说是医生的一种社会责任，并乐此不疲，苦此不悔。从主治医师、副教授到教授与博导，从做科（系）主任到做院长，始终坚持不辍，在一个医疗、教学和科研任务十分繁重的医疗中心里能做到这一点是很不容易的。也许有人对此不屑一顾，但未必都能驾轻就熟，鄙薄医学科学普及的作用，忽略它和医学教研相辅相成的关系无论怎么说是一种偏狭。

回到科学与文化的议论，则不应该把科学与文化封闭在象牙塔里，应该把它们和大众结合起来。当然并不是所有的学科和命题都能直接与人们的社会生活联系在一起，但至少临床医学应该如此。科学忌虚假，文化忌清谈，有幸致力于科学与文化者，不该自命为精神贵族而远离尘世。我想，当我们在山珍海味的宴席上高谈阔论饮食文化的时候，不该忘记“谁知盘中餐，粒粒皆辛苦”。当我在出租车上默默地计算药物浓度的时候，车停了，我要如数付计程的费用，缺几毛钱都不行。可是，几块钱的零头人家却可以不找。最简单的数学变得毫无意义！可见，社会的正常运转仅仅有科学与文化是不够的，还应该有政策、法令、道德来约束。

言归于我们的文丛。这是为广大妇女同胞写的保健方面的科学普及读物，这四辑几乎包括了女性身体健康的所有问题。

《女人的一生——初潮与绝经》讲妇女各阶段常见疾病的防治。

《女人的圣职——妊娠与分娩》讲了妊娠全过程中的各种问题，有文有图，可对照、可记录，一直到照料新生儿和小孩。

《女人的乐园——性爱与婚姻》讲述性与爱的诸多话题。

《女人的“雷区”——肿瘤的预防与治疗》是把妇女最为关心

和担心的常见癌瘤以故事形式讲述出来，为的是早预防，早诊断，早治疗。

各辑的有关具体阅查问题，我会在每辑的前言中说到。当我整理这200余篇小文时，不能忘记支持、帮助，乃至鞭策我的朋友和读者们。有的系列文章是我“自投罗网”主动请缨撰写的；有的则是由他们“逼上梁山”欲罢不能而完成的。感谢他们的关心和鼓励。

高龄孕妇更需要关爱[1]

这是为中青年女性写的关于怀孕及其前后保健的科普读物，是枕边书，也是手册，便捷而温馨（其实，准爸爸也是应该读的）。

各种原因会使妊娠分娩拖到35岁以后，此时遇到的问题，甚至风险，与日俱增；思想负担，甚至焦虑，油然而生。寻医问药，可有径有门。

应该强调孕期保健的重要性，著名的妇产科学先驱林巧稚大夫的名言就是：妊娠不是病，妊娠要防病。她自己在1965年到湖南湘阴巡回医疗，回来后出版了《农村妇幼卫生常识问答》，一位最高的学术权威编写最通俗的科普小册子，用心何其良苦！后来她又主编了《家庭卫生顾问》《家庭育儿百科大全》等，为我们树立了典范。正是在林大夫精神指引下，边旭明教授及其同仁根据现代围产医学的最新进展，结合我国的具体情况编撰此书。突出学术知识的规范性，突出科学普及的实用性，突出阐述表达的简明性。便于阅读、便于理解、便于应用。

我还强调，保健靠自己，看病找大夫。

笔者强力推荐此书，并以为序，愿读者犹如时下之秋季有所收获。

---

①本文系作者于2012年为《高龄准妈妈枕边书》（边旭明主编）所作之序。

迎接妇女第二春①

绝经，或围绝经相关的问题越来越多，越来越引起重视，于是这部《绝经学》应运而生。

人的平均寿命日趋延长，尤其是女性还要更长些，50 岁前后，至 80 岁，绝经后的时日几乎占生命 1/3 以上，理应受到关注！

此间，有解剖、生理的改变，特别卵巢功能与内分泌的变化；有相应的心血管、神经精神心理、代谢及骨骼等的改变；有相关的疾病，如盆腔器官脱垂、乳腺及生殖道肿瘤的发生等诸多问题。而对于激素或雌激素补充治疗曾于 21 世纪初 WHI 的报告和 JAMA 的社论引起轩然大波，后来的论证，包括中华医学会妇产科学分会及时地组织专家达成共识，都认为在医生指导下的激素或雌激素补充治疗利大于弊，同时强调不可忽视健康的生活方式，合理补钙和维生素 D 以及适量的运动。

近年，关于绝经的研究组织，如国际绝经学会（IMS）、北美绝经学会（NAMS）等的工作很活跃，我国绝经学组还制订了《绝经过渡期和绝经后激素治疗临床应用指南》（2006），可以说

①本文系作者为《绝经学》（郁琦主编）所作之序，2013 年。

是国内工作的正能量。

我一直认为内分泌学是门重要而深奥的学科，把它称为妇产科的内科学，并不是说它不施行手术，而是意味它是妇产科学的基础，诚如内科学是临床医学的基础一样。而《绝经学》正是内分泌学的重要组成部分，犹如围绝经期是人生的重要组成部分一样。

1991 年，我翻译了一本美国影星简·方达著的书 *Women coming of age*，讲的是更年期妇女的变化和保健，居然是很深入的科学读物，我出版时用的书名是《红颜永驻》。在序中写道：人过中年，增加了经验和智慧，却失去了青春光彩；解脱了生儿育女的劳累，某些烦恼和疲惫竟不时袭来。是唏嘘逝去的年华呢，还是去发掘自己身上从未被认识的能力？这是一个多么重要的问题！2003 年，白文佩教授翻译出版了《更年期的智慧》（*The wisdom of menopause*），原著者克里斯蒂安·诺斯鲁普博士是有着 20 余年临床经验的著名妇产科医生。该书可以称之为彻底颠覆妖魔化更年期女性的巨著。"'认识自己、设计自己、爱护自己、发挥自己'就是本书要表达的……"（郎景和序）。我之所以赘述这两部书，旨在临床医生在处理绝经期问题时必须给予她们以理解与关爱，而不仅仅在于医疗和药物，此点在《绝经学》里有了明朗的体现，无论在内容安排和行文叙述，都贯穿了这一准则，譬如绝经治疗、"功血"治疗称之为管理，激素替代治疗叫作激素补充治疗等等，乃为人文化之体现。

生殖内分泌学是北京协和医院妇产科的重要专业，得益于林巧稚大夫高瞻远瞩，开拓与建立这一亚学科。葛秦生大夫作为前辈拓荒者，带出了一大批优秀的生殖内分泌学家，都做出了斐然的贡献。2006年林守清大夫主译了名著《Yen & Jaffe生殖内分泌学》（第5版），2008年，葛秦生大夫主编了《实用女性生殖内分泌学》。现今，郁琦大夫是中华医学会妇产科分会绝经学组组长，积极推动绝经学科发展，这次由他主编的《绝经学》必将提升绝经相关问题的临床与基础研究，并为生殖内分泌学拓展新局面，也是2013新的一年的礼赞。

是为序。

更年期的智慧在这里①

时光，春夏秋冬；人生，生老病死。这是自然规律，似乎是不可通融、难以改变的。其实并不尽然，夏可清凉，冬可温暖；健身换来安康，养性得以延年。

譬如人到中年或年过半百，过去总以为是老之将至，而今则可谓年富力强，就是七老八十，却也壮心不已。因为，人的平均寿命可达 80 岁，在女性绝经之后还有 30 年——这是人生 1/3 的历程！可是，更年期却给女性的人生蒙上了一层阴影。更年期即意味着衰老、病痛、他人嫌恶……这种观念在我们的文化中几乎根深蒂固。这个时期的女性似乎是多余的，说某人到了更年期简直就是一种侮辱。

更年期确实会发生许多改变，许多女性也会陷入种种困扰，但更年期即意味着“倾斜陡峭的下坡路”的观点真的正确吗？《更年期的智慧》带给我们一种全新的观念：更年期是一个完全正常的生理过程，并非是患了需要治疗的疾病，女性的前半生一直在为他人奉献，更年期则应更加自我关爱。

①本文系作者为《更年期的智慧》（[美] 克里斯蒂·诺斯鲁普著，白文佩、张海澄译）一书所作之序。

女性是否健康和快乐，不仅仅取决于客观条件，还取决于自己的感受。与身体变化和外部世界的影响相比，信念和态度更为关键。更年期绝不仅仅意味着烦恼和忧虑，随之而苏醒的，还有女性蛰伏的力量和创造力。妇产科专家林巧稚大夫曾说，更年期是女性的第二青春！又该如何发挥女性的智慧和力量呢？

《更年期的智慧》是一部可以给我们提供上述问题答案的优秀作品。它全面系统地阐述了女性更年期的生理、心理变化，遇到的麻烦和困扰，应如何对待和调适；特别详尽地开具了保护骨骼、强健心脏、警惕乳腺癌、预防抑郁和痴呆的良方，又从营养、锻炼、药物诸方面对女性予以指导。

我们需要注意的首先是观念问题，即如何对待更年期和以后的日子；其次是方法问题，即如何处理这段时间的各种情况。其根本是科学的认识、科学的方法。

作者身为行医20余年的妇产科专家，结合自己的亲身感受和大量女性的真实经历，辅以全面系统的医学观念，使这本书超脱于一般意义上的科普读物，它的形式、内容、寓意及价值很值得我们用心感受。

书中强调了在对待更年期问题时的人文观念，即人的心理精神、家庭与社会的影响。人的身心是一体的，比如，对待性、对

待“空巢”，甚至具体到子宫肌瘤的处理时都应多方考虑，而不应仅仅针对某一局部、某一种病。因此，本书告诉读者的不只是具体的处理方案，更赋予读者一种思考方法和能力。这便应了中国古语“授之以渔”。

书中阐述的学术观点和材料是现代的、进步的，又是被确认的、可信的。如激素补充问题是当今敏感的，甚至有争议的话题，但作者的立场公允而客观，为女性提供了切实可行的方案。饮食调节、身体锻炼、营养补充、中草药和针灸等方面先进而实际的观点更令人耳目一新，对关心自己、渴望全新生活的女性极为适用。

书的内容真挚动人，写作方法别具一格。多数读者习惯于认为医疗保健书通常是一问一答式的，虽简单明了，但较为枯燥。“快餐”式的解馋止饿，当然有其优点，但过于满足实用则不免失于回味，知识含金量和科学渗透力就不尽如人意了。而《更年期的智慧》既有作者和许多女性的真实故事，又结合了全面而实用的医疗观点，让我们感到味道的厚重。如在乳腺癌的发病上，还提到BRCA1、BRCA2基因的作用，并在治疗中讲到三苯氧胺的副作用（所谓“窘境”），即便是医务工作者也会从中获益良多。

近年，生活保健类书出版了不少，虽不乏佳作，却也良莠不齐，作品中以讹传讹的东西并不少见，使读者无所适从。错误的知识比没有知识更有害、更可怕。好书是欲觅难得的礼物，本书就是收集了大量信息和案例的杰出之作。

女性的自我保健意识在不断增强，观念也在不断更新，这恰恰说明增加医疗保健知识的必要性。所谓“在普及基础上的提高，在提高指导下的普及”，提高和普及相辅相成，它们是变化的、发展的。成千上万的人在学电脑、学开车、学外语，而读懂一本书，学会如何关爱自己当然更不在话下。

更年期是一个新的起点，是一圈新的螺旋上升。我们赋予经验和智慧，我们别有风韵和魅力。身体的健康是无价的财富，心灵的健康更是如此。认识自己、设计自己、爱护自己、发挥自己，这便是我有幸先读了这本书所想到的，也是这本书要告诉给广大读者的。

关心儿童及青少年妇科问题[1]

作为一个亚学科，儿童及青少年妇科学正像它的研究对象一样“年轻”。尽管这一年龄组的妇科学问题并不少见，也并非容易解决，它困惑着儿科医生和妇科医生。只是在最近的二三十年，我们愈加紧迫地想从这种困惑中走出来，形成和建立针对儿童和青少年妇科疾病和妇科问题的策略。这里奉献给读者的这部译著可以认为是向这一领域进军的号角。

亦如原著者所述，该书第1版问世至今已逾25年，并有5版之印刷，可谓屡印不衰，颇具权威性和受到欢迎。书中涉猎甚广，从解剖与生理，检查与诊断，发育与失调，畸形与矫治，炎症、损伤与疼痛，肿瘤与泌尿学，妊娠与性等均有详尽描述，这无论对妇科医生或儿科医生，甚至全科医生、社会工作者、教育工作者均可参考，有所裨益。问题的重要性在于：其一，我们尚未建立儿童和青少年妇科学亚专业，缺乏系统性经验和专家；其二，我们尚未出版较多的该方面专著，有关的知识和经验散布于妇科学、内分泌学、畸形学、儿科学和肿瘤学的著作和文献中，专著

①本文为《儿童与青少年妇科学》译者序，2006年。

凤毛麟角。因此，本译著的意义显而易见，不啻雪中送炭！

在翻译中，我们也发现中国与西方在儿童与青少年的教育、伦理、法律等社会学方面的差异，我们固然可以参考国外的经验，但在引进时也在忠实于原著的原则基础上，做了必要的删节和调整。

我们一直认为，特别是近年，非常急切地期望建立我国自己的儿童与青少年妇科学，这需要多学科的合作，除医学以外，还有社会科学与人文科学也参与其中。比如在本书中缺乏的精神心理学也是十分重要的。时代发展、社会变化，给予青少年的身心影响正负方面都会引起机体的生理病理变化，绝非单纯的社会问题与单纯的医学问题，岂不正是医学—社会学模式吗？

我们相信，儿童及青少年妇科学会在新时代应运而生。我们正是怀着这种期望翻译这本书的，如果这本译著能在这一过程中起到推波助澜的作用，那便是我们十分欣慰之事了。

感谢各位辛勤的译者。

以此献给医生、老师、父母、女儿及姊妹们！

爱的理性与理性的缺陷[①]

家辉先生为我们描绘了人生的三个美丽的梦幻，并告诉我们怎样把梦幻变成现实。

这是爱的理性！

从新婚宴尔，到老而弥坚，俩人厮守相伴。感情如胶似漆，也许毋庸置疑，但仅仅依靠感情又似乎是不够的。比如，性生活不和谐、妊娠过程不顺利或生了有缺陷的孩子、更年期出现的烦恼……都会给婚姻与家庭投下阴影。如果只从感情上去检讨过错，往往得不到结果，而事实却会伤害感情。

这便是理性的缺陷！

因此，我们有必要读一读这本书。作者告诉我们，如何达到性生活的美满和谐；如何生一个聪明健康的孩子；如何使家庭充满情趣与温馨。

这些梦幻的实现，需要的正是爱的感性与理性的美妙结合！

我很喜欢这样一首爱情诗：

①本文系作者为《新婚伉俪的三个梦》所作之序。家辉，科普作家、主任编辑，《新婚伉俪的三个梦》是他和慎之的合著。

初恋是雾，你是雾里的花卉，
隔着青纱看你，你叫我心醉。
我们结婚，雾已消退，
揭开青纱看你，你是花卉里的玫瑰。

爱情与婚姻生活的浪漫恰似雾霭般迷蒙，它使人倾心陶醉，这也许是诗人们要给予我们的；而科学家却提醒我们，不要对此过于神秘化和理想化。诚如上面那首小诗所寓意的，当人们的科学知识足以打破情爱的神秘幔帐的时候，恋人们领略的则主要是那幸福的心理和情境的和谐。

值得提出的是，和谐的性生活是婚姻成功的重要内容，没有性满足的婚姻，是不完美的。所以，作者认为经验、学习与指导都是很必要的。我们常说，要讲究“生活质量”，“质量”的内涵是丰富而深刻的：物质与精神、自身与环境等等，它需要我们去追求、创建、完善。从这个意义上讲，这本书就不仅仅是爱情的科学诗，而是富于哲学和社会学意味的，会引出我们许多有益的思考。

爱情与婚姻是个永恒的主题，我是读了家辉先生的大作后有感而发，记之以为序。

不是怀旧①

刘新民、万小平主编的这部书引发了我不少感想。

阴道手术包含两个范畴：阴道本身病变的手术和通过阴道所施行的手术。通过阴道的手术（如经阴道全子宫切除，TVH）是经过女性身体固有的通路施术，应该有其天然的合理性。一般都以为开腹子宫切除（TAH）在先，TVH在后，而事实是TVH先于TAH 50年。1829年7月26日，法国巴黎外科医生Joseph Recamer为一位50岁的子宫颈癌患者施行了第一例标准的TVH；1878年，另一个法国人才开始做TAH。所以，才有了阴道手术是开腹手术之母之说（Vaginal surgery is the mother of abdominal surgery）。

今天，我们重提阴道手术，是怀旧?是回归古老的外科?不是，不完全是，而是因为外科的微创化、人性化和个体化，让我们重新认识阴道手术的优越性。我们知道，微创系指创伤小、出血少、时间短、痛苦小、恢复快等，其本身就是外科的基本观念和恪守原则。问题在于如何达到微创的目的，取得微创的效果。这

①本文系作者为《妇科阴道手术学》（刘新民、万小平主编）所作之序，2009年。

涉及选择手术入径、手术方式以及操作技术。诚然，手术入径应个体化，但从微创角度看，首先应考虑经阴道，继而内镜，最后是开腹，是为明智的选择。作为一种观念、一项原则，外科医生要牢记，并落实到每一个手术的始终，而不论任何手术入径与手术方式。它体现在切剪缝扎，一招一式，从皮肤或黏膜切开到伤口缝合，也包括各种器械及能量的使用，材料（如缝线）与工艺改善等，都以尽量减少组织损伤和机体干预为基准。现在要强调或认识阴道手术的益处，应有更广的覆盖和更深的内涵，包括身体的、精神的、卫生经济学的，甚至是美学的。

我以为，阴道手术于今备受青睐和加速发展由多种因素促成，如医生和病家的微创观念和意愿，另一个重要推动力是腹腔镜手术的兴起和广泛开展。作为微创手术，腹腔镜手术是“竞赛者”（当然，也是“合作者”；当然，开腹手术也是“竞赛者”与“合作者”），促进了阴道手术的重新广泛应用。其实，中国的妇科同

行已经做了大量的工作，积累了丰富的经验，早在20世纪五六十年代，上海的郭泉清教授、安徽的张其本教授都曾热心推行阴道手术，开展了经阴道广泛子宫切除。近年，使阴道手术出现新局面的还有盆底重建外科的兴起。在以往生殖道脱垂或盆腔器官脱垂（POP）及生殖道瘘（尿瘘、粪瘘）的传统手术的基础上，针对POP和压力性尿失禁（SUI）提出了很多新理论、新观念和新技术，而且遵循微创原则，多数通过阴道或腹腔镜施行，这就使阴道手术更加精彩纷呈。最值得称道的是D. Dargent的保留子宫的子宫颈根治性切除（Radical trachelectomy，现为纪念他，称之为Dargent手术）。Dargent 1987年发明此术，1994年报告，被誉为“现代妇科手术之典范、阴道手术之时代标志”。专家们还认为，可以经阴道施行大部分妇科手术，给予病人最好的选择，以慰藉祖先传留给我们的宝贵技术遗产，并加以发扬光大。

为了写这篇序言，我还找到了几部原版的关于阴道手术的英文专著：2004年出版的D. Dargent等的 *Vaginal and Laparoscopic Vaginal Surgery*、2005年出版的M. Cosson *Vaginal Surgery*（2008年熊光武主译了中文本）和2007年出版的SK. Kovac等的 *Advancesin Reconstructive Vagina Surgery*，特别是 *Vaginal Surgery* 被评为欧美最佳医学书，而最精彩的部分当然是Dargent手术。可以看出，在经历了腹部手术“长时间的统治”之后，由于腹腔镜（宫腔镜）的出现，“彻底”改变了手术的技术路线和方法；而阴道手术于法国肇始，在德国发展，又在法国找到立足之地，于当代崛起，漫及世界。然而，不可小视中国，中国总像东方雄狮，一旦觉醒吼起，一定锐不可当！

正是在这种情势下，刘、万两位教授主编的《妇科阴道手术学》应运而生！是辛劳的结晶，是必然的成果。国人关于阴道的手术专著凤毛麟角，本书既是雪中送炭，也是阳春白雪，因为书中有了阴道手术的新观念、新术式、新进展。也许像主编前言中所坦言的，还可以再全面、再丰富些，但这一开头，便是里程碑式的。《妇产科手术学》已经很完美了，主编将阴道手术分野出来，足见其高谋远志，也说明阴道手术蓬勃发展之势已成。如再将其与内镜手术结合，岂不若“嫁接”出新品种来！也可以看出编著者以及我的诸多妇外科同行有着怎样的职业精神和职业热情，在某种意义上这比手术本身更重要！这种无比的外科激情，对手术操作的一丝不苟，对自己的临床与研究结果的诚实，论证、图解或演示的认真，都令人感动和心悦诚服。此外，从本书的编著出版，也突显了外科手术应该是可以“复制”的，不是说外科手术可以完全一样（不可能有完全一样的手术经过——这正是外科的乐趣），但手术方式是可以教授转播的，即你的手术，别人可以学习和掌握，而绝不能、也不应该只有一个人或几个人能做。

因此，阴道手术是全面的人性化视角的手术途径，应该没有功利，没有技术与设备的炫耀，因为“患者比手术本身更重要！”

还应该强调，在微创的原则下，开腹、经阴道和内镜手术三者不可能由一种代替其他，而应该扬长避短、相辅相成。没有必要追求“零”开腹，非要全部经阴道或经内镜完成手术。也没有必要成立腹腔镜、宫腔镜或阴道手术的“勇士俱乐部”。我曾说，内镜学组的任务是学组的消亡——那正说明我们推动和普及手术的成功。一个成熟的妇科医生应该掌握各种手术方式，又善于形成自己的特长。手术是一项操作技术，重要的是临床外科决策。丰富的经验给我们以技巧，先进的观念给我们以明智，正确的决策给我们以成功的保证。

感谢主编的厚爱，使我借此发表点拉杂的议论，但愿不是画蛇添足。是以为序。

产科手术的特点是急、危、重①

近年妇产科学的手术专著，包括各种内镜手术，出版得很不少，但关于产科手术学却不多，刘兴会、徐先明教授主编的《实用产科手术学》让人怦然心动，颇感兴趣。

我以为产科手术突出了“急、危、重”三字，或者这三个字是产科手术的特点。

产科手术当然也有预定性或计划性手术，如选择性(或择期)剖宫产、妊娠期子宫颈内口环扎、妊娠合并子宫颈癌或卵巢良恶性肿瘤等手术，是可以在充分准备后实施完成的。但相当多的产科手术，如产科出血、胎儿窘迫、子宫破裂、胎盘问题以及严重感染等紧急情况下，可能要立即采取手术处理，都显示了“急”的特点，是对产科医生的决策及手术技术的严峻考验！

病情常常是很危急的，危及母亲、危及胎儿，需当机立断，争分夺秒。这时团队的力量、学科的配合都是成败的要素。

“重”字有两层含意：其一是孕产妇的病情通常比较重，其二是事关母胎，干系重大。

①本文系作者为《实用产科手术学》（刘兴会、徐先明主编）所作之序。人民卫生出版社，2013年。

也许有人觉得产科手术不像某些妇科手术、癌瘤手术那样复杂困难，似乎比较简单，这显然是一种偏见、一种误解。如果我们深刻理解产科手术的“急、危、重”的特点，就会格外重视产科手术的决策和实施。

产科手术也会涉及普通妇科问题、癌瘤问题等，也不仅限于开腹手术，也涉及阴道、会阴区域的操作。所以，产科医生应该有妇产科学的全面知识、全面技术，才能对产科手术应付裕如。其实，反之亦然，普通妇科医生、妇科肿瘤医师不是也应该掌握必要的产科知识和技术吗！

好在刘、徐两位教授的这部书表达和回答了上述的产科手术特点和问题。书作者都是国内资深的专家，选题明确而注重临床实际，手术的各种问题和技术描述细腻详尽，无论对产科医生抑或妇科医生，无论对资深医师还是年轻医师，都有重要参考价值和指导作用。

我有幸先睹书稿，感想如上，权作为序。

成也卵巢，败也卵巢①

科学技术发展一日千里，知识信息汇涌沧海万顷。莘莘学子，须如夸父追日而不息；亦如蜜蜂采蜜之勤奋，不断汲取，岂有望洋兴叹的时间！

当我拿到这部顾美皎教授主编的《卵巢疾病》的目录提纲时，就是这种感觉。

华中科技大学同济医学院是座历史悠久、根基深厚的高等学府。同济医院妇产科更是人才济济、成果累累，金问淇、蔡桂茹、张炼等专家都是我们尊敬的前辈，又有众多的风华正茂的后来者，可谓长江水滚滚、黄鹤楼巍巍……

该科之肿瘤学研究尤为令人瞩目，曾有《卵巢恶性肿瘤的诊断与治疗》等专著出版，近年又有丰富的经验积累和深入的基础研究进展。因此，本书的问世乃是水到渠成，亦为众望所归矣。

本书的内容、体例和写法也令人称道。从卵巢的发生、解剖、生理、生化、激素调节的作用，到功能障碍、炎症、损伤、内异症和肿瘤等等均有全面系统的周详叙述，这是纵横交叉、上下连

①本文系作者为《卵巢疾病》（顾美皎主编）一书所作之序。

贯的立体透视。在卵巢肿瘤的章节中，展示了大量自己的临床病理资料，又有现代分子生物学的研究报告。这些无论对有一定经验的妇产科医生，抑或初学者都是开卷有益、裨助良多的。

卵巢是女性十分重要的器官，是生殖内分泌的“轴心”，对妇女的生长、发育、生育、健康和生活起关键性作用，故云“卵巢虽小、干系重大”。卵巢又是组织学构造复杂，容易罹患病变，特别是肿瘤发生的场所，亦称“是非之地”。真是“成也卵巢，败也卵巢”！因此，本书对我们全面、正确地认识卵巢和卵巢疾病，保护卵巢和防治卵巢疾病，提高广大妇女（任何年龄段）的健康水平必将起到巨大作用。

我有幸先阅读了本书的有关材料，并和主编作了交谈，写下如上的议论，但愿不是画蛇添足。

是为序。

大全并非全，大仙未必仙①

并不是很喜欢“大全”、“全书”或“宝典”之类的书名，似乎给自己戴了顶大帽子，或挂上一块巨匾，不知是否合适或者能否受用。

我愿意用“漫谈”，即与读者，或者如同我们的病人、咨询者，或者朋友谈心聊天，回答、讨论问题。也许更和谐随意，不是板着面孔的说教。

恰值近30年前，我出版了一本关于妇女健康的小册子，就叫《妇女健康漫谈》（天津科技出版社，1982），居然得了当年的全国优秀科普奖。其实，我的科普创作活动是从20世纪初协助林巧稚大夫工作开始的。“文革”之后，万物待甦，科技复兴，北京出版社组织医学专家编撰《家庭卫生顾问》，为首的是林巧稚、翁心植等，阵容强大，撰写认真，作者们都极富热情，乃是一种科技文化解放。在林大夫的精神鼓舞及直接指导下，又出版了《家庭育儿百科大全》（北京出版社，1981）等。我和韩向阳大夫写的《新婚卫生必读》（人民卫生出版社，1980），竟不断再

①郎景和著《妇女健康大全》之序。

版，达千余万册，可见需求之烈。林大夫卧病之后，交给我的一个任务是完成她答应其家乡所约《实用育儿指南》（福建人民出版社，1983）。1999 年，我将陆续发表的文章进行整理，并增补一些篇章，形成了妇女科学文丛 4 卷：《女人的一生——初潮与绝经》《女人的圣职——妊娠与分娩》《女人的乐园——性爱与婚姻》《女人的“雷区”——肿瘤的预防与治疗》。应该说是关于女性健康的集锦。近年，中国妇女出版社又相继出版了我主编的《我们妇女必读系列》（1996）、《新婚必读》（2003）、《郎景和谈女性健康》（2010）。

我之所以回顾这一过程，是想表明妇女健康知识的普及多么重要：对于妇产科医生，这是一种责任；对于广大妇女，这是一种必备和需求。正像 30 年前我曾说的：作为一个医生，我常常遇到人们提出的各种问题，甚至当一个病人痊愈出院的时候，仍然有不少问题需要回答。一个健康人又何尝不想知道健身防病的知识呢?于是，我们的工作对象绝不能只限于门诊和病房的患者，那些未到医院的“求医者”为数更多。这便是我们从事医学科普创作的契机——一篇医学小品也许会帮我们诊治更多的病人。

事实像预料的那样：有人拿着报纸杂志到医院找医生或查病来了，畸形、炎症、肿瘤……被意外地发现了，病痛的解除使我们与病人一起兴奋不已！

现今的科普环境已经发生了很大变化，人们获得医学信息的途径快捷而广泛。各种媒体的传播如流星，如陨雨不期而至，猝不及防。天气预报的各地地标多数是医药，电视及报刊广告 80%是医药，名人大腕都成了名医大师，为医药代言……于是泥沙俱下，鱼龙混杂，“悟本”“大仙”横空出世，百姓拜之祷之，烟火不绝……记得多年前，在科普讨论会上，科普作家们无不深刻地感觉到科普责任之重，因为“有害的宣传比不宣传还要有害！”

所以，当我们重新编撰这部书的时候，虽然有的题目不是新题目，但必须有增有减，迎新除旧。一些新的问题、新的观念，也必须加以补充，但又必须是成熟的、可靠的。科普面向大众，不是学术讨论，不是文献复习。更不能以讹传讹，哗众取宠。

又是一年春草绿，生机勃勃！

祝愿妇女同胞幸福安康。

我们是把它当作“圣经”来读的①

对于《NOVAK 妇科学》，我是一直把它当作妇科的“圣经”来读的。我的案头摆着第 12 版的英文原版（1996 年），捧来展阅，似闻天籁！也许有的内容并不非常新颖，但却有高山仰止之慨，因为我们的很多想法早已被大师们表述过了，心存一种阅读的“恐惧”；原来的某些经验，不过是浅尝辄止，经典书著给我们的不仅是知识和技术，还有先哲们的思想。

在这里，我们不能不提到美国霍普金斯医院（Johns Hopkins Hospital），妇产科的开山鼻祖是该院的 Howard D. Kelly（1858—1943 年），他的规划和设计影响是如此巨大。该院多名大师先后主编了多本传世巨著，包括 Emil Novak 出版的《NOVAK 妇科学》（1940 年，第 1 版）。Novak 兼具妇科学和病理学的贡献已卓尔不凡：首先引入“Swiss Cheese”来比喻子宫内膜囊性增生之外观（1942 年，与 Martzloff），提出子宫颈炎症、癌前病变和癌的病理差异（1929 年）、子宫平滑肌瘤和子宫肉瘤的关系（1937 年，与 Anderson）、子宫内膜不典型增生的概念（1948 年，与 Rutledge），

①本文系作者为《NOVAK 妇科学》第 13 版中文版所作之序，2002 年。

甚至在 1956 年（他去世前一年）还提出绝经后的子宫内膜息肉有大于 15%的恶变机会。这使《NOVAK 妇科学》以妇科病理为其特点，并闻名遐迩。第 12 版、第 13 版的主编 J. S. Berek 也毕业于霍普金斯医学院，现为加利福尼亚大学洛杉矶医学院的教授。我之所以赘述如是，是想说明一个高等学府对学科发展的重要作用。清华大学老校长梅贻琦先生说："所谓大学者，非谓有大楼之谓也，有大师之谓也。"信哉斯言。

在《NOVAK 妇科学》后面几版中编者拓展了领域，如对药物和手术、生殖内分泌、感染性疾病、妇科泌尿学等均有深入的阐述，实现使读者"必须获得最新和最好的信息和训练"的宗旨。在这次新版中，关于伦理原则、预防医学和初级保健、乳腺疾病、妇科内镜以及分子生物学与遗传学等方面的内容都很前卫。但读者还是可以发现病理学仍是其"拿手好戏"，值得我们去认真领会，这恰恰是临床医师需要弥补的缺陷。记得 J. Donald Woodruff（也是霍普金斯大学的教授，曾为《NOVAK 妇科学》第 12 版作序，于 1996 年去世）说过，"如果想做一名优秀的妇产科专家，务必懂得病理学的重要性。"

综观第 13 版《NOVAK 妇科学》，我们深切地感到其内容既全面系统，又言简意赅。有很多表格，明晰准确；有很多插图，清秀细腻。有些阐述直接以指南性质的图示表达，很有"Guideline"的作用，对我们制订规范、讲授课程都是极好的参考。

感谢以段涛教授为首的译者们，普罗米修斯是偷来火种施于人间的，而他们则是传递"圣火"的。我有幸受其嘱，为之作序，拉杂如上，请译者、读者不吝赐教。

我们需要性知识①

我们需要性知识，需要科学的性知识，需要适宜的性知识教育。

对于性采取禁锢和蒙昧政策，已经越来越被认为是不明智的。因为，无论从古老的创世神话到试管婴儿的诞生；从婚姻到生育、优生控制，我们都难以回避性——一个重要的生命和生活的主题！

当人类试图维护自己的尊严，从而标榜傲居动物之上的时候，性关系与性问题被潜藏和神秘化了；居室与服饰遮掩了最令人羞怯的部位和行为。当又经历了相当长的时间后，一些人又觉得这种潜藏和遮掩是一种束缚，于是又尽情地甚至肆无忌惮地解放和暴露。人的行为轨迹，或者画一个圆圈回归原地，或者螺旋上升到新的高度。经济与文化、道德与文明是定向力量，它使人类栖居的星球在宇宙的海洋中沉浮。我们每个人似乎都无足轻重，但却是一个有质量的粒子，这里讲的质量意味着素质——身体的和精神的，它显示着我们自身发展的水平和驾驭自身发展的

①本文系作者为《性学观止》（[美]贺兰特·凯查杜里安著，李洪宽等译）所作之序。

能力，其中也许起重要作用的是性。

性是一个颇为广大的范畴，至少它包含有生物学和社会学两重性。性行为又是力量因素，诸如生物本能、生理驱动、精神意志、道德观念、法律习俗等相互作用的结果，是多元辐射聚焦的热点。因此，对它的认识和思考应该是多方面的，肤浅的对比、简单的结论都是不足取的。

对于性，我们不能忽视它，还因为它是人生快乐，有时也是痛苦的一个渊薮。它本身就完全可以“导演”出震撼人心的喜剧和悲剧！

对于性，我们不能低估它，还因为它是人类文化的一部分，从史前时期的原始石刻到玛斯特斯与约翰逊的性学实验，可以看到不同时代对性认识的文化背景；从缠足制造出的扭捏到胸罩展示的丰满，这是何等大相径庭的美学意蕴！

对于性，我们不能轻慢它，还因为性的不正常或不正当积蓄和宣泄，会造成十分有害健康与社会的后果。性传播疾病、嫖娼、性侵犯等都足以使千百万人在变形了的性活动中毁灭！

因此，应该把性教育作为健康教育、文化教育、道德教育和社会教育的一个重要内容。遗憾的是，我们做得还很不够。一方面，性教育的真正开展为时尚短；另一方面是缺乏性的知识材料、科学研究和专家学者。人们对性知识的渴求和顾虑、对性困惑的忍耐和抗争，也构成了一种非常怪异的局面。这个时候，译者们把《人类性学基础》引进国门是难能可贵的。

这无疑是一本十分严肃的性学学术著作，作为一个著名大学的教科书20余载，当之无愧的是该领域的基础和权威教材。它的内容非常全面，从解剖生理到伦理法律，从性行为的始发到历史演进，涉及性的研究、教育和治疗诸方面，又有东西方性文化的回顾和性学研究的最新进展，可以认为是一部性学大全。

我认为本书的翻译出版会推动我国的性教育和性学研究，希望有一天能建立我们自己的性学基础；再者，它可以净化性学宣传，人们从书本里会得知性科学与色情、淫秽的本质区别，它将有力地为性学正名。

性问题涉及各种年龄、各个阶层的不同人群。同样，性教育的对象和内容也必须是多层次，甚至是多色调的。本书显然不是兼顾各方面的通用读物，但不论是专业工作者还是具有相当文化水平的读者都可以从中得到裨益。人们观念上的“承受力”，社会舆论的“抵抗力”如何，未必能完全公正地衡量本书的价值，但或可影响对它的品评和接受。这一顾虑不无多余，对某些章节的处理大概是必要的。更何况存在着国情民俗、文化背景、价值观念上的诸多差异。对本书的批评和赞赏同样应该欢迎，如是，至少说明它及其代表的学科毕竟引起了人们的关注。至于精华与糟粕的分辨，摄取与扬弃的决定，则自有仁智之见。

我们应该感谢本书的译者和编者。愿同道们都来做我国性学的普罗米修斯。

性学传播的“圣火”①

欧洲思想家卢梭曾说：我觉得人类各种知识中，最有用而不完备的，就是关于人的知识。我们还可以说，关于人的知识中，最有用而不完备的，是性的知识。

在谈论性，或者在性问题、性生活上，把人类至洁至纯的崇高的美与污秽的、低贱的丑的概念和界限区别开来，是非常重要的却也是非常困难的。

恰在20年前，我为这部书的第一部中译本写了序言。其结尾作了如此的期望：愿同道们都来做我国性学的普罗米修斯。应该说这一期盼已经得以实现。现今的性学的研究、发展以及普及要比那时的想象快速得多，而随之而来的问题也比想象复杂得多。

因此，当我们把新版《性学观止》奉献给同胞之后，也感慨良多。10多年前，我在中国协和医科大学（八年制）的妇产科教学中开始讲授《性学的发展和现状》。开始便说：这是令人奇怪而具有辛辣讽刺意味的事实，即那些对人类生活有着极大影响的学科在科学研究，或高等教育中几乎无人问津，更不屑说它如何

①本文系作者为《性学观止》所作之序。《性学观止》第6版，[美]贺兰特·凯查杜里安著，2008年世界图书出版公司出版。

在人群中普及。而现今，我们已经有了大学课程、研究所、性学会以及不计其数的书著、影视，甚至还有铺天盖地的广告!

是也，亦是非。我们并非“叶公好龙”，但又该如何审慎地估计这一现状，以及如何健康地发展性学研究和性学普及呢?

我认为，至少这部新版《性学观止》有极强的科学借鉴和参考价值。

我们仍有必要简要回顾一下性学发展的轨迹。

100 多年前，克拉夫特 - 埃宾（R. Von Kraff-Ebing，奥地利，1840—1902 年）于 1886 年出版了他的《性心理学》，被认为是性学的肇始。后来，布洛克（I. Bloch，德国，1872—1922 年）把社会学引入性学研究，正式创立性学（Sexology）一词。所谓性学研究就是研究两性发育、性生理、性心理、性病理以及有关社会学意义的科学。

在性心理学研究方面的一个重要人物是弗洛伊德（S. Freud，奥地利，1856—1939 年），他的代表作是《性学三论》，其精神分

析学说是以性为核心的。霭理士（H. Ellis，英国，1858—1939年）是一位很有影响的科学家、思想家，他终生严肃地从事人类性科学的研究和教育，认真探讨人类的精神世界和性的生物学的密切关系，1933年出版了《性心理学》。潘光旦先生于1941年将其译成中文，梓成自题曰“我亦传来竺国经，不空不色唤人醒”，可见其用心良苦。

20世纪中叶，重点移向美国的生态学研究和广泛的性学调查，当推金赛博士（A. Kinsey，美国，1894—1956年），他的《人类男性的性行为》（1946年）和《人类女性的性行为》（1953年）是著名的性学报告。

接着，性学进入了实验科学的新领域。它的开拓者是华生（J. B. Watson，美国，1878—1956年），为此曾濒于身败名裂。玛斯特斯（W. Masters，美国，1915—2001年）和约翰逊（V. Johnson，美国，1925年生）夫妇建立在科学实验基础上的《人类性反应》（1966年），《性医学教科书》（1979年）是当代性学、性治疗学和性医学的权威著作。2002年翻译过来的《海蒂性学报告》（*Hite Report*）包括男人篇、女人篇和性爱篇，堪称与金赛报告相媲美的著作。

当今，在西方，性问题面临着严峻现实：20多年掀起的“性自由”、“性解放”和“开放婚姻”与科学家们严肃的研究成为鲜明的对照；一些国家关于性的禁锢有增无减，又不能不被未来的冲击而发生难以预料的震颤。在一种文化和道德的病态中，爱情正无法遏制地丧失它的意义。而包括艾滋病在内的性传播疾病的泛滥，使人们从“性革命”初期的陶醉情绪中似乎清醒过来，那种追求放肆的纯粹的快乐不过是一种妄想。因为如今世界的开放如若同淫乱相结合，将引起并促进一场规模无法预测的全球性灾难。地球上的任何角落、任何人群都要迎接挑战，都要做出抉择——它将影响我们这个星球上的人类文明和子孙繁衍。我以为，医生的力量大概是十分有限的。

因为我们要展谈的是一本西洋书，也有必要将中国（以及东方）的性文化点评一二。我们姑且不做性学的定义，而就性问题而言，除了性的实验科学以外，现代性学的基本思想，在东方，特别是在中国古代的文化中几乎都曾涉及过。

我国早在汉朝（公元前 2 世纪至公元 2 世纪）即有关于性的研究，当时这种学问被称为“房中术”。这类书可以说颇为丰富，从先秦西汉到明清两朝，诸如《黄帝内经》《十问》《合阴阳》等均系最古典者；而《素女经》《素女方》则于民间流传甚盛；中医大家孙思邈（581—682 年）是唐代医药学家，医术精湛，医德高尚，善于养生，年逾百岁。孙氏所著《备急千金药方·卷二十七·房中补益》对房中养生贡献尤巨。南宋陈自明（1190—1270 年）之《妇人大全良方》亦值得称道，书中论及房事及子嗣，已有了胎教和优生之说。《三元延寿参赞书》关于房中养生之八论更令人击节，乃为宋元房中养生学之重要总结，其作者李鹏飞撰写该书时年已七十，真不惮辛苦矣！明代著名医学家张介宾（1563—1640 年），字景岳，也对男女两性阴阳交会及优生等有较系统的论述，这在《景岳全书·卷三九·子嗣类》里分天时、地利、人事、药食、疾病等五部分、二十四论加以阐述，可谓早期的性医学专著。如此等等，我们不禁为中国绚烂的、丰富的天人合一、阴阳辨证的思维所震撼！

《医心方》是一部综合性医著，系日本丹波康赖氏于公元982年所撰，其中卷二十八。房内，则是专论房室生活的，收载专著30篇，涉及男女两性生活之各个方面。

在印度，早在公元4世纪即有所谓《爱经》，后有古印度学者马兰伽·瓦察亚纳著《卡玛箴言》，而问世于十五六世纪的《爱欲之舞台》则是当时写该王室的性教育书。在古代艺术中，如绘画、雕塑、文学作品中都不乏见到关于性崇拜、性爱的表达。

我国封建社会时期十分漫长，特别是两宋时期，程（程颢，程颐）朱理学盛行。他们的封建纲常伦理对后世影响甚大，是时是缄口不谈两性生活，而以道貌岸然正人君子标榜的，及至清末民国概系如此。五四运动是一次跨世纪的文化思想启蒙运动，其波澜所及非一时一事。1926年张竞生先生大胆地出版了《性史·第一集》，是投向旧封建礼教的一颗重磅炸弹。但张先生此后终未得安宁。潘光旦先生1941年翻译了霭理士的《性心理学》，也是厄运丛生。虽说"太阳从这里升起，文化最先从这里开始"；虽说圣人已有哲语早出——"食色，性也"，但性一直是禁锢的领域。

新中国成立后，1950年，北京协和医院的赵志一、王文彬、谭明勲合著的《性的知识》出版了，这是只有5.3万字的小册子。但它打破了性学领域沉寂的局面，受到广大群众、特别是青年读者的欢迎，并被翻译成朝鲜、越南文。在"文化大革命"中，却被冠以"科学之花的大毒草"横遭批判。

差不多在可怕的停滞与空白之后，20世纪80年代初，韩向阳、郎景和出版了《新婚卫生必读》，印数达千余万册。1982 年吴阶平教授等编译了玛斯特斯和约翰逊的《性医学》，这已是跨越普及而正式将经典著作介绍给国人了，其意义不言而喻。阮芳赋的《性知识手册》（1985 年第 1 版，后又再版）和刘达临的《中国当代性文化》（1988 年）以及几部西方性学专著《理想的婚姻》（荷兰，范·德·费尔德著，杨慧林等译），以及本书《人类性学基础》第 5 版（美国，贺兰特·凯查杜里安著，李宏宽，等译）等的引入，都对我国性学发展以巨大推动力。

但突破堤坝，难免鱼龙混杂、泥沙俱下，一些低级庸俗的作品也充斥于市场，更有色情淫秽的各种出版物以及沉渣泛起，甚至闹得乌烟瘴气。它不仅蛊惑于众，污染精神，损害身心，也为性学的正常健康发展带来了不小的障碍。

20 世纪 80 年代后期，各地公开举办性学讲座、培训班，并成立了学术团体。一批活跃的专家学者为性学发展做出了重要贡献，如刘达临、李银河、潘绥铭、马晓年等。值得提出的是在人大常委会原副委员长、两院院士吴阶平的领导下，中国大百科全书出版社出版了《中国性科学百科全书》（1988 年），举入 1065 个条目，164 万字，包括了性学的所有内容，可以认为有里程碑或划时代的意义，我曾推荐其为优秀辞书，称其为“科学与文化的珍品，知识与健康的宝库”亦毫不过分。值此，也意味着性科学已经堂而皇之地立于我国现代科学之林了！

诚然，我们面临的性学问题以及开展性学研究、性教育的困惑仍然很多。封建意识、低文化素质乃是最严重的因袭力量，它一方面对性科学有“天然”抵抗；另一方面又常常使色情淫秽泛滥于世。

性学是内涵深刻、外延广阔的领域，包括生殖、不孕、性乐趣、性障碍、性传播疾病、性伦理、性法律、记忆色情文化等，而且性的医学、心理学范畴远远不及，或者越来越不及社会、伦理学范畴广阔。因为我们遇到的后者方面的问题日益增多，也会越加感到解决这些问题的沉重和困难。

随着国门的开放和人们经济文化生活的改变，以及道德观、价值观的变化，性行为所带来的医学问题也日渐增多。性传播疾病是新的挑战，老的性病（梅毒、淋病、下疳）死灰复燃；新的疾病（及至艾滋病）花样翻新，很有蔓延之虞。其防治显然不仅仅是医学手段。

据有关调查研究表明，我国有十大性问题：早恋低龄趋势、婚前性行为、婚外性行为、夫妇性生活不满意、强奸罪上升、嫖娼卖淫屡禁不止、性传播疾病发病率上升、黄色淫秽物品流传、性观念混乱、计划生育推行困难等。因此，性学研究、性教育、性科学普及任务十分沉重，在某种意义上更要提高全民的文化及性素质，不仅是学术队伍，还有国家政府的组织领导，以及相应的政策法规等。

一个重要的转变将首先是意识的。我们无论如何也

不能得出，性生活是生活中最重要的东西的结论的。不过，如果让性生活像杂草一样生长，那它就会覆没我们存在的深刻的内容和意义。但是，如果过分地压制它，认为它是淫秽的、亵渎的、无聊的、犯罪的，那就会萎缩和剥夺人们许多美好的生活感受，或者带来更多的家庭与社会问题。换言之，性生活应该在人们和社会生活中占据相应的位置，也应该在以治疗和保护人体和人性为职业的医学工作者、心理精神学工作者、伦理教育学工作者，以及政治家、社会学家的头脑中占据一定位置。当然，性对于幸福和快乐的重要因人而异，随个体的需要而变化。单是从这些区别中得出诸如道德之类的结论是不公平的，而对其轻慢和草率也是极大的遗憾。

正是在这种情势下，我在写再版序言时，有一种欣喜舒畅而信心倍增的感觉。毫不夸张地说，这的确是一部堪称“观止”的性学大全，无论是学者抑或百姓，都会从中受益。而译者和编者的认真负责尤其令人感动，形式美妙，文字亦谐亦庄。我甚至愿意把它称为性学传播的“圣火”……

性、科学文化与其他[1]

多少年来，我们对性这一命题始终讳莫如深；对这一领域总是浅尝辄止，始终处于徘徊的境地。我们可以举出十条、二十条应该研究和宣传它的理由，同样又可以举出十条、二十条这种研究和宣传带来的麻烦和问题。于是，我们矛盾，失却了平衡；我们迷茫，不知所措。尽管我们收到很多读者，特别是青年朋友的来信，有的几乎是呼天号地地求救，但我们不知道是否应该和怎样回答！

作为医生，有时我们又有一种遭受嘲弄的感觉：那些粗糙肤浅的影视、文艺作品，以及低级庸俗的小报手抄之类，关于性的描写和暴露，它们对读者和观众的撩拨和蛊惑，远远胜过某些科普作品的副作用和失误。那些披着艺术色彩的性爱要比医生笔下的不慎，不知有害多少倍。为什么不给青年朋友真正的酒，而让他们饮鸩止渴？

迄今，我们还没有性学家队伍，没有性学专业和大学教程。我们的性知识宣传还十分浅显，甚至有些混乱。要不要建立符合

①本文系作者为《婚姻中的性协调》（于鑫编译，中国医药科技出版社出版，1989年）所作之序。

我国国情的、符合我们人民需要的、符合中华民族伦理道德的、能够把中国传统性学和现代科学相结合的性学专业和专业人才？回答应该是肯定的。

同时，要十分重视性的社会因素及社会后果与意义。它对婚姻及家庭的影响日益突出，它对道德及法律方面的价值愈加明显。在其中，对性的评估再也不能满足于街头巷尾议论式的轻率的结论了。

《婚姻中的性协调》正是一本立足于科学、社会、文化的角度系统介绍性发育、性功能及如何协调性生活的书。此书不仅为青少年提供了科学的性生理、卫生的入门知识，也对中青年乃至老年夫妻的性生活、性协调给予正确的指导，对各类性病的预防、治疗及有关知识进行了科学的介绍。在将我们的同胞从性愚昧、性无知中解放出来的过程中，此书不失为一次有效的努力。在把性作为一门科学来加以普及、作为一种文化来加以研究、作为一种社会因素加以重视的今天，此书不失为一本较好的性科学教育读物。

把性作为一种科学加以普及

人体有性器官（或称生殖器官）和性腺，性器官和性腺的发育是身体发育成熟的重要组成部分，甚至是最富于特征性的标志。性活动、生殖功能的建立又受到全身各器官系统（特别是神经内分泌系统）的影响和制约，并受到环境因素（主要是社会经济文化）的作用。所以，性本身及性研究都具有生物学与社会学二重性。

所谓性学，是研究性的科学，包括性的起源，性器官的解剖和生理，性的神经生理，内分泌和精神心理的反应、控制和调节，性与生殖及其健康卫生，性活动的功能和技术，性的器质性和功能性异常及其治疗，还有性所涉及的道德、法律及其他社会学内容等。性学是一门古老而又年轻的学科，长期以来它基本属于经验科学，性学实验只是近20年的事。

人类社会发展的决定因素一方面是“直接生活的生产和再生产”，另一方面是“人类本身的生产，传宗接代”。这第二种“生产”的重要性是如此严峻地摆在人们面前，譬如它的数量和质量控制，而这一“生产”的“轴心”就是性。毋庸讳言，性关系到国家的昌盛、民族的兴旺，也关系到个人与家庭的和睦幸福、子孙后代的健康。

就性的自然本能而言，人与所有哺乳动物从本质上看，几乎没有什么两样。尽管人经历了如此漫长的进化，但这一生物学传统仍然原封不动地保存着，所谓人类“再生产”的“工艺”没有明显的变化。但是，由于人类社会的发展，政治、经济制度的不同，对于性本能的实现却是在变化着。表现在道德观念、法律条文约束下的婚姻和生殖活动；表现在经济、文化影响下的情爱价值观和文明标准都会有很大差别。此外，性活动作为机体的一种功能，从性器官到性反应，从生理性到病理性，从正常到异常，常常涉及全身器官系统。更重要的，也是最具有特殊性的是，性活动是男女双方共同完成的，是“双人驭车”。性活动对双方的身体与心理、理解与配合，尤其注入了干预因素，产生正的（良好的）效应与负的（不良的）效应，它也使作为医学问题的调适和治疗更为复杂。

由此可见，性学用来研究的具体范畴很窄，但涉及的面却很宽。像其他边缘学科一样，需要医学家、生理学家、心理学家、社会学家、教育学家和哲学家等的通力合作。

作为科学普及的性教育就是要根据性学的科学基础，结合当今社会关系和秩序，让人们正确地认识性、性生活、性现象以及正确地处理可能发生的性问题。实际上，如果没有科学的指导，人们必将自觉或不自觉地接受另一种影响，遗憾的是他们获得的可能是支离破碎的，乃至错误的东西，其后果是可想而知的。

我们所说的性学就是这样一种科学，我们所说的性教育就是这样一种教育，你能说它诲淫诲盗吗？你能说它荒诞不经吗？一位学者说得好：你要想获得性科学，必得先摘下黄色的或者其他什么颜色的眼镜……

把性作为一种文化加以研究

性是人类生命的源泉，是整个人生不可缺少的一部分，虽然其地位和作用因人而异，表达方式亦不尽相同。无论怎样，它是如此密切地影响人的行为，强烈地震撼着人的心灵，所以，性必然会反映在人类的文化及其活动中。

从史前时期的原始石刻到印度庙宇中精心制作的色情雕像；从东方的表达对生殖和生殖器官崇拜的图腾到西方艺术殿堂的精美绘画；从中国古汉墓中关于房中术的竹简到美国现今流行的《花花公子》之类的黄色书刊，我们不难看出，性的文化意识染指着任何时期、任何空间，并迸发出极大的能量。恰恰是这些文化遗迹和文化现象，为我们提供了天然的实验室。

比如，在最古老的文化记载中，我们发现了性交姿势的种种表现，这实际上不过是对人们秘密行为的开放。当我们回顾以前的色情艺术、色情文字的时候，便可以透视那个时期的社会文化风貌。《金瓶梅》之所以过多地描写肉欲乃是为了适合那个时期的市民阶层的心理需求。

这也使我们想到现实文化生活中的种种现象：人体油画展引起波澜、色情文字的泛滥、影视中性暴露的倾向、薄透露的时装新潮……人们把这些划归为开放的结果，恐怕并不尽其然。不过，它从一个十分特殊的侧面，尖锐地反映了某些人（甚至是相当的多数）对性的思想混乱，某种意识饥渴和性教育的低下。

至于说到文学艺术中的色情、色情文学艺术，或者文学艺术中的色情主题，我以为当今仍然处于非常困惑的境地，无论是对

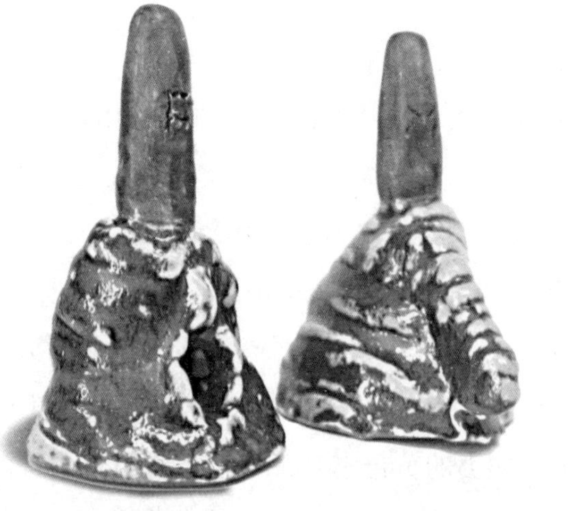

作者还是对读者（观众）都是如此。如何去区别人性和野性，如何去展现人体本身价值和显示美学寓意，如何去弘扬真、善、美，鞭挞假、恶、丑等等，但如果这些是通过性来做文学艺术表达时，那将是十分严肃和艰难的命题了。

遗憾的是，多数作者并没有把握住这一命题。轻率的、不负责任的却大有人在，他们或者为了写性而写性，或者为了“招揽生意”，有的甚至是一种教唆。当然，对这一主题的探索不能避免踏入误区，关键在于主观动机：是故意宣扬肉欲，还是要冶炼情爱使之升华！600年前《十日谈》的作者薄伽丘说得好：“如果把一个不成体统的故事用恰如其分的语言写出来，那它一定会使任何人都认为得体。”这就是我们在读那本风流艳史的书时，觉得娓娓动听、典雅婉约，而毫无粗俗和诲淫诲盗之感。

另一个遗憾是，我们的不少读者和观众、我们的诸多公民，似乎对带性字的东西还很不习惯、很不理解。那心理是十分复杂而奇特的，人们对平常的两只脚不会大惊小怪，如果是三寸金莲呢？如果外面裹了那么长、那么多层的布带呢？缠足的女人对此是很羞涩的、“珍藏”的，而男人却想探寻，甚至想要抚摸，那鞋子可以作为定情的信物——我们曾是用缠足的脚从历史走过来的。对我们民族关于性的文化素养、观念和心理是很值得研究的，它应该是发展文化、净化灵魂的一部分。

表现性和接受这种表现，借以表达、寄寓和赞美人性的至洁至纯，乃是我们文化和文化研究的一个课题。我们最早接受的不是伊甸园里的情爱故事，而是儒家思想（尽管儒家的宗师也说过“食色，性也”，但实际上是采取性的禁锢政策），通常是把爱情与情欲、把灵与肉截然分裂开来，很有些只有爱没有性的柏拉图式爱情意味——奇怪的是它有时被涂上红色的、革命的光环。而一旦禁锢的闸门拉开的时候，弗洛伊德的“泛性论”比任何时候都得到青睐，一时间到处是性味了。

“关雎之诗，乐而不淫。”我们希望文学艺术家们至少应该做到这一点。

把性作为一种社会因素加以重视

因为性行为涉及对象，所以性活动对婚姻、家庭和社会起着不可低估的作用。

动物的交配是为了繁殖，而人的性爱要涉及各种精神因素、社会需要，性接触比生殖有更为广泛的内容。

譬如两性的发育成熟和男女接触，是一定要注意到性的萌动和潜意识作用的。“这种性的生物学的和心理学因素，不过是硬币的两个面罢了”，绝不可忽视任何一面。这就涉及性教育，简单的说教或者蒙昧阻塞政策是不足取的，但是值得提出的是性教育必须注意两点：其一，应该把性教育作为德育、美育教育的一部分，使人们正确认识自己和别人，学会如何约束自己的行为，尊重和爱护他人；其二，性教育应该根据不同对象施以不同内容，并运用不同的方式方法。

在各种社会不安定因素或各种犯罪行为中，性侵犯和性犯罪是最亵渎人性的，也比其他罪行更可耻。单纯运用法律手段对付它，还是远远不够的，重要的是对性的正确认识和正确态度。高度的性文明是高度整体文明的体现，男女间的性关系能衡量出社会文明的程度。

性在婚姻和家庭中的地位近年已被重视，和谐美满的夫妻生活是家庭的稳固剂，也是“生活质量”的一部分。在婚姻冲突的调解中，如果忽视这一点，对双方都是可悲的。当然，性生活因人差异甚殊，且性满足又为主观感觉所左右，有时确定判断的标准是困难的。但不应因此而得出诸如道德与否之类的结论，医生和有关社会工作者的轻慢和草率也是极大的遗憾。

近年，西方的“性革命”、“性解放”舶入，婚前性行为、婚外恋似乎也挺时髦。我们认为这是不可取的！本文一开始便强调，人之所以高于动物，其中之一就是人能意识自己的性欲，也能注入强烈的社会舆论、道德规范和个人理智。“在人类性生活中，不能只反映一定的自然力，而且要反映出一定的文化和文明”，不能不认为“性自由”之类是人性的一种病态，是一股败坏人类道德的浊流；它也是文化的一种病态，使爱情在文化中无法遏制地丧失其价值和意义；它还是一种祸患——包括艾滋病在内的性传播疾病的蔓延，是性开放、性混乱的恶果，它引起并促进了一场规模无法预见的世界性灾难！艾滋病于 1981 年在一个同性恋者的不寻常的肺炎和罕见的皮肤癌中首先被确认，此后，艾滋病作为一场可怕瘟疫，吞噬着千万人的生命。这个时候，人们似乎才从陶醉的情绪中清醒过来，那种追求放肆的纯粹的快乐，不过是一种妄想，不得不开始检点自己的性行为了。

性的另一个严重社会问题是卖淫和嫖娼，这是最丑恶的社会现象之一。这种不正当的性的宣泄和性的滥用，给人类特别是妇女的身体和心灵带来巨大的摧残。在商品社会，在金钱放射异彩的时代，经济价值的商标也许会乱贴一气，也许会贴在某些男女的额头上，它扼杀了人的本性——理想、情操、情爱。100多年以前，法国作家雨果就说过："婚姻越来越带有一种交易的特点……"看来，不仅是婚姻，还有性——引向混乱、引向欺骗！取缔娼妓曾是新中国最令人瞩目和敬佩的伟业之一，看来保持这种社会的美好和高尚并非易事，我们一方面要开辟性关系人道化的新纪元，克服单纯繁衍后代的粗鲁的动物行为；另一方面要强化人的道德意识和社会责任感。

我们面临着性带来的一些非常迫切的问题：婚姻与家庭、人口再生产、生育与家庭计划、良好的家庭与社会教育、疾病的防治等等，我们不仅无法回避，而且解决得不好都会产生不可估量的后果。希望全社会都要从科学、文化及各方面关注它，把我们的灵与肉建造得更加高尚、健康、完美——这才是我们民族的新的长城！

《性爱之道》题记

《性爱之道》是作者方及（郎景和）关于性科学知识小品的选集。作者采撷古今中外之精华，以亲切婉约、亦谐亦庄的笔调，对性爱、婚姻、伦理、道德诸方面做了详尽的阐述，于1991年5月由北京出版社出版发行。当时性学知识刚刚可以堂而皇之地登上大雅之堂，连载于《健康报》，后集结成册，文笔上的确下了一点功夫。

1. 性，生之桥；性，爱之链。——人与性

讲两性起源，把性比做生命之桥，非常合适。而对古已有之的“食色，性也”，性为爱之链，既直白又贴切。于是开宗明义。

2. 他（她）很想去爱另一个人，但却不知道如何是好……——性爱之道

书的第二节就引入主题：性爱之道。何谓之道？我们可能简单地理解“道”就是方法，就是技巧。而古人对道的认识与诠释

则上升为哲学。如说性爱是给予、接受和分享，显然是有哲学内涵的。

3. 灵与肉皆为天赐——性欲之由

4. 我们首先要认识自己，然后才知道如何表现。——妙龄之女

5. 贞操不是解剖学而是伦理学的一种概念。——处女膜之谜

处女膜问题一直是人们关注，甚至偏爱，或者误读的，古今中外皆然。题记中明确地“点破”处女膜，不是解剖问题。完整抑或破裂，它竟全是心理的、观念的、世俗的，或牵强为伦理的。

洁身自好，重要的是身心，或心也。

6. 月有阴晴圆缺——月经之血：女性性生殖的“钟摆”

7. 太阳平等地照耀一切——阳刚之具

常言道：上帝公平。多有自我安慰与寄托期望之意，但事物的确存在自然平衡的规律，这或许就是每个人都会寻找满足、怀抱慰藉、勇于前行的动力。

8. 多余的，恰恰是缺陷。——性之畸

9. 各种各样的干柴，燃旺了性爱的篝火……——内分泌与性

11. 惠特曼：爱，不是一种单纯的行为；爱是一种气候，一种由心灵而形成的气候。——性之心理要素

惠特曼将爱比做一种气候绝无仅有，乃为绝妙！它当然是由（双方）心灵形成的，但我认为还有环境，即内外结合形成的气候：美好的、温馨的、浪漫的，抑或烦恼的、抑郁的、难耐的。前者成，后者败；前者幸福，后者痛苦。

12. 可怜的医生，你怎么能将相思病治好……——配偶年龄之差

13. 巴尔扎克：一对夫妻的命运，也许在第一个晚上就决定了。——新婚前后

这是巴尔扎克的话，以此而论巴氏是伟大的性学家。“做爱”可以是无师而为的，但并非无师自通。新婚之夜的悲剧多矣，影响深焉！所以婚前检查、婚前教育实属必要。

14.《十问》：治身奈何？审乎阴阳。——性功能与性反应

15. 性爱是给予、接受和分享……——性生活和谐的建立

这是对性爱之道或性生活和谐的最好解释（作者常以此自诩）。其实，给予、接受和分享，不仅仅是性生活和谐之根本，也是人类社会生活和谐的要义。我们在社会中，无论从事何种职业，无论担当什么职位，都是在相互服务，彼此照料着，如是，和谐社会必成，人间处处皆真情。

16. 巴拉塞尔苏斯：什么事情都不了解的人，就无所谓爱；什么事情都不做的人，就无所谓了解……——做爱姿势

17. 性活动是双刃剑……——性生活的卫生

18. 不能随心所欲和太随心所欲都是令人遗憾的。——特殊时期的性生活

此意在节欲。人非草木，人非圣贤，欲念难免。可正可邪、可多可少，包括性的欲念。关键是掌控，掌控便是道。放置于社会，即为道德，乃是公德。欲之掌控，一靠道，二靠法。夫妻间主要靠道，涉及身心健康，彼此关爱，个别时也有法的问题，如夫妻间也有强奸之例。

19. 同乐则乐倍之，分忧则忧半之。——早泄与阳痿

20. 没有冷淡的妇女，只有笨拙的男人。——性冷淡

21. 自然本身搭起了梯子，缺乏的只是我们攀登的勇气。——性交障碍

22. 手淫是一种性的表达，而性表达是“上帝”给所有人的一件礼物。——手淫利害关系之辨

23. 哪怕是对自己微小的克制，也会产生巨大的力量。——戒除手淫习惯

手淫的事儿，于今较之五六十年前已经轻松多了。罪恶感大都去除了，这是社会进步，科学普及。现今只说“手淫过频会影响注意力和精神状态”，如此而已。而罪恶感、内疚感远比上述有害。此处强调克制显然也是有益的。

24. 莎士比亚：酒激起了愿望，但也使行动成为泡影。——烟、酒、嗜好与性

25. 诚则信，信则灵。——壮阳不如壮身：饮食、药物与性

26. 我把心灵愿意体验的所有感觉，称之为快乐；我把心灵不愿意体验的所有感觉，称之为痛苦。——避孕套之功

把这段话放在这里，暗自得意。把用此具的心理刻画得入木三分，揭示得淋漓尽致。雅而不俗，乐而不淫。这也应该是性描述、性表达的一种境界。现今的色情文字、作品、影视等过于直白粗俗，都在往三级片努力。

27. 技术可以是天使，也可以是魔鬼。——性与生殖

28. 增加的，有时是一种解脱；减少的，有时是一种负担。——避孕、绝育与性生活

29. 性生活不仅是生物本能、生理需要，而且包含感情艺术、社会责任——性生活与生育

30. 任何夫妻间的事，都要从双方考虑。——不育与性生活

31. 病人想到性，并不是可笑的事情。——手术后的性问题

32. 我们要变得成熟，有责任感。——青年与性

33. 偷吃禁果是苦涩的。——未婚先孕

34. 情欲，既可以把你送入宁静的港湾，也可以把你卷入灾难的漩涡。——性与性病

性病显然不只是情欲问题，而是社会问题。传统的性病死灰复燃，艾滋病悄然而至，全世界泛滥。其他不少疾病，如子宫颈癌的人乳头瘤病毒感染和传播，都与性有密切关系。如若在今天，我再写这一节，那要复杂得多，深刻得多。

35. 所有的快乐并不都是来自痛苦的中止；所有的痛苦也并不都是来自快乐的中止。——性病与性

显然很“哲学”、很辩证。但又与常理相异，一般者言：不痛苦了，当应快乐；不快乐了，可不就痛苦呗。其实不然，也不那么简单，诚如性病与性，非常复杂。

36. 男子汉，永远不要气馁。——男性之性过渡

37. 如果你自认为年轻，那你就是年轻的；如果你自认为老了，你就真的老了！——女性之性过渡

38.《三元延寿参赞书》（元·李鹏飞）：欲有所忌，欲有所避。——色情与性

39. 金赛：世上的事情不都是白色的，也不都是黑色的……——同性之恋

40. 这是人的至洁至纯，为什么从此中有惨痛飞迸？——性道德

这句话我记得始于中学读《少年维特之烦恼》，当时也算是文学青年，读了不少书，也发表了文学作品，小有名气。一次到校医室取药，校医（应该是少妇）竟然问我：你说，少年维特为什么烦恼呢？我虽然只有十五六岁，倒觉得这妇人的提问有点可笑。我说："你看过这本书吗？""看过呀，没看明白。"她说。我说："我也不太明白。"其实是懒于和她讨论。

用在性道德一节，似乎也不太合适。只是想说，爱情是浪漫的、洒脱的，但也是有规矩的。至于性爱，当然要有道德。至洁至纯的事儿，不一定都做得清爽、漂亮。

41. 马克思：男女之间的关系能衡量出社会文明的程度。——性之伦理观念

42. 人生活在世界上，要享受各种各样的自由，也要承受各种各样的限制。自由不一定都是快乐的，限制也不一定都是痛苦的。——性与法律

没有限制，就没有真正的自由，就没有绝大多数人的自由。这是常识，但多数的问题就出现在有悖常识。小者是错误、过失，

大者是违法、犯罪。当把常识、道理上升为公德、法律时，就非常严肃和严峻了。

43. 斯宾塞：除非所有人都获得自由，否则没有一个人能够是完全自由的；……除非所有人都过得快活，否则没有一个人能被认为是完全快乐的。——性犯罪

44. 弗兰克：如果你是懦者，你自己乃是你最大的敌人；但如果你是勇者，你自己乃是你最大的朋友。——性防卫

45. 明天将是我们欢乐的日子，性爱之火总会点燃……——性治疗

46. 毛泽东：感觉的东西，我们不一定能理解它；只有理解的东西，我们才能深刻地感觉它。——性学与性教育

47. W·A·W：看人或看有色玻璃窗，都要从他们最光彩之处着眼才算公道。——性的美育

学好妇产科学，做优秀妇产科大夫[①]

“二七而天癸至……月事以时下；七七任脉虚，太冲脉衰少，天癸竭……”是《素问》中非常细致而准确的女性生理描述。助产士是产科医生的鼻祖，剖宫产手术从医学洪荒时代的冒险之举到现在盛行的分娩方式，妇产科学有了很多分野，人类生殖调节有了长足进步，预防与保健在妇产科学中尤为重要。

一、妇产科学的定义

妇产科学是研究女性特有的解剖、生理及疾病的诊断、预防和处理的一门学科。它是临床医学的重要组成部分，其本身又有新的分野，包括产科学（Obstetrics）、妇科学（Gynecology）、生殖内分泌学（Reproductive Endocrinology）、妇科肿瘤学（Gynecological Oncology）和计划生育（Family Planning）；产科学进而又有围生医学（Perinatology）或母胎医学（Maternal-Fetal Medicine），并涉及遗传学（Genetics）和新生儿学（Neonatology）。近年来又提出生殖健康（Reproductive Health）的概念。

①本文系作者为《妇产科学》（全国高等学校医学规划教材，胡丽娜、许良智主编，2008年）所写的导言。

二、妇产科学的发展

妇产科的临床实践见于公元前数千年的史料记载，在古埃及、印度、中国、希腊等均有以产科或接生为代表的医疗活动。值得提出的是中国古代关于女性生理的观察及描述十分细致而准确，如《黄帝内经·素问·上古天真论》中称：“女子七岁，肾气盛，齿更发长；二七而天癸至，任脉通，太冲脉盛，月事以时下，故有子……七七任脉虚，太冲脉衰少，天癸竭，地道不通，故形坏而无子也。”

由于欧洲文艺复兴以及其他学科（特别是解剖学、外科学）的发展，公元15世纪，产科学迅速成长，著述颇丰，度过了朦胧的早期阶段。16世纪出现了真正的剖宫产（cesarean section）。手术名称与著名的罗马帝国开创者恺撒（Julius Casesar）名字类似，但实无瓜葛。早在公元前700年古罗马法典规定孕妇死亡可行剖腹取子，以冀救活婴儿。而恺撒大帝45岁时其母尚健在。1876年有了Porro手术，为了止血和防止感染扩散而在剖宫产时切除子宫。剖宫产在20世纪50年代在我国较广泛开展，在分娩中占2.85%，以京津地区比率最高（4%）。20世纪80年代后剖宫产率扶摇直上，近年竟达60%以上，似有不可阻挡之势，其利弊尚待循证，但无限地扩大“适应证”显然不妥。

产科感染，特别是产褥感染是对产妇生命的严重威胁。18世纪怀特（White，C.）、霍姆斯（Holmes，O. W.）和塞麦尔维斯（Semmelweis，I. P.）认为医院里的医生和助产士（的手）是感染的来源，并主张洗手消毒，这是产科革命性的见解和措施！但直到 1864 年巴斯德（Pasteur，L. I.）消毒法推行之前，产褥感染还是一种灾难。1948 年南京的产妇死亡率高达 13%，其中 50%是产褥感染，当年全国产妇死亡 30 万。产褥感染的另一个严重后果是新生儿破伤风（1948 年全国死亡 15 万人）。新中国成立后，政府大力推广“新法接生”，其重要举措是无菌操作和会阴保护，此外，还有对“两病”（子宫脱垂及生殖道瘘）的治疗。现在，预防产褥感染虽然还是至关重要的问题，但其发生率和死亡率已经大幅度下降了。我国政府于 1995 年 6 月 1 日颁布了《母婴保健法》，是以法律形式强化母婴保健的意义和措施。

妇产学的发展继产科学之后肇始于文艺复兴时期，以生殖内分泌和生殖道肿瘤发展最为突出，前者表明对女性生理激素调节和生殖过程的认识；后者则成为肿瘤的重要内容。值得纪念的是细胞学之父巴巴尼古拉（Papanieolaou，G. N.），他在 1928 年、

1933年相继发表了有关阴道细胞学的论述，1942年以其名字命名的染色法及分类对宫颈癌筛查和预防做了重大贡献。近10余年才有了巴塞斯特分类系统（TBS）以及细胞学制作的液基细胞薄片技术（LBM或TCT）和计算机辅助断层扫描（TCT）的读片技术；人类乳头瘤病毒（HPV）的DNA检测或杂交捕获（hybrid capture，HC）使检测更为自动化、标准化。在妇科肿瘤的诊治实践中，宋鸿钊教授创立的大剂量化疗，使绒毛膜癌治疗达到了可以根治的国际先进水平，其分期也得到了广泛的认可和应用。

作为基本国策的计划生育工作，中国是全世界实施最好的国家。在避孕药具、节育绝育的研究，在控制人口数量、提高人口质量的长期努力方面成效卓著。

生殖内分泌学的重要进展是体外授精及胚胎移植技术（IVF-ET）或“试管婴儿”技术。其由英国学者Steptoe，P.C.和Edwards，E.G.建立，世界第一例试管婴儿诞生；10年之后，中国第一例试管婴儿在张丽珠教授的培育下诞生。现今各种人工助孕技术如胞质内单精子注射（ICSI）、着床前遗传学诊断（PGD）以及胚胎冷冻技术等都已经在国内开展。人工助孕技术的管理与伦理问题依然十分重要。

中国现代西医妇产科学是在北京的杨崇瑞、林巧稚及上海的王淑贞等老一辈开拓者领导扶助下发展起来的。目前我国妇产科医师已达10万之众，有数个学术分会和多种学术期刊。在新的世纪，医学将面对更新的问题，其中最突出的是人口问题、计算机与信息、遗传学和卫生保健制度。就妇产科而言，以下问题和进展最引人关注：

1. 以“母胎医学”或“围生（产）医学”为中心的产科学更强调母胎统一管理的理念，防治妊娠高血压疾病以及妊娠糖尿病等为代表的代谢病等合并症，注重妊娠结局，提倡母亲安全（maternal safety），发展新生儿科学。

2. 遗产学的发展是21世纪的标志事件。遗传咨询和产前诊断是最有价值的实验临床应用；降低出生缺陷有重要的人口学、社会学意义。

3. 妇科肿瘤仍是主要杀手，特别是随着人口老龄化，癌瘤发病率仍会上升。筛查和早期诊断至关重要。HPV疫苗是最令人鼓舞的宫颈癌防治措施，也是人类对抗肿瘤的最杰出创举。

4. 女性生殖道感染（特别是性传播疾病、人乳头瘤病毒感染、艾滋病等）、子宫内膜异位症、盆底功能障碍性疾病等上升的“现代病”和常见病，其发病机制的研究和防治策略会成为热点问题。

5. 生殖内分泌及生育调节将发展迅速，为控制人口增长的人工干预和不育患者的人工助孕技术都会得到重视。包括克隆技术在内的生殖活动所面临的不是技术而是伦理问题，科学技术可以是天使，也可以是魔鬼。关于绝经相关问题特别是雌激素补充治疗（ERT/HRT）倾向于利大于弊，仍有待循证，但管理和监测不可忽视。妇科手术观念和技术将发生变化，强调微创化，内镜（腹腔镜、宫腔镜）手术是新世纪妇科医生的必备技能，各种介入治疗得到发展。治疗更主张个体化、人性化和多元化，强调以人为本，重视患者意愿和提高患者的生活质量。

三、妇产科学的内容与范畴

诚如前述，妇产科学包括妇科学与产科学，内容丰富，范畴广泛（如图所示）。产科学要研究生理和病理产科，产科医生要有新生儿科学的知识和经验。妇科学研究生殖道畸形、炎症、损伤、肿瘤等。乳腺肿瘤在某些国家、某些医疗单位归属妇科肿瘤。子宫内膜异位症是个令人迷惑不解的疾病，形态多样，病变广泛，虽是良性病变，却极具侵袭和复发性。生殖内分泌学可以认为是妇产科学之内科基础，已成为重要的亚学科。妇女保健包括青春期、婚前期、月经期、围生期、围绝经期及老年妇女保健，癌瘤和其他疾病的流行病学调查、普查普治以及职业妇女的劳动保障等。遗传咨询和产前诊断是优生优育的重要措施。优生学（eugenics）的本意是出生健康后代并以改善种族为目标的科学，后被种族主义和纳粹分子所利用，我们提倡的提高人口质量是计

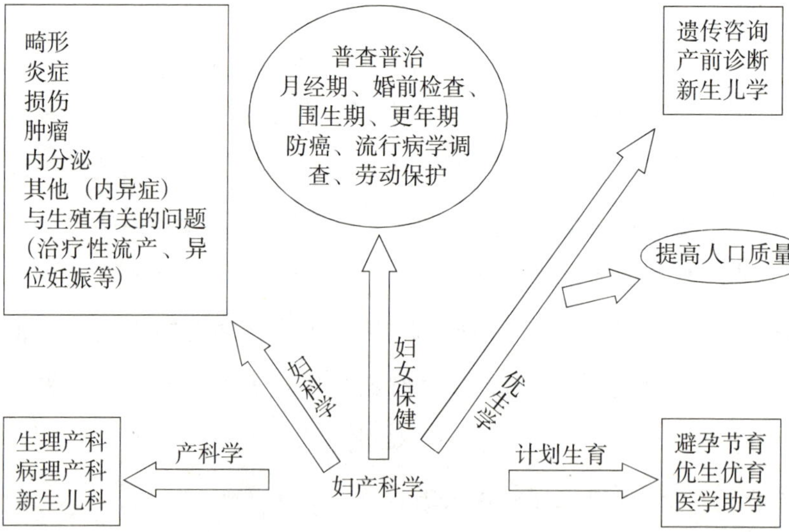

划生育的基本内容，还包括各种避孕药、具的研究与应用，以及节育与绝育等控制人口数量增长的措施。

生殖健康是20世纪80年代提出的新概念，其定义是在体格、精神和社会的完整健康状态下，完成生殖全过程，而不仅仅是没有疾病和不适。它应包括具有生殖、调节生育和享受性生活的能力，成功地怀孕、分娩及胎婴健康发育成长；生育调节和性活动过程应有安全性。这是一个更加完备、广泛的生育健康范畴。

作为妇产科学的两大主题，妇科学和产科学之间关系密切，相互作用与影响。

一方面，一些妇科疾病是产科问题的延续和后遗问题，如产科感染可以延续成慢性盆腔炎症性疾病（PID）；产科损伤，特别是盆底支持结构的损伤可以造成器官脱垂或尿失禁，甚至发生尿瘘和粪瘘；各种妊娠（流产、早产、足月产，甚至宫外孕、葡萄胎）之后可以发生绒毛膜癌；产科大出血可致垂体功能障碍、闭经等，即希恩综合征（Sheehans Syndrome）。

另一方面，一些妇科问题也能引起产科疾病：内分泌失调（如多囊卵巢综合征，PCOS），炎症可致不育，宫颈损伤造成习惯性流产，生殖道畸形、肿瘤引发妊娠分娩问题等。

因此，妇产科医生要有广博的知识技能，无论从事什么专业或亚专业，全面打好妇产科学基础至关重要，不要过早进入一个狭小的领域。

四、妇产科学特点

妇产科学有五个方面的特点。

1. 妇产科学与其他学科关系密切，诸如内科、外科、儿科、病理科等，在临床中要注重机体的整体性和相互影响。

2. 妇产科学不仅有理论思考，也有外科手术，所谓既动脑又动手，需要掌握各种操作技巧。

3. 妇产科学更强调预防为主，如孕期保健、普查普治等。林巧稚大夫有名言："妊娠不是病，妊娠要防病。""如果孕妇有了严重问题再找你，产科医生的责任已经丢掉了一大半！"

4. 要特别关注和掌握女性特点：解剖、生理、病理以及心理的特殊性。

5. 妇产科学有很强的社会性。如计划生育属于国策，生育是男女双方的事，而孕育由女性完成。性罪错、性侵害等更多涉及女性。

因此，学习妇产科学首先注重基本理论学习，理解女性生理、心理及病理特点，熟悉疾病的特征，掌握诊断方法及处理原则。要理论结合实践，逐步积累临床经验。此外，掌握基本操作，建立严格的无菌观念，训练基本外科技术，实乃题中应有之义。要特别关心患者、爱护患者，既要贯彻诊治原则，又要尊重患者的意愿和要求。培养人文观念、哲学观念和伦理观念，树立科学意识、服务意识和规范意识，学习妇产科学，做一个优秀的妇产科医生。

要高度重视人口质量①

我国每年有数以百万计的遗传病和先天性缺陷儿的诞生！这是个触目惊心的数字，这是个严峻的话题，这是产科学工作者（诚然，不仅仅是产科学工作者）的沉重的责任。

避免或减少遗传病儿及先天性（或出生）缺陷儿的诞生，是维系人口质量的重要问题，它和控制人口数量同样重要，也是我国人口学的基本国策。关于遗传咨询和产前诊断，作为一个基础与临床密切联系的亚专业，作为与社会、与伦理有颇多争议的技术领域，我国的起步较晚，但发展比较迅速，已经逐渐形成了一个亚专业和专家队伍。

我国政府重视母婴保护，先后颁布了《母婴保健法》《母婴保健法实施办法》。在临床上，除了将降低孕产妇和新生儿死亡率作为产科质量的基本指标之外，更强调将母子（胎儿）统一考虑的现代产科。一方面推崇"母亲安全运动"，加强产前检查、围产保健；一方面强调胎儿医学的研究与发展、遗传咨询和产前诊断、预防、发现与处理遗传或先天性缺陷和异常，对优生优育极为重要。现今已经推行了强有力的措施，如全国产前诊断联合协作组织、孕前及孕期补碘、孕期筛查血清甲胎蛋白（AFP）、游离绒毛膜促性腺激素

①本文系作者为《实用产前诊断学》（边旭明主编）所作之序。

β（free β-HCG）等都卓有成效。遗传学的发展推动了医学，特别是产前诊断技术的进步，基础医学家甚至提出将来疾病的诊治可以达到“3P”（预测 prediction，预防 prevention，个体化 personalization）。这当然是很令人鼓舞的，也应该是医学发展或产前诊断的方向和目标。但临床工作、临床现象、临床问题、临床技术复杂多变，个体差异很大，技术也未臻完善，所以临床医学家在处理具体病例时可能更倾向于另外的“3P”（大概 probably，可能 possibly，期望 prospectively），两者并不矛盾，这正是现今提倡的转换医学的关键所在，正因为如此，产前诊断具有“三高”的特点：①高科技型；②高不确定性；③高风险性。

正是在这种情况下，编撰出版《实用产前诊断学》乃为必要与及时。纵览全书，可以看出本书包含了产前诊断的各个领域，从临床的遗传、产前咨询、介入性产前诊断、筛查，以至实验室技术、超声技术，以及有关社会学问题，内容全面翔实，还有很多自己的经验和材料。不仅有高深的分子生物学、生化学及遗传学技术，也有像孕期用药等很实际的知识阐述，可以认为是目前国内最全面系统的现代实用产前诊断参考书。

本书的作者都是产前诊断的各方面专家，也是全国产前诊断技术专家组的主要成员。近年他们活跃在祖国各地，举办研讨会、学习班等，问题的提出有针对性，讲述有应用性，我想一定会受到广大读者的欢迎。本书以边旭明教授为主编，邬玲仟教授和姜玉新教授为副主编，又请前辈专家夏家辉院士、孙念怙教授为主审，南北联手、珠联璧合，令人欣喜，应该感谢他们的辛勤劳动！

拉杂如上，是为序。

要技巧，更要决策①

近年，我国出版的妇产科内镜的专著已近20余部，可谓兴旺发达。梁志清教授主编的这部妇科肿瘤腹腔镜手术学堪称独树一帜。

我们说，21世纪是微创外科的时代，内镜手术是妇科医生的必备技能。越来越多的医院引进了内镜设备和技术；越来越多的医生掌握和开展了内镜手术；越来越多的病变处理成为了内镜手术的适应证。腹腔镜作为微创技术，作为外科的一场革命，正在日新月异地发展。它不仅是外科的分支，并将成为现代外科的主流，与开腹手术、阴道手术一起成为妇科手术的三大基本技术。

我们的多数同道适应了这一技术前进的形势，改变了思维观念，改变了技术路线，改变了操作技巧。这部妇科肿瘤的腹腔镜手术专著与这项技术一样，可以认为是应运而生。

从1947年Palmer首先将腹腔镜应用于妇科临床以来，只不过半个多世纪，自20世纪70年代始发展迅速。1988年，Reich施行了腹腔镜子宫切除，继而有Querlen盆腔淋巴结切除，1994

①本文系作者为《妇科肿瘤腹腔镜手术》（梁志清主编）所作之序，2010年。

年 Dargent 报告了保留子宫的子宫颈根治切除术（Trachelectomy）。均可认为是妇科腹腔镜手术发展的里程碑。Dargent 手术把腹腔镜盆腔淋巴结清除作为该术式的第一步，被誉为“现代妇科手术的典范”、“内镜手术和阴道手术结合的时代标志”。

妇科腹腔镜手术的适应证逐渐扩大，从妇科急腹症、附件良性肿瘤、内异症、慢性盆腔疼痛、不育等，到盆底功能障碍性疾病，甚至妊娠期的附件手术都得以开拓施行之。

也许，妇科肿瘤，特别是女性生殖道恶性肿瘤的腹腔镜手术是曾最引起争议、最难以掌握的手术。于是，这部书的问世就有了另一层意义。

现今，在女性生殖道恶性肿瘤中，子宫颈癌的根治性手术（扩大的全子宫切除及盆腔、腹主动脉淋巴结切除）、Dargent 手术、子宫内膜癌的分期手术以及早期卵巢癌的分期手术等，已经成为内镜专家的较为成熟的、程式化的手术了。镜下的淋巴结清除、保留盆腔自主神经的手术操作，更突显内镜手术的优势性。其他的一些手术，包括本书所描述的，应该说是正在开拓的适应证与术式。

在这一开拓、选择和实施的镜下手术过程中，应该考虑以下几点。

其一，诊治原则是基础、是规矩——即诊治的规范化，亦是无论采取怎样的术式都应达到肿瘤治疗的要求与范围。不勉强为之，不削足适履。

其二，手术要因人而异——即诊治的个体化，亦是根据病人及其疾病、医生及其医法，是“4 个因素”，而不只是疾病与医法的“2个因素”。

其三，以人为本——即人文原则，亦是充分考虑与对待病人及家人的意愿和要求，有认真的交流与协商，既保证手术的有效性，又保证手术的安全性，达到优化诊疗、安全诊疗和节约诊疗。

言及于此，我对内镜手术的探索者（包括本书的作者们）产生由衷的敬意，也使我联想起运动健将和全民健身运动，运动健将创造纪录、推动全民健身运动，要遭遇和经受风险、困难和挫折，创新与求实精神均不可少。

由此考虑适应证的选择就是相对的，而不是绝对的；是有限制的，而不是无限制的。一个医生面对各种技术，一种技术面对各位医生，看我们如何面对、如何选择、如何应用。我们推崇微创观念，推行微创手术，但是并不刻意追求“零开腹”的“勇士俱乐部”，我们不能，也不应该用一种方式完成所有的妇科手术；不能，也不应该要求所有的妇科医生都能用腹腔镜施行任何手术。一个成熟的外科医生应该掌握各种手术方式，又善于形成自己的特长和风格。

这便是我拜读了梁志清教授主编的这部书的目录和样张后的一点感言，权作为序。

医疗是有温度的

曾多年蝉联美国医院排名第一的梅奥诊所给我们很多启示。在梅奥诊所，如果一位病人的生命即将逝去却没有牧师在场，护士就会一只手握着病人的手，一只手握着病人家属的手，默默为他们祷告。梅奥诊所的医护人员甚至会去参加病人的家庭会议或是去安慰即将失去亲人的家属，不会有人觉得这些毫无意义。多年来优质的服务吸引了全球慕名而来的病患，更招徕了最优秀的医务人员。梅奥诊所成功了，因为它坚持始终追求服务和非营利的理想，始终坚持患者需求至上，对每一位患者的健康和幸福给予诚挚和独特的关注，善于适时而变，持续努力，追求卓越，恪守诚实与正直的道德规范。

卫生部新版《三级综合医院评审标准》中提出的社会评价新概念，这不仅突出了以患者需求为“标准”的导向，更使医院管理者在“迎评”过程中加重了“就医感受”的践行比重。把制度从墙上“请”下来，让优质服务从文件中“走”出来，变被动服务为主动服务，并深入到病房了解病人的心理和生理需求，改善

①本文系作者为《医患温度》（缪尚延、缪新权著）所作之序，2013 年。

医患关系。

伤医者多是从病床上冲过来的凶手，缺少图财图色的动机，倒是因为治病被掏空了钱包，伤医事件主要起因于不满意诊疗效果，纠结在医疗费用，最后点火的往往是某个医护人员的一句话或一个眼神。过去是报复看过病的医生护士，如今“看见穿白衣服的，能伤几个伤几个”，显示出医患关系恶化的严重程度。

《医患温度》这本书提示：医生对“患方”的认识“浅”，其原因是缺乏对“患方”所承受的“感受”的经历，如就医过程中的烦和难，这种对“感受”的认识缺位，从根本上影响医生的方向和行动。随着新医改的深化，对“就医感受”，“患方”在健康服务的感受认识，会强化“对比”和相互作用。

有人调查发现，县以下乡镇卫生院的医患矛盾发生得少，影响小，原因是这级医院的人际关系、周围环境，其中特别是医患之间如同一植被，属同一草根，有互通、互谅、理解的基础，又有亲情、人情搭起的桥梁。而县以上医院，尤其是市级医院，患者要求的标准、追求的目的则完全不同。首先是医疗技术的依赖性。特别是来自边远山区或农村的患者，他们不管自己所患病情的轻重，总会把市级医院作为“救命”的场所，把医护人员当作“求生”的“菩萨”。这种单纯且质朴的草根性信任十分脆弱，一旦希望、期望转变为失望、无望，就会爆发出无情的怨恨、仇视。多少年来，患者一直在期待着医院也有温暖和温馨，只是几乎望眼欲穿，恰恰这时，那种遗忘殆尽的被医生尊重的感觉回来了，无异于重新看到了“雷锋同志的笑脸”。从表面看，只是说话方式的改变：“您好”；“您请坐”；“您需要什么”；“您走好”等等。“医患温度”其实就是医生们找出患者的优点，接受他们，从而让病人们自己接受自己。每个人刚生下来时心灵都是舒展的，也都有着羞耻心。医生们静静地、充满慈爱地倾听患者的心声，而不是表示出惊讶、反感或说教，那么患者就敢把自己的一切评价出来，包括令自己羞耻的事及缺点，当患者觉得医生能容纳、接受他们，他们就接受了医生及信任，显示了“医患温度”。

该书作者是两位富有人文情怀、临床从医多年的基层医生，贴近患者，贴近医院，贴近医患关系。此书有现实性、可读性，凡是它所表达的，就是我们需要的，细小温馨的小故事，浓郁的医院气息，抚慰心灵，陶冶情操，提升境界，开阔视野。为初涉医学领域的读者和医学生所必备。特别是跨入临床工作一年或几年的医生，将成为您行医之路上的良师益友。

第二部分　医生，请去看病人

医学是人类情感的一种表达，医生的职业要体现人道、善良、关切与爱护。医生的对象是有思想、感情及各种家庭、社会背景的人，而不是发生了什么毛病或故障的机器。著名医学教育家张孝骞曾说，“医生的真正教师是病人”，脱离开病人不可能成为好医生。林巧稚大夫经常告诫我们，要永远走到病人床边去。

眷顾医学人文，完美天使形象[①]

中国共产党第十七次全国代表大会胜利闭幕不久，我们获得全国医德楷模、医德标兵的称号，感到无上荣光。我们深知，这荣誉属于千千万万工作在医疗卫生战线上的同道们，是对我们全体医务人员的鼓舞和鞭策。

正如胡锦涛总书记在十七大报告中所指出的“健康是人全面发展的基础，关系千家万户幸福”。医疗卫生维系健康与生命，是国家富强、人民安康、民族昌盛的重要保证。无论在日常平凡的医疗工作中，还是在疾病流行、自然灾害的突发事件中，我们医务人员都能够不辞辛劳、不畏艰险，甚至舍生忘死地完成救死扶伤的人道主义伟业，被誉为“最可爱的人”和“白衣天使”。

在当今社会经济、文化、卫生体制发生重大变革，医疗环境、医患关系出现新情况、新问题的形势下，遵照党的十七大精神，我们提出以下几点倡议，与全国医务界同道们齐努力、共勉之。

一、推动发展，促进和谐

认真学习领会、贯彻和落实十七大精神，特别是关于医疗卫

①2007年作者作为首届全国医德楷模、医德标兵代表致全国医学同道的倡议书。

生工作的发展方向、目标、任务和重大政策措施，明确人人享有基本医疗服务是全面建设小康社会的重要目标之一，为群众提供安全、有效、方便、廉价的公共卫生和基本医疗服务。以出色的本职工作推动科学发展，促进社会和谐，为夺取全面建设小康社会的新胜利贡献力量。

二、恪守职责，廉洁行医

医学或医疗的本质是人学或仁学，要体现它的美德和价值，我们要强化克己、利人、同情与正直。要做到“通天理、近人情、达国法”，即掌握自然规律，疾病的发生、发展过程；要知晓人的思想意识、情感与意愿；要符合诊治原则、规范、技术路线、方法技巧以及有关法令、政策规定。恪守职责，廉洁行医，做病人信赖、爱戴的好医生、好护士。

三、钻研业务，勇于探索

医学或医疗有很大的局限性和风险性。局限性在于医学的特点是研究人类自身，而人类自身的未知数最多，认知有限；风险性在于医疗的特点是在活的人体上施行诊断与治疗。因此，我们要钻研业务，勇于探索，如临深渊，如履薄冰，兢兢业业，一丝不苟。落实科学发展观，给人民以可靠、安全地防治疾病的措施与方法。

四、以人为本，关爱病人

建立和谐医疗是建立和谐社会的重要组成部分。我们的工作要以人为本，以病人为中心。我们敬畏生命，生命属于每个人，且只有一次；我们敬畏病人，他们把生命交给我们；我们敬畏医学，它是蕴含诸多秘密的瀚海。我们要更多地理解，给病人开的第一张处方应该是关爱！我们在工作中要保持心路清晰、心地善良、心灵平静。

同道们，我们都深刻体会到，行医是一种以科学为基础的艺术，是人类使命和社会责任。我们载负、体现着社会的精神道德底线，让我们精心维护它，始终保持对医学人文的眷顾，共建医学活动的理性境界，完美天使的形象，做德医双馨的医务工作者。

合作·道德·进步

——中年科技工作者应有的品德

科技工作者肩负着认识世界、改造世界、追求真理、造福人类的职责。中年科技工作者又是科技队伍中的中坚，处于承上启下的重要地位。因此，在当前的四化建设中，中年科技人员不仅要有振兴中华的信念和攻克尖端的精神，还必须善于与人合作，不谋私利；讲风格，讲道德，以科学技术的发展为己任。

当代科学技术的迅速发展，各学科之间广泛渗透，边缘学科、综合学科、“横断”学科层出不穷。想要靠单枪匹马来解决重大技术问题已几乎不可能，联合的“大兵团”作战已成为今天科学技术发展的必由之路。因此，人们已越来越深切地体会到，当今社会所有科学技术的进步，都必须依靠合作。离开合作，则将一事无成。

要合作，就要涉及各种各样具体的社会关系和人事关系，就有一个如何处理好这些关系的问题，诸如与领导及师长、与同级和合作者、与下属及其他人员等的关系。这些关系处理得是否妥当，足以左右人的思想和行动，影响到事业的成败。

要处理好与领导和师长的关系。他们通常是老年科技工作者，是所从事的科技项目的专家，富于学识和经验。所以要尊重他们、支持他们、协助他们，并虚心向他们学习。当然，年长在另一方面也可能会给他们带来一些弱点。在长者面前炫耀自己，目无尊长，却正是无知和无德的表现。

尤其难做的是如何对待自己老师的缺点和错误。这里虽然是指学术上的，但解决的办法却需从思想入手，需要诚恳、坦率和无私。对此我们不妨看看英国著名物理学家、化学家法拉第是怎样做的。法拉第的老师汉弗莱爵士有一项最重要的发明——安全灯，汉弗莱声称这是不会爆炸的矿工用灯。可是，法拉第却发现，此灯并不绝对安全。他如实地做了报告。他觉得，矿工的生命，是比他的老师的荣誉更为重要的。法拉第这样做并不减弱他对先生的尊敬，直到汉弗莱死后，他仍惊叹：“我的朋友，这是一个伟大的人!”

处理好与同事和协作者的关系。中年科技工作者对他们应该谦恭诚恳，并与之齐心协力。既然是同事和协作者，大家同唱一台戏，就不能各敲各的锣、各打各的鼓，而应与之相互补台。不协调一致，不仅力量分散，还会相互抵消，甚至使事业遭到失败。

一般来说，协作之初或处于困难境遇下协作者之间往往比较容易协调，甚至做到戮力同心。而在工作取得成绩和胜利时，问题往往却接踵而至，譬如成果的归属、报酬的分配、资料的使用、文章的署名等都可成为不协调的因素。解决的办法，一方面靠科学管理、合理处置；另一方面就要靠讲道德、讲风格。

在这方面著名生物学家达尔文和他的朋友华莱士在成绩和荣誉面前互相谦让的故事，堪称楷模，发人深省。1858 年，正当达尔文准备发表他的一部有关物种起源的著作的时候，突然收到他的朋友、科学家华莱士寄来的一份有关进化论的论文，其中的观点与他的研究惊人的不谋而合。虽然达尔文研究物种起源已长达20年，但他仍决意把发现的全部功劳归于华莱士而自己退避三舍。华莱士在谦逊大度方面亦“毫不示弱”，他宣布自己是“偶然的幸运”，成绩应该归于达尔文。这就是伟大的不朽的《物种起源》问世的“纠纷”。

在科学史上，由于各种条件的成熟，不同的科学家在不同的地点，对同一问题做出相同的结论是屡见不鲜的，这对于那些已经把科学当成人类共同财富的科学家们来说，绝不会去斤斤计较谁的成绩大小和获得成果的先后这一类庸俗问题的。他们心里想的是人类科学事业，追求的是如何更好地为人类服务。这就是科学家的胸怀，也是一切科技工作者应当具有的品德。

处理好与下属和其他人员的关系也是很重要的。科技工作也有“配角”，配角从来是不可缺少的，更是不可低估的。某些实验，实验室技术员的重要性并不比室主任差多少。尊重下属和助手，是尊重科学工作的表现，以领导者自居，动辄训斥，不会造成好的科研气氛。对工作负责，要求严格，并不等于摆架子，要威风。就是对后勤管理、供应维修等工作的同志，也要把他们看成是科技工作必不可少的组成部分。好的后勤管理不仅可以帮助科研人员解除后顾之忧，简直可以说是化学反应的催化剂，可以大大推进事业发展的速度。

科技工作是造福人类的神圣事业，有幸致力于科学的人，应该用它为全人类服务。这就是一个科技工作者的道德基础，有了这个基础，就能搞好合作，取得进步。

学海无边苦作舟

——谈中年人的知识更新

中年人是社会的中坚，中年科技人员是各条战线的骨干力量，在科学技术上处于承前启后的重要地位。所谓承前启后，主要是指科学知识和技术能力的“接力”。当代科学技术迅猛发展，使原来的知识很快陈旧，不进行持续的“再教育”和“再学习”，不进行知识的积累、更新和提高，就不能解决知识老化的问题，就无法胜任现代化建设中的科学技术任务。

知识在向我们挑战

有人认为知识危机是当今世界的多种危机之一。姑且不论这种看法是否正确，但对于每个人来说，确实都面临知识的挑战。

近一二十年来，科学技术有了突飞猛进的发展，无论在广度和深度上、宏观方面和微观方面、理论学科和应用学科、科学与文明都迎来了一个新的升腾。现代科学技术具有高度综合化的趋势，即一方面，学科越分越细，门类越来越多；另一方面，学科之间愈加相互渗透、相互交叉、相互作用。于是新学科、新体系、新理论层出不穷。此外，科技领域还出现了“大兵团”作战的壮丽局面。有的学科像杠杆一样撬动着包括社会科学和自然科学在内的一切领域，如信息论、控制论、系统论等。这一切，使人类知识的积累以从未有过的“加速度”前进。据统计，现在全世界一年的出版物就相当于我国过去三千年的全部著作。

在科学时代的列车风驰电掣般掠过的今天，一个科技人员如果知识面过窄，不了解相邻学科的发展，不能从别的学科引进新的理论和方法，要想有所发明、有所创造、取得重大成就那是很困难的。40 岁左右的科技人员可以称得上是本行的专家，但狭义的“专家”是潜匿着危险的。要知道在科学上许多重大的发明和发现常属于局外人。列文虎克是一个研磨玻璃的业余爱好者，他发明了显微镜；巴斯特是个化学家，他发明了灭菌法。现今崭露头角的医学生物工程，乃是第二次世界大战中负伤的一些工程师搞起来的，他们开拓了医学的新领域。

因此，只钻研自己所从事的学科是不够的，闭关自守必然孤陋寡闻。多听听、多看看别的学科的知识进展情况，可能会受到启迪；与非同行者来往，不同学科的专家们合作磋商，一些新的思想有可能在这种有益的接触中产生。至于那些现代科学发展的一些基础知识和技术，则

更应掌握，如电子计算机技术。面对这种知识的挑战是不该麻木的。一位颇有名气的物理学家曾感慨地说：我居然不懂某博士的讲演。荣获诺贝尔科学奖的丁肇中教授，在总结他的工作经验时也说："我常常意识到我的能力是相当有限的，只有刻苦的工作，我才有可能在某个特殊的领域中取得优异的成绩和做出贡献。"

可见，我们面临着十分繁重的知识更新的任务，我们所要学习的东西是多么丰富。那么我们应该怎么办呢？

在积累中求更新

首先是进行知识的积累。这当然包括实践经验的积累和学习前人及同代人的经验。一个人自身实践的经验毕竟是有限的。因此，阅读书籍是知识积累和知识更新的重要途径。而阅读文献、书籍在今天又是何等的艰巨啊！据估计，一个化学家想要浏览一下全世界一年内发表的化学论著，若以每周阅读 40 小时算，需要 48 年。

所以，有志学习的人必须将勤奋与计划性、系统性、目的性相结合，否则望书生畏，将一无所得。有时还要注意一下读书方法，不要发现一本书，或找到一篇文献便从头到尾地念起来，这往往是事倍功半的。应该区别对待，有的要细细地读，有的则粗粗地浏览一下就可以了。现在不少杂志（特别是国外专业杂志）在文头或文尾都有摘要或总结，这是为读者修筑捷径，几百字的东西，十分钟可读完，内容一目了然，要想深知再看全文。为了了解最新发展，还可翻阅各种索引，它会开阔你的眼界，这是科学园地的导游图。做笔记、写摘要、立卡片是为了丰富知识的

"篮子"，只要坚持采撷，就会获得丰收。外语的学习和应用也很重要，它是我们及时获得情报的工具。阅读积累可以使我们获得各种信息，这些信息是我们为"四化"做贡献的资源。有人说"信息资源——21世纪的知识和力量"是不无道理的。如果不注意去获得各种知识的信息，就有可能出现这样一种情况：有的人花费很大精力，用了很长时间独立地做出了某种见解或发现，可是翻开文献一看，原来自己不过是重复了别人老早以前就发现了的东西。可见，知识的积累和更新是相辅相成的，有了足够的积累才能更新，更新的东西又是新的积累。

知识要更新，这是中年科技人员的当务之急。更新知识的意义，不仅在于提高自身的科学技术水平，还在于使知识能够接力、传代，承前启后，推陈出新。

辉煌的历史，期望在未来①

每年一度，我们召开会议，纪念林巧稚大夫诞辰，并举行青年医师论文报告会。今年更有其特殊意义，因为我们将迎来北京协和医院建院90周年，2011年的这个时候，也恰值林大夫110周年华诞。

一、北京协和医院妇产科的历史回顾

20世纪40年代林巧稚大夫接替美国人惠狄克，成为北京协和医院第一位由中国人担任的女主任。之前，著名妇产科专家马思敦曾在此工作，马思敦后来到香港大学玛丽医院的赞育医院做产科主任。

此后，协和妇产科的发展一直和林巧稚的名字联系在一起，林巧稚是协和医院或协和医院妇产科的一个象征。

1941年因为太平洋战争北京协和医学院关门，林大夫一边在东堂子胡同10号挂牌看病，一边到中和医院（现北大人民医院）上班，还去北大任教。有一批人，如葛秦生大夫等都跟随林大夫

①此为作者于2011年在纪念林巧稚大夫诞辰110周年暨青年医师论文报告会上的讲演稿。

到中和医院，在很长时间里，该院有“小协和”之称。

到20世纪50年代，北京协和医院妇产科已执国家妇产科之牛耳。一大批成熟、优秀的妇产科学家聚集在这里，又从这里像种子一样撒播到祖国各地，成为各大医院的学科带头人，如解放军总医院的叶惠芳，中国医学科学院肿瘤医院的曾绵才、刘炽明、杨大望、于国瑞，天津的柯应夔、俞霭峰、林崧，上海的林元英、郭泉清、田雪萍，重庆的司徒亮，广州的林剑鹏，北京（医科）大学的严仁英、康映蕖、王耀云等，可以说，协和妇产科是培养高级医学家的摇篮。

本学科在林大夫高瞻远瞩的策划安排下，在国内首先建立了专业分组，并选择了理想的专业人才，如生理产科的王文彬、姜梅；病理产科的尤娴玲；妇科连利娟；妇科肿瘤宋鸿钊、吴葆桢；妇科病理唐敏一。后来又让孙念怙做产科遗传研究，韩美龄专管门诊工作。他们都在林大夫的领导下发展了亚专业，做出了成绩，为我们今天的发展打下了坚实的基础。

宋鸿钊、王文彬、葛秦生和连利娟都曾作为林大夫的副手领导妇产科工作。1983年林大夫谢世，由连利娟任科主任。1988年吴葆桢接替连大夫，1992年吴大夫患肺癌英年早逝，由当时任副院长的郎景和兼任科主任。1993年3月郎大夫回到科里主持工作至今。王元萼、张以文、杨秀玉、徐蕴华、徐苓、范光升、边旭明、沈铿、潘凌亚、向阳、刘俊涛、朱兰、郁琦等先后担任副主任。

在林大夫的光辉旗帜下，经过几代人的辛勤努力，协和妇产科充分发挥综合优势，在医教研各方面都得到了长足进步，成为全国妇产科疑难重症诊疗中心，先后两次被卫生部命名为“林巧稚妇产科研究中心”。

在近20余年里，协和妇产科不断发展壮大，床位从90余张增加到200余张，医生由58位增加到107位。门诊及床位数占全院1/10，但手术量占全院1/3，特需手术占全院1/2，床位周转快，术前住院日仅1～2天，平均住院时间4.4天，做到优化诊疗、安全诊疗、节约诊疗。2007年被评为全国卫生系统先进集体，2009年又获全国“三八”红旗单位的光荣称号。继20年前首批进入全国重点学科之后，新近又成为首批卫生部重点专科建设项目单位。

二、期望在未来，青年医师的培养重点是临床实践

我们在纪念林大夫诞辰的时候，主要的内容是青年医师报告会。他们都没有见到过林大夫，但他们会感觉到林大夫的存在，林大夫的医学思想和高尚精神的存在，这包括林大夫追求真理、魂系中华；预防为主，实践第一；一生辛劳，无私奉献。注重实践，不脱离临床，医生要永远走到床边去，对病人做面对面的工作，这是林大夫最重要的医学思想和人文理念，对青年医生的培养和成长至关重要。

我们常说，住院医师的5年实际上相当于“学徒医师”，就是在实践中印证书本上学习的知识，跟上级医师学习临床技能，逐渐积累诊断治疗经验，形成自己的本领，成为可以基本独立工作的主治医师。外科医师涉及手术技术，还要再锻炼一些时间，英国医学杂志（BMJ）载文认为外科医生的造就至少需要10年，这

与我们认为的"十年磨一剑"同出一辙！

可喜的是这次青年医师论文报告，基本是临床材料，有病例总结分析，有病例报告和文献复习。虽然他们所经历的临床过程还不够长，但能发现问题、分析问题、解决问题，这是临床学习提高的基本方法。就是多做、多想、多写；会做、会想、会写。记得几年前，一位三年住院医师能将平时查房、讨论及工作经历记录整理，居然达30万字，编撰为《妇产科临产备忘录》，成为年轻医师的袖珍手册，后又重修再版，累积数万册。可见在实践中做到有心、用心之重要。我在书的扉页上题记为：也许，我们学习得很不少，只是实践得不够；也许，我们实践得也不少，只是思索得不够；也许，我们不是记忆得少，只是忘却得多……这是与青年共勉的话。

我们这次没有强调其他研究的报告，现今我科的青年医生97%均有医学博士学位，还有双学位者，应该说有很好的科研背景和能力。在今后的医学生涯中，科研仍然是非常重要的，所谓医疗是主体，科研教学是翅膀，只有翅膀坚强才能高飞远翔。院校长也强调，协和不仅要培养优秀的临床医生，更要出优秀的临床学家。临床学家即是医、教、研良好结合的医学专家。

我们依然认为临床研究是临床医生的主要研究和重要研究。医学科学研究分临床研究、临床基础研究和基础研究。临床研究主要是临床总结、循证，不可以为临床研究是低水平，好的临床研究会有重要的规律性的指导作用。典型的例子是宋鸿钊院士关于根治绒癌的临床研究，其系统结果是宋氏分期、各种转移及治疗、大剂量化疗、HCG的诊治随访价值、化疗中白细胞及血小板的消长曲线等，使绒癌达到根治的效果，还可以保留生育功能。宋大夫的研究基本是临床研究，只有一般的实验室检查材料。与临床密切结合的基础研究也很重要，也是目前转化医学着力要解决的问题，从选题、研究设计、结果及结论考量和应用，都必须将临床工作与实验研究密切结合起来，使临床工作得以提高，使医学研究得以发展。

协和医院不仅有优良的医学传统，也有难得的研究气氛。诚如有肥沃的土壤，又有适宜的阳光雨露，有利于青年医师茁壮成长。妇产科还有一个“大树、小树和森林”的建设理论，就是必须有大树，像林大夫、宋大夫、连大夫等，他们是大树、是象征，召唤着我们，庇荫着我们。其下的小树也要不断成长壮大，逐渐形成一片蔚为壮观的森林。

我们的青年人一定会成为栋梁之材，我们的科室一定会在协和旗舰的引领下破浪远航。

纪念林大夫，学习林大夫[①]

我们每年都要开会纪念林巧稚大夫。也许，现今大多数医生并没有见过林大夫，但大家都会感觉到她的存在。这使我想起，一位城市市长的墓碑上写道：如果你想寻找他的纪念碑，就请看看你的周围。林大夫永远在我们周围，林大夫永远在我们心中。

1981年林大夫八十寿辰，我写过这样一首诗：

从鼓浪屿日光岩的小路，
到协和汉白玉的台阶，
您的脚步总是那样轻盈、快捷。

从曼彻斯特医学院的校园，
到芝加哥大学的讲堂，
您还是那一成不变的中国旗袍
和梳理不乱的发髻。

---

①在庆祝“北京协和医院建院90周年暨纪念林巧稚大夫诞辰110周年”大会上的讲话，2011年12月23日。

从说“男同学能得一百分，
我要得一百一十分！”的
好胜、倔强的小姑娘，
到为妇女的解放和健康
奔走操劳的不屈战士，
您清瘦的身体里蕴藏着怎样
深刻的睿智和
铁打的刚强！

从“不为良相，当为良医”的志愿，
到为祖国、为同胞
抽丝到老的春蚕，
您从不停歇、从不停歇啊，
甘于奉献。
您亲手接生的孩子千千万万，
他们又有了孩子万万千千。
谁能说您孑然一身？
您是真正的母亲啊，
孩子无数，仁爱无限。

您悉心培养的学生桃李满天下，
他们又有了学生，天下满桃李
这到处结实的硕果，浓郁的芳菲，
不正是

您用毕生的心血撰写的巨著鸿篇。

今天，我们为您
点燃八十根红烛啊，
您却早已在亿万人心中
点亮起生命的绿灯——
照耀到永远！

无论是白发苍苍的前辈，还是风华正茂的中青年，大家都在谈论林巧稚——她是协和的象征，她是协和的骄傲，她是协和的光荣！

的确，人们始终在怀念这位卓越的医学家。半个世纪以来，林巧稚的名字家喻户晓，她的事迹有口皆碑。一个医生享有这样的尊崇和殊荣是颇为少见的，诚然，她当之无愧。

我们都清楚地记得：林巧稚正是1921年进入协和医学殿堂的。1990年10月，邮电部发行了林大夫的纪念邮票，2001年12月23日人民大会堂举行隆重大会，纪念林巧稚大夫100周年诞辰，卫生部再一次通告成立林巧稚妇产科研究中心，林大夫的事业不断延续发展。

追求真理　魂系中华

林巧稚大夫是从旧中国过来的知识分子，青少年时代受基督教的影响很深，她曾以“仁慈博爱”、“乐善好施”为信条，“不为良相、当为良医”为志愿。

林大夫的信奉也许并不为错，但是旧中国的黑暗与苦难、战争与动乱，一个医生之所为实在微不足道，她所施行的仁术也被限制在一个狭小的范围。

新中国成立是一个划时代的变化，林大夫正是从这一变化中看到了祖国和事业的希望，以满腔的热忱和勤奋的劳动投入到共和国的建设。1955 年，她成为中国科学院第一批、也是唯一的女学部委员；1959 年，她被任命为中国医学科学院副院长、北京妇产医院院长；她还是人大代表、人大常委、全国妇联副主席等。

她能为国家参政议事，为制定婚姻法、妇女劳动保护法规等筹划陈言，能组织大规模的防治宫颈癌普查。理想变成了现实，弱者变成了强者。一个女医生所追求的真理、所走过的道路告诉人们，只有把自己的志愿与国家、民族的命运结合在一起才有出路。林大夫说得好："个人奋斗的力量是渺小的，党、祖国和人民才是巨大力量的源泉。"

林巧稚大夫较早接受西方影响，考入协和后，可以说受的是

美式教育，1929 年毕业拿的是纽约州立大学的文凭。1932 年林大夫到英国伦敦和曼彻斯特进修，1933 年去奥地利维也纳，1939 年去美国芝加哥大学医学院学习。但她多次婉拒居留海外的重金约聘，坚持回到祖国母亲的怀抱。1949 年，又有人送来了飞往大洋彼岸的机票，她莞尔一笑地谢绝了。她的思想也许很质朴，只是想为自己的姐妹同胞效力，为祖国与民族尽责。她曾这样深情地回答："这大概是我的一种责任感，一种难以割舍的眷恋……"

而当她代表中国出访的时候，那种自豪与骄傲却是从未有过的。1953 年林大夫赴维也纳参加世界卫生大会，访问苏联、捷克斯洛伐克。1972 年出访美国、加拿大。1978 年去西欧四国。"新中国成立前，我搭乘邮船，一叶孤舟漂洋过海，不胜凄凉。而今，前面有五星红旗引路，后面有八亿人民相依……"这是当时她激动的心声。

从 1973—1977 年，林大夫被世界卫生组织研究顾问委员会(这是世界范围的最高级卫生顾问团)聘为顾问，出席此间一年一度的会议。她坚持医学发展和援助的正确方向，维护国家与民族的尊严和利益，表明了她伟大的爱国主义精神。她的教育背景很"洋化"：流利的英语、某些习惯；她的行为很"中式"：始终留发髻、着旗袍、穿布鞋。在外国人眼里，她是一位彬彬有礼，却又令人有些敬畏的中国老太太……

预防为主 实践第一

林巧稚大夫的医学思想是很值得研究和学习的，其哲学内涵已不仅仅在于医学本身。

林大夫非常重视预防。她常说，妇产科，特别是产科的根本是预防，是医疗保健。“妊娠不是病，妊娠要防病”是她的一句名言，是她对妊娠保健的深刻见解，也是近年来发展较快的围产保健医学的认识基础。

20 世纪 70 年代，有一度产前初诊（即孕妇的第一次全面检查）拖到妊娠 7 个月才开始，有的地方产前定期检查做得也不好，林大夫得知后非常生气。她认为，让一个孕妇有了问题才来找医生，这是产科医生的耻辱！她告诫我们，一个只会处理难产、而不会去预防难产的产科医生，其责任已经丢掉了一大半。所以，她强调产前检查应该提前，最好从妊娠一开始便接受保护，定期检查，严密监护，确保母儿安全。

普及医学科学知识是贯彻预防为主方针的重要组成部分，林大夫十分重视科普工作。她著文、演讲、接见妇女和青少年，到门诊、病房做面对面的宣传。1965 年，她参加中国医学科学院赴湖南医疗队，在湘阴县巡回医疗 4 个月。根据农村基层的实际情况，她编写了《农村妇幼卫生常识问答》——一个最高权威专家亲手编写最通俗的科普读物，用心何其良苦！以后，她又主编了《家庭卫生顾问》《家庭育儿百科大全》，都是深受广大人民群众喜爱的畅销书。无论林大夫走到哪里，都会有人认出这位满头白发、慈祥可亲的老人，向她咨询问题，她都会耐心地回答和解释。每天都会收到不少来信，她都认真阅读、认真回复，她与姐妹同胞心心相通。

林巧稚大夫强调的另一个观念是实践第一，这对于有着显著应用科学特点的临床医学尤为重要。她认为，一个临床医生绝不要离开病人。要临床，不要离床，离床医生不是好医生！林大夫经常说，医生的对象是活生生的人，他们有思想、感情、意愿、要求，有家庭与社会等各种因素的影响。看病不是修理机器，医生不能做纯技术专家，不要只凭数字报告下诊断开处方，要到病人床边做面对面的工作，悉心观察、关心照顾病人。这是何等重要的真知灼见和医生的行为准则，在今天，更是熠熠闪光。

一生辛劳　无私奉献

也许很少有人像林巧稚大夫这样辛苦：她勤勤恳恳地工作了几十年，直到八十高龄，在病中、在梦中，还在想着接生，想着妇女和儿童……

她没有结婚成家，医院和病房就是她的家。她的办公室就在产房对面，产妇的一声不寻常呻吟，她便会敏感地听出来。外出开会回来，她首先去看的是病人。她还有个家，在东单的一个小楼上，但与其说这是家，毋宁说是她暂时逗留歇息的地方。就是在这个家里，一部电话还是始终连着妇产科，几十年它一直牵动着林大夫的心。我们都知道林大夫的脾气，她喜欢别人向她请示商讨问题，厌恶自以为是。电话打过去，她从不厌烦，从不敷衍，总是仔细询问，给予具体指教，有时觉得情况不够清楚，便撂下电话，赶到医院来，无论盛暑严冬、刮风下雨或是深更半夜。她还喜欢你把处理的结果告诉她，否则她会一夜睡不好。

我们都会有值班或者休息，可是林大夫却是“一辈子的值班医生”。

这就是我们的林大夫！人们信赖她，崇敬她，因为她有丰富的经验、高超的技术，还因为她对病人无限的关切和爱护。当实习大夫的时候，她就愿意为产妇擦擦汗、拉拉手，这是一种不可低估的力量；个人开业时，她将钱偷偷放在贫苦产妇的枕下；成为著名专家，她还是愿意摸摸病人的头，掖掖病人的被角……她的一启齿、一举手、一投足都体现了对病人的深切的爱，这种理解和同情就是一种神奇的吸引力！林大夫的心，是一颗真正母亲的心！

林大夫的塑像坐落在我们协和门前，慈爱、沉静，面对每一个走过的人。人们也会驻足伫立，敬仰、缅怀这位平凡而伟大的人。她的一幅油画悬挂在我们的教室里——她永远是我们的导师。

林大夫逝世以后，遵照她的遗嘱：一笔资金给了幼儿园的孩子，一部分留作奖掖有作为的青年医生基金。她的遗体供医学解剖，骨灰撒向大海。一个完全无私的人！

她留给我们的是伟大的精神。一位妇女的保护神——永远激励着我们，永远保护着我们……

外科解剖刀就是剑

——怎样成为一个外科医生

对于一般人，甚至实习医生，外科大夫总是有些神秘感；对于非外科医生而言，外科也有相当大的风险性。应该说，外科医生需要有特别的人格修养、品德作风，以及技能训练。外科医生手中的手术刀就是剑，用以披荆斩棘于病患毒瘤，不能伤害病人，同时也不要误伤自己。怎样游刃有余、安全有力呢？本文提出几点，愿与同道商讨。

一、掌握四个基本技能（CASE）

C（Concept，观念）——这里指一个外科医生对于疾病诊断和治疗的正确观念，是施行外科操作的基础。外科医生不是一个只会进行手术的匠人，他应该具有深厚的理论知识，准确地掌握手术适应证、术式选择，以及在何种情况下扩大手术范围或保守处理适可而止。当然，这一切应从病人、病情和外科原则出发，在术前与术中考虑和做出抉择。

A（Anatomy，解剖）——解剖如同行车路线，陌生或不明则寸步难行。不仅要对通常状况下的解剖了如指掌，而且能够发现和分辨某种变异。特别是在炎症、肿瘤和病变时，解剖不清，组织粘连、糟脆，亦能“开山辟路”，找出门径来。一个外科医生最好能根据自己的专业进行一阶段局部解剖的训练；一个外科医生应该有经常研读局部图谱的习惯；一个外科医生要善于在写手术记录时画图描绘手术情况，培养形象思维能力。

S（Skill，技巧）——切(剪)开、缝合、结扎、止血是基本操作手法，它们的重要自不待言，技巧则是各种外科手法的娴熟掌握和灵活运用。技巧还在于把“眼睛”长在刀尖、剪尖和针尖上，动作总是准确无误、恰到好处。技巧还在于或者用器械，或者用手指去探、去分、去断、去托时那种只能意会体验而又难以言传的丰富经验。不能简单地理解技巧就是动作如何快捷，其实除非一个生手，就切、剪、缝、扎而言，速度的差距是很小的，关键在于每一个动作都“一步一个脚印”，清爽稳妥，看似不快但没有多余动作，不浪费时间。否则，“拖泥带水”，走过去又要回头处理自己弄出来的麻烦，欲速则不达。当今还有许多不断涌现的“特种”技术，如心血管外科、显微外科、腔镜外科、整复再造、导管介入等，都为外科医生充分施展技巧开拓了新领域。

E（Emergency，应急）——这不仅在于如何去处理急诊、急救，还有在手术中遇到的各种难以避免或可能发生的紧急情况，如大出血、脏器损伤，甚至病人危笃。一个称职的司机，不仅会驾车，也应该会修车。一个优秀的外科医生要对术中出现的问题应付裕如，化险为夷。普通外科医生在以急性阑尾炎开腹后发现并不是阑尾问题，应该会去探查和处理宫外孕、卵巢囊肿蒂扭转或黄体破裂等；同样，妇瘤科医生应该自己能缝合血管破口，修补膀胱或做肠管吻合等。这不排除科际帮助和协作，但总是让别

人来“保驾”，那么我们将永远没有胆量、不得成熟。

于是，我们要靠一例接一例（case by case）手术的用心积累，使经验丰富起来，做手术时才会如有神韵。

二、处理三个关系（G&G，M&M，Q&Q）

G&G（General and Group，将军和团队）——手术通常是由一个手术组共同完成的，术者是将军，其他人是他的团队成员。手术是一场战斗，紧张激烈，要求指挥员机敏、果断，迟缓、优柔寡断不是外科医生应有的品格。所以外科医生多少有些主观武断，但是他应该尊重他的助手，发挥他们的积极性。默契的合作是必要的，他们的意见和提醒有时可以避免大错。有人这样描述外科医生和实习医生，虽然有失偏颇，但也耐人寻味：外科医生什么都会做，却什么都不知道；实习医生什么都知道，可什么都不会做。

M&M（Major and Menor，大手术和小手术）——年轻的外科医生总想做大手术，年老的外科医生又失去了做小手术的机会，但每个外科医生都是从做小手术开始的。有经验的外科医生甚至深刻地认为小手术是不可小视的，可以套用那句“外（科）事无小事”的话。一个阑尾炎手术做上几个小时、一个阴道壁囊肿竟然做不下来的事并不罕见。皮肤的切开与缝合被认为是最简单的、最初始的外科操作，手术做到缝皮的时候，资深的医师下台了，年轻的大夫谈笑间就完成了。可是，我们却要想到病人对于切口是多么关注：切口多长、缝了几针，愈合得是否漂亮，更不要说伤口感染、裂开和疤痕。他们无从知道内部的状况，他们看到的手术只是切口，切口是外科医生给病人留下的永久纪念！

Q&Q（Quantity and Quality，数量和质量）——这里讲的数量与质量不仅意味着一个外科医生应该对施行的手术保质保量，从外科医生的培养和成长而言，数量和质量还有另一层辩证关系。外科手术更强调实践和经验，纸上谈兵是不行的。但是单靠重复的“练”却是不够的，也应强调思考和总结。有出息的外科医生对自己的每一次手术，不论其大小、难易、顺利与不顺利，过后都要“反刍”一番，从中悟出点感受来。有意思的手术，记录一式两份，留一份备案供自己总结复习。再经历这样的手术，自然有深一步领会。即使做助手或参观手术，也要勤于思考。这样用心的外科医生也许在最初的两三年，由于经验不足，的确不如高他两三年的大夫；但经过六七年的认真下功夫，他的本领便不一定亚于高他两三年的大夫，甚至会超过他们。有一次，我做腹股沟淋巴结清除，解剖股三角，沿股动脉向下游离淋巴脂肪组织，见一分支，问助手和参观者“这是什么动脉?”无人回答，我亦未说话。翌日晨查房，我又问“昨天我说的那个动脉是什么?”仍无动静。却有一位年轻大夫说他回去查了解剖书，结合术中情况应该是股深动脉。至少可以说这是一位善于学习的年轻医生。

三、避免三件事（NOT）

我将开空手术、遗物及病人死于手术台认为是外科医生的三大忌讳!

N（Nothing to Find）——并不是指某些情况下的探查手术，而是诊断有肿瘤或其他病变，拟行某种手术，可是开进去却什么都没有。这会使术者陷入非常尴尬的境地，也使病人遭受一次不必要的损伤和痛苦。所以，我们一定要在术前详细地询问病史，进行全面的身体检查以及必要的影像学和其他实验室检查，甚至诊断性腔镜检查，根据病情、时间和条件，尽量做得周全。疑难复杂的病例邀请多科会诊，做出手术方案。不可仓促上阵，或抱着“打开再说”的态度。外科医生是动刀子的，但并不是什么都要动刀子或只会动刀子。让我们记住希波克拉底的格言吧——请你不要损伤!

O（Foreign Object or Foreign Body）——遗留纱布、纱垫或器械之类是最糟糕、最不幸的事情。无论什么原因，都不应该，也没有理由犯这样的错误，一次也不行，一辈子都不要。每一次手术都要认真清点用物，少了不对，多了也不对。不要以为清点只是护士的事，固执和侥幸是危险的，数字对不上，要用各种方法把它弄清楚，否则将不会安心。若留有遗物，才应了那句话——隐瞒是不能持久的，总有一天会暴露出来。

T（Dead on Table）——由于病情危重，病人心肺功能不佳、手术复杂、时间长，或术中严重并发症、麻醉意外等，病人可能死在手术台上。无论怎样，这也使外科医生颇为难堪。为了避免这一情况的发生，要做好充分的术前准备，如病情允许，要给予一定的支持疗法，纠正心肺功能衰竭，使病人能够经得起手术。术中要加强监护和麻醉管理，避免严重并发症并有相应的紧急处理措施。如情况使手术难以继续完成，亦应立即停止，积极抢救。要有 ICU（加强医疗科），CCU（心脏监护科）医生共同协作，做好急救及转运。

外科医生是个神圣而令人自豪的职业，胆大心细、灵活应变，既动脑又动手，文武相兼，其乐无穷。美国《读者文摘》曾有一则征询：什么人最快乐？答案有三：一是经过千辛万苦把肿瘤切除的外科医生；二是完成了作品，叼着烟斗自我欣赏的画家；三是正在给婴儿洗澡的母亲。外科医生竟名列榜首。

外科医生之乐在于手到病除，为患者解脱痛苦；还在于外科不仅是一门技术，也是一门艺术、一门哲学。经过多年磨一剑，外科医生会有一种“得气”的感觉，一招一式都见功夫，做到得心应手。但学无止境，平生需谨慎。要能有创意、有革新就更难了。

医生，请去看病人

精湛的光导纤维工艺使光亮和视觉几乎可以达到身体的各个角落；电子计算机技术使影像检查生动，剔透；生化、免疫、核素等检查使我们能及时准确地“捕捉疾病的踪迹”……科学技术伸延、增强了医生的感官能力，经典的视、触、叩、听似乎是操练场上的“一二一”，令年轻医师乏味生厌。

但是，许久以来，我有一种忧虑：医生是不是离开病人越来越远？

医生的工作主要是与病人直接接触完成的，虽然医学模式已从经验性过渡到实验性，但经验仍然是基本的。经验是一种文化，一种认识和处理事物的潜能，有经验的医生可以从一瞥一嗅中做出令人惊奇的判断。即使是电脑给了超乎寻常的显示，它必以我们存入的经验和信息为基础，而对其结果的认识和使用亦需要经验。因此，一个医生没有任何理由小视与病人面对面的工作——临床第一线的实践。

医学是人类情感的一种表达，医生的职业要体现人道、善良、关切与爱护。医生的对象是有思想、感情及各种家庭、社会背景的人，而不是发生了什么毛病或故障的机器。所以医生绝不是机械工程师！否则，情感的交流变成了数字的传递，诊病变成了冷酷无情的判断。如果医生只注重于检查结果，可能只见病，不见人；如果病人也只相信仪器，可能只见药，不见医。这样，仪器、实验室就将医生与病人隔离开来，这将有悖于医学的宗旨，也是当代医学的新危机。

实际上，再高级的仪器也不是万能的。比如疼痛，似乎没有办法去测量，那是一种感觉，一种因人的敏感性、耐受性而异的反应。如果你只是将简单的“是、否”，“有、无”放入电脑去计算，岂不要上当。我们常说，教科书中关于疾病的典型症状，可能最不典型。因为同一种病发生在不同人身上，可以千变万化——医生之难盖出于此。著名医学教育家张孝骞曾说，“医生的真正教师是病人，”脱离开病人不可能成为好医生。林巧稚大夫经常告诫我们，要永远走到病人床边去。这些医学哲人们教诲于我们的正是从医的真谛。

不仅在疾病的诊断上，在疾病的治疗中，人的心理要素也起着巨大作用，忽视这一点，再好的药物也难奏效。况且，有的病就是精神心理问题。只会开处方，不愿接受咨询，不会做解释工作，只能算半个医生。

另一个值得注意的问题是，现代技术一方面给人带来恩惠，一方面也会掺杂弊端。某些检查会导致损害，药物可能引起疾病；机器的滥用还会造成经济的浪费；自然与人体平衡的破坏，会发生新的失调和紊乱。

我们当然愿意接受和采用新技术，也无意于呼吁医生返璞归真，只是想我们要正视自己的病人。

科学家的责任①

中国科普作协第三次代表大会圆满地结束了。短短几天的聚会，颇多感慨、几番思味，似乎还有不少话要说。

科普创作是科学家的一种责任

“科学不是自私的事情，有幸致力于科学工作的人，应该把科学献给人民。”革命导师曾经这样告诫我们。科学家把自己的研究成果奉献给人民、造福于社会，这是毋庸置疑的。但是，怎样贡献自己的科学知识和科学技术呢？有多种方式和途径，但最终都要落实到提高人们的文化素质和科学素质上，让科学成为每个人手中的武器！

解开哥德巴赫猜想，摘下数学之皇冠，自然是一种贡献；把优选法和运筹学普及给工农大众更是一种贡献。研究遗传基因可能有重大的科学突破，普及优生知识会带来巨大的社会效益。我们是不好比较这种贡献大小、影响久短的，因为学科不同，特别是基础理论和应用技术的差别，它们所引起的“效应”是不同的。

①此文系作者在中国科普作家协会第三次全国代表大会上当选为副理事长时的书面发言。

忽视基础理论的研究是短视的，况且它们之间互相渗透、互相促进。但是，无论从事何种学科专业的科学工作者都不应该忘记把自己的研究成果和知识向大众普及的责任，而且似乎没有无法普及的科学！爱因斯坦的相对论最初艰涩难懂，据说对相对论解释的文章比相对论长得多，但人们毕竟从相对论中看到了爱因斯坦的伟大。

如果科学家忽视这种责任，会产生一种可怕的后果——一些科学家鄙夷科学普及，以为其不足道。自命清高，封闭于象牙塔中的科学家不能被认为是有出息的。

医学科学的普及尤为重要。要想人人健康，必须让人民群众起来和自己的愚昧、落后和不卫生习惯做斗争，仅仅靠医生护士在门诊病房里接待少数病人是远远不够的。有时一篇好的科普文章竟可使千百万人受益，这一点也并不是每个医生都认识得到的。健康的维护更应强调防重于治，而预防疾病则主要是靠医学知识的普及和群众性的卫生运动。由此可见，医生的责任就包括科普工作，一位作者曾有句意味深长的话——“如果他仅仅是一个好医生，那他就不可能是一个好医生”（《奇特的一生》）。

我们不妨泛而论之，一个科学家应该把普及科学作为自己的天职，去演说、去撰文、去宣传，让科学成为大众的科学。否则，恐怕也难称得上是好的科学家了。

从两方面作战

我们既要宣传科学，又要破除迷信。不宣传科学，迷信必然盛行；不破除迷信，科学亦难推广。

近年，迷信之风颇盛，有土产封建迷信，也有舶来的洋迷信。有算命、看风水、占卜、相面，有会“宇宙语”的，有能“离地飞升”的……闹得沸沸扬扬。不少人神魂颠倒、走火入魔。

姑且不论这些施术者是不是一代扶乩过阴巫士，可悲的是我们有那么多虔诚的信徒！

更令人惭愧的是，作为科学工作者没有尽到自己的责任。比如对看手相、看面相及血型推测等唯心论的传播，我们应该科学地阐明手、面表象，血型与人体生理、病理以及精神心理的关系，科学地解释可能发生的变化，批判其唯心的预测人生、趋吉避凶的无稽之谈。

对于气功，或者某种“功能”之类，有必要进行一些研究，探讨其奥秘、辨明其真伪；取其精华、弃其糟粕。研究的最好方法是科学实验。比如某士称其发功能弥合骨折，遂有医生给狗制造成骨折——所谓动物模型，然后请其发功治疗，再以 X 线摄片及解剖等观察结果，以判定其神力。

科学实验和实践检验可以区分真正的气功师和追名逐利的江湖术士。作为宣传报道则应实事求是，一是一，二是二；丁是丁，卯是卯。不应夸大渲染、哗众取宠。否则，便滑向科学之外了。

迷信之流行原因可能是多方面的，有几点是值得我们科学工作者注意的：

一是文化素质差，一些年轻人文化水平很低，甚至是文盲，更没有受过科学教育。

二是思想教育差，主要是无产阶级、共产主义世界观、人生观的教育薄弱，唯心论、宿命论泛滥。

三是科学宣传、迷信批判不够，或者宣传报道不真实、不确切，追求猎奇、危言耸听；或道听途说、以讹传讹，造成思想认识混乱。

所以，科学工作者应该占领阵地，向迷信开战！

不断壮大科普队伍

我们已经有了颇具规模的科普作家队伍，但在这次三大代表中，多数还都是熟悉的面孔，年龄也偏大了些。这表明，我们的队伍还要不断壮大，要有新生力量，要有更富于朝气的科普作家。

科普作家的成长和作家的成长不尽相同。科普作家首先应该是科学家，或者是有相当科学工作经验的专业人员，这需要一定的工作实践的时间，因此，科普作家的“造就”比较缓慢。况且，并不是每一个科学家都可以成为科普作家的，后者需要作家的气质和修养。正因为如此，要培养科普作家，不能等待一个人成了科学家，再请他写写东西，就可以成为科普作家了。真正优秀的科普作家，像高士其、茅以升、傅连暲、钱信忠、黄树则等，都是很早，或经常撰写科普文章的，是数十年如一日工作不息、笔耕不辍的。

和文艺作家不同，科普作家很少专职，基本是业余创作。这需要强烈的责任感，和辛勤艰苦的奋斗精神。

所以，我们要培养青年科学工作者的科普创作意识，作为一种责任，作为一种职能，让他们自觉从事科普创作活动。在这次会上，有的同志提出很好的建议，即组织举办青年科普创作征文活动，以期鼓励青年、发现人才。

中老年科普作家应该提携青年科学工作者，交流创作经验，多开展科普评论。对科普作家、科普作品的评论分析是有益的，它有助于提高我们的创作水平。以往的科普创作有“你写你的，我写我的”的沉静死板局面，缺乏活力和生机。有的十几年、几十年一个调子一种格局，好像始终走圆圈，而没有上升到新高度，恐怕和缺乏评论有关。

老的、知名科学家带头写科普文章仍然是最令人尊敬的，他们的文章科学性强，有权威性，有说服力。很多老科学家的科普文章都是很生动的，受人喜爱，是我们学科学、学创作的范文。它本身也是对青中年科学家正确认识科普的良好教育。

科普作协第三次代表大会吹来了初夏的、带着浓郁的花香的风，激发了我们更大的创作热情，也鼓满了我们的航帆，破浪向前！

科学家的缺陷

柯南道尔在描述福尔摩斯的学识时，十分细致生动地展示了这位侦探家非凡的知识和才能。福尔摩斯对某些方面的研究有极大的热忱，对一些稀奇古怪的问题观察敏锐，联想丰富，认识深刻准确；而在有些方面却傻里傻气，一无所知。于是，作者说："他的知识贫乏的一面，正如他的知识丰富的一面同样的惊人。"这不禁使我想起一些科学家、专门家知识和才能的偏颇，他们的缺陷也如同他们的成就一样令人惊叹！

例如，就有位著名的物理学家不知道肝脏位于右季肋部。有一次，他左下腹疼痛，却自认为得了阑尾炎。另一位数学家当妻子临产阵痛时，他手足无措，竟拿来热毛巾湿敷腹部，但却没忘记数学——准确地记录了宫缩的间隔和持续的时间。有的科学家文字叙述和口头表达的能力平平。X 射线的发现者伦琴是个伟大的科学家，但却是个平庸的教师。他讲课时，勉强能有几个人来听，但也不是大学生，而是那些专来瞻仰这位名家的人。大名鼎鼎的牛顿，平生缄默，即使参加重要会议也极少发言。有一次好不容易听到这位天才学者的声音，那是他请求关上会议室的小窗子。无线电发明家波波夫不会、也不善于用文字表达他的精辟的思想。还有一些医学家终身临床忙碌，慧眼丹心，手到病除，但却没有留下多少文字。正像一位年近八旬的老科学家所说的："很难的东西，我懂了；很容易的东西，我却不懂。"

尽管如此，我们依然对这些科学家怀有无限的崇敬钦佩之情。有缺点的战士，毕竟是战士。我们不能苛求科学家在时间、精力、条件有限的情况下，是个"百事通"、"万能者"。

不过，人们更希望科学家弥补自己的缺陷。

现代科学技术的发展给科学工作者提出了两个方面的任务：一是向科学的深度进军。这种科学研究是相当细致的，一个人可能几十年搞某个官能团或某个因子；另一方面是向科学的广度进军，开拓新的科学领域。近年来，各学科间的互相影响、互相渗透、互相作用相当明显，一大批边缘科学如雨后春笋般兴起，比如医学生物工程、遗传工程、分子生物学、细胞动力学等等。这种情况要求科学工作者有广博的科学知识和深厚的基础科学根底，以便掌握现代科学技术，把它引入自己的专业中来。如果仅仅停留在自己熟悉的学科范围之内，闭关自守，闭目塞听，这对我们今天的科学家来说确是相当可怕的，正像专家这个词的狭义所表达的那样。虽然要求通晓各门知识确实是苛刻的，也是难以做到的，但各行科学家相互学习、相互来往和协作则是不可缺少的。许多新思想、新创见可能在这种有益的接触中产生，有些研究也只有在这种合作中才能成功。

科学家是人民的无价之宝，磨砺瑕疵就更加珍贵。

母体与胎儿间的排斥和反排斥

生命现象极为复杂，生殖过程奥秘莫解。胚胎和胎儿是精卵结合的产物，其中有一半来自父体，对母体来讲，这是一个“外来物”。免疫学的常识告诉我们，机体能够机敏地识别“自我”和“非我”。对于异己的妊娠物，必然要引起母体强烈的排斥，正像脏器移植所遭遇的那样。但是，一个被排斥的“移植物”竟可以在母体内获得生存，并发育了 9 个月！生殖现象和免疫理论是如此的矛盾而又统一。人们或许不甚理会，其实这种排斥和反排斥的“斗争”，是相当激烈和耐人寻味的。

早期排斥——流产

流产的原因固然很多，但据病理学调查，流产中有 60%属于胚胎发育不良。发育不良的胚胎是迟早要夭折的，任何保胎药物都无济于事。但为何会发育不良呢？其中重要的原因可能是母体对胚胎“并无感情”，竟“毫不留情”地排斥！在进行异体组织移植时，由于供给者和接受者的组织不相容，引起急性排斥反应，使移植组织破坏、溶解、脱落。受精卵有时便会遭到同样的命运。这种母子的不相容性，在母子血型不合时，尤为突出。有人发现，在流产中，多数是“ABO”血型不合者。

这种排斥反应有时非常严重。作者曾经遇到过一位孕妇，每当她怀孕3个月时便发高热，很快胎儿就死亡、流产。胎儿排出后，症状顿然消失，连续三次皆然。

妊娠早期常见的恶心、呕吐，通常的解释是孕妇体内孕激素增加的结果，但也难圆其说。而作为母体的排斥反应却是恰当的，因为早孕反应可以很早，那时孕激素水平并不见得很高，而排斥常来势迅猛。严重的早孕反应有时必须要中止妊娠方能平息症状，这应算是母体排斥的“胜利”。

中后期排斥——中毒症

妊娠中毒症[1]的称谓已有数十年的历史，但并没有找到过什么毒素。水肿、尿蛋白和高血压是它的主要症状。重的发生抽风，叫作子痫。我们不妨也认为，妊娠中毒症的重要发病因素之一，就是母体对胎儿的排斥和母体处于异常的免疫反应状态。

试验证明，妊娠中毒症的病人免疫功能亢进，她们的血清中，免疫球蛋白水平显著高于正常孕妇。而且，妊毒症病人白细胞总数、白细胞中淋巴细胞（司免疫和排异职能者）比率均有显著增高，其程度与疾病严重性有关。这种反应的结果，可以导致胎盘缺血，胎儿生长缓慢，甚至死亡，从而完成对胎儿的排斥。

人体排斥异己的抵抗系统，是受遗传基因控制的，同胞姐妹间就有较大的同一性。美国医生杰斯里观察了206名妇女，妊娠中毒症的发生在有妊毒症家族史的比没有家族史的对照组高8倍之多，这将提供一个重要的免疫遗传线索。

①妊娠中毒症现今称妊娠高血压综合征，或妊高征。

反排斥——维持妊娠

绝大多数的胎儿并没有被母亲排斥掉，否则人类将无法延续。有排斥，就有反排斥，这是自然界的一个规律。

关于胎儿之所以能够抵御母体的“攻击”，可能借助于以下几方面：第一，胚胎和胎儿的抗原性不成熟，因此，所引起的母体的抗体反应并不都强烈。母体甚至产生一种“封闭抗体”，将妊娠物保护起来；第二，母体在妊娠期间，免疫反应和免疫监视能力低下，对外来物比较“宽容”，这却使母体自己容易遭到麻烦，感染、肿瘤可以伺机而起；第五，子宫是胎儿安身的最佳场所，故宫外孕极难长久；第四，胎儿和母体之间的胎盘滋养层起着“滤器”或是“屏障”的作用；第丑，胎儿本身也会产生一种白细胞，积极地抵御母体的排斥，美国和瑞典的研究者，已经在新生儿的脐血中发现这种抑制细胞。

那么，母子间的这种排斥和反排斥，谁个是强者呢？

反排斥的“失败”——分娩

当然，母亲是稳操胜券的。发动分娩是对胎儿的“总进攻”。

“瓜熟蒂落”。为什么到时候就会出现子宫收缩，引起分娩，以往有很多解释。但解释越多，说明问题越不清楚。我们不妨用排斥说解释之。随着妊娠月份的增加，来自胎儿的物质，过多地积于母体；母体产生的抗体也酝酿着巨大的力量，势必要发生强烈的反应，引起子宫的收缩，遂之迸力排出胎儿。此外，由于母体过多的免疫球蛋白和补体的沉积，造成胎盘的缺血老化，也可以是分娩的刺激因素。

母体对早期胚胎的排斥是相对容易的，而对 3 千克重、50 厘米长、活生生的胎儿的排斥却是困难的。于是，反排斥激起了更大的排斥。

当胎儿呱呱坠地的时候，谁又能说胎儿是“失败者”？他坚持了必要的 10 个月的“抵抗运动”，他赢得了独立生活的能力！

排斥和反排斥的利用——治疗和避孕

实际上，男性精子一进入女性体内，就已处于被排斥的地位。在某些不孕症（有人报告占 35%～49%）的妇女宫颈黏液和血液中有高涨的抗体产生。所以，现今试图人为造成妇女对精子的全身和生殖道局部的免疫反应，从而达到避孕的目的，这就是免疫避孕。绒毛膜促性腺激素刺激黄体产生雌激素和孕激素，维持胎盘发育。如若利用绒毛膜促性腺激素的抗体，阻断这种作用，则可避孕或者使早期胚胎夭折而流产。

由于免疫学的发展，使人们对妊娠期间的某些变化和疾病有了新的认识，如流产、妊娠中毒症等，从而提示我们采取新的医疗手段。

绒毛膜上皮癌是恶性程度很高的癌瘤，但它是由妊娠胚胎组织长出的，也是一个“外来者”，这就有可能引起“宿主”（病人）的排斥，这种排斥作用使得该瘤对抗癌药“如虎添翼”，这是化疗有效的原因之一。临床发现，增强免疫力，有可能使转移瘤自然退化。在这种肿瘤组织中有较多的单核细胞浸润，乃是奋力驱敌的“战士”。

企图从一个角度来解释复杂的生命现象是不可能的。然而，它毕竟不失为一种看法，这也是作者愿意提出以上论点的理由。

协和协和，我们的母亲①

这是一个纪念日，这是一个节日。

大凡生日，也是一种苦难。那是历史给我们的鞭挞和现实给我们的呼叫。

这个时候，我们会想起协和的历史，更会想起那些先生、师长们的闪光的名字：张孝骞、林巧稚、黄家驷、刘士豪、邓家栋、吴英恺……

正是"云山苍苍，江水泱泱；先生之风，山高水长"。他们的背影，正是协和的正面。科学文化、学术思想、服务精神的传承，就是协和的过去、协和的现在和协和的未来。

这个时候，我们念记协和的院训：严谨、求精、勤奋、奉献。

虽然它还不若清华校训"天行健，君子以自强不息；地势坤，君子以厚德载物"那样深刻，但也明晰地突显了医学及医疗的科学性和人文性：严谨、求精就是科学作风、科学精神；勤奋、奉献就是人文作风、人文精神。

我们从进入协和学习和工作开始，就是从感受协和、认识协和

①本文为作者在北京协和医学院建校 95 周年及中国医学科学院建院 56 周年大会上的发言稿。

到融入协和，并作为协和一分子，为践行协和精神而奋斗不息。

这个时候，我们会想起"211工程"、医院排序、重点学科遴选以及国家对科技创新的号召……

清华大学老校长梅贻琦先生说："所谓大学者，非谓有大楼之谓也，有大师之谓也。"

首先或者最重要的要有大师，当然是不错的，但是大楼也是要有的，装备也是要有的。"协和三宝"应该更丰富，信息化、数字化、人文化、基础与临床的转化也都是要有的。以此把握住时间、空间和方向。

这个时候，我们会有些恐惧和急迫。记得叔本华和斯宾诺莎都说过类似的话：没有希望就没有恐惧，没有恐惧也就没有希望。那是由于我们对协和充满了无限的热爱和殷切的希望。

最后，我想以一首歌的词意韵吟咏如下：

一天又一天，一年又一年，
你是我们的根，我们的向导。
你的培育，你的力量，
使我们成长，一直向前远航。

谢谢！

第三部分　秋天，丰收的季节

尽管医学的起动是原始的、落后的，甚至是自然性的、不自觉的，如对出血的局部压迫、病灶的烧灼、针砭等。但救死扶伤毕竟始为人性善良的体现，进而成为文明社会的一种责任。所幸的和可喜的是大多数中国医生能忠于职守、勤于奉献。

医生与朋友

医生可以有很多朋友，可是和医生交朋友很难。

医生没有和朋友聊天的习惯。即使参加聚会，也通常要迟到；朋友约他吃饭，要么早退，要么席间溜号，说是病人有事，医院呼叫。对于朋友的发财、提升，他并没有多大兴趣，似乎还没有他的病人是否发烧、术后有无排气更重要。人家是舍身为朋友，而医生是舍朋友为病人。你去找医生，十有八九要落空：在门诊，他没空出来；在实验室，他不能出来；在手术室，他无法出来。就是想去他的医院看病，给你搞个号就不错了，休想让他陪你跑前跑后。医生可以收到病人或家属一沓一摞的名片，其中不乏大官、大腕、大款，可他很少去理会。他很少给你名片——找医生有什么好事！别人道别说“再见”是想再见，谁愿意跟医生再见？医生生活枯燥，兴趣索然，除了那点医学，不知道还能想些、说些什么……

所以，别跟医生交朋友，医生朋友不好玩。

可是，医生自有医生的哲学。至少他对朋友坦诚、真挚，也是一种职业本能。他少有势利，无论年迈的、贫穷的、丑陋的，他不会嫌弃与计较，因为他善于透视生命，尊重人性与人格。他不太在意别人对他的态度，冷暖或亲疏，譬如今天千恩万谢，明天忘之脑后，甚至翻脸不认。因为他能深刻理解人的本质，甚至细胞和基因，他太了解人的理性与理智、情感与情绪的缺陷了。医生的宽容、友爱、仁慈和善良是其他职业者无法比拟的。医生也会调皮和幽默，在餐桌上，他大讲心肝脾肺，全然不顾医学局外人望着肉食菜肴而目瞪口呆，自个依然朵颐大开、甘之如饴。不过，他会告诉你防病的秘密、减肥的利弊、“干净”与“不干净”的科学界限。医生很少求人、麻烦人，喜欢淡如水的君子之交，也并非是自命清高，有时也是求人无觅处。朋友真遇有急事、要事，特别是涉及看病治病事，他可是雷厉风行、分秒必争，而且帮忙到底，还要“追随”结果。

如此看来，交个医生朋友也不错。

真情无价

情　颂

真情是什么?

真情是人与人之间互敬互助、相亲相爱的情愫，是人类特有的感情。真情是人性中的真善美，是给予、是友善、是宽容。

真情让环境和美，促世风昌正，让人心舒静。真情是人际关系正常化的基石，是社会健康发展的保证。

真情如山高、似海深，像宇宙般宽广无垠、无所不容。亲情、爱情、同情、友情，以至“人在深情在，人去情更浓”……一切美好的情操、情意，尽在其中。

遗憾的是，现实生活中不时还有官气十足、装腔作势、沽名钓誉、两面三刀、尔虞我诈、贪婪、势利、欺蒙等薄情、负情、虚情、无情……让人不能无动于衷。

情　价

阿甲住院。无大病，检查身体而已。探视者络绎不绝，病室内鲜花如云、礼品如山。子女亦颇孝敬殷勤，每日必至，主要任务是转移疏散馈赠物，真情何其深厚耶?

阿乙住院。急腹症，旋即入院开刀。翌日，电话不断，并有数人直接找医生，言称多关照，请及早收入院、尽快做手术。答曰已入院、也手术。来电、来人乃强调，告诉病家，我们已关照过及早收入院、尽快做手术。医生许诺，似解非解：真情何以如此急切矣！

阿丙住院。病情危笃，已近弥留，来者日渐稀少。据悉老人儿女成群、弟子上千，此时不知去何处，只有一对学生日夜轮流守护，甚为尽心。想必二位在学期间备受师长青睐？男的说，20年前老师常批评我，“文革”中我曾打击其头；女的说，那时我在大会上批判羞辱他……真情竟是这样转换乎？

阿丁住院。外地来，无关系、无后门，但病情复杂。入院月余，惟老伴相陪，日间照料，夜宿车站。医生常解囊资助，护士也将自家饭菜带来送给病人，病情有所好转。一日晨，护士巡视，见其床位上空空如也，病人已于夜间逃之夭夭，不仅病员衣服未脱，连医院毛毯也裹挟而去。众人愕然，因为他们看上去极为老实厚道。真情价几何哉！

秋天，丰收的季节①

北京的秋天，天高云淡，分外宜人。在秋季的一个傍晚，著名科普作家高士其应邀来到林巧稚教授家做客。

那天晚上，我们与摄影工作者姚经才、钱松如相约，一同去参加这次会见。

林巧稚，这位被誉为中国妇产科泰斗的女教授，1901年生于福建鼓浪屿，迄今乡音尚浓。她1921年只身一人离乡背井，考上了北京协和医学院，走上了从医之路。她热爱妇产科工作，60年如一日，把毕生精力和心血都贡献给病人。有人说，林老一生的重要作品，就是从她手中出生的千万个生命。在座的摄影工作者钱松如的大儿子，就是林大夫接生的，今年已经38岁了。林大夫听说后很高兴，但也十分抱歉，她已经记不得了。谁也无法准确地回答这样一些数字：林大夫接过多少生，治疗过多少病人，教出了多少个学生。但她的病人却牢牢记着林大夫。她的学生也未能忘记林大夫把着手领他（她）们向医学高峰攀登的情景。

时近8点，一阵汽车声响，高士其来了。高老今晚兴致很高，

①本文系作者为高士其和林巧稚所作的会见记。

一进门，就与林大夫频频握手。落座以后，他就把一张报纸递给林大夫。这是他特意带来的一份礼物，在汽车上，他亲自拿着，视为珍品。原来这张报纸有整整一个版面，都是谈21世纪应当消除的危害人类健康的各种疾病的问题。高老希望，医务界都应当往这个方向努力。林大夫当然同意这个努力方向。他们共同的意见是，要实现它，就必须不怕挫折，走曲折而漫长的道路。谈话之间，老姚聚精会神，为这两位名人摄影留念。

高士其谈吐困难，但近来手书很下功夫，一天要艰难地练写两三页呢！这时，他用颤抖的手，写下了一行字："提高护士的政治地位。"林巧稚看后甚表同感，她赶忙写道："大夫不能离开护士的协助。"以示响应。她对在座的科普作者说："高老的意见很对，护理工作在医疗卫生事业上的重要作用，是不可忽视的。应当重视护士的工作。"她又告诉大家，护理学会的负责同志，正在为提高护士的政治地位和改善护理工作而进行积极的努

力。林老和高老预祝护理学会的努力取得成效，并希望护士同志们在“四化”建设中做出更大的贡献。

这两位德高望重的科学家，都是福建人，又都担任中华医学会科普工作委员会顾问，但除在一些重要会议上见面以外，互相交往访问，这还是第一次。这从高老的表情和艰难地发出的一个个音节，可以看出，这次到林大夫家来访问、交谈，他是多么高兴！他又握笔疾书“祝你健康与长寿”七个大字。大家看后，频频颔首，林老更是笑得合不拢嘴。她挥笔写下了祝愿：“更希望您为科学工作开辟宽阔的道路！”两位老人互相勉励，要为祖国的建设事业多做贡献。这时，高老让家里人取出他刚出版的《高士其科普创作选集》，赠送给林大夫和在座的同志们。当林大夫接受这富有纪念意义的礼品时，感慨地说：“像高老这样受病魔折磨的人，尚且不遗余力，为科普工作做出这么多贡献，我们更应当加倍努力了！”

林老主编的《妇科肿瘤》，长达40万字，最近刚刚定稿。她还要指导研究生，并且正在着手筹建我国第一个妇女保健和妇产科学研究机构——妇产科研究所。

话题谈到人口控制问题时，林大夫颇为感慨地说：“计划生育是关系到千秋万代的事。这件事必须充分重视，我国已经抓得比较晚了，要是早抓几年，情况可以比现在好得多。不过，现在好好抓一抓，也还来得及，最近几年的情况就比以前好多了。人口控制不好，会使很多事情落空。”林大夫特别强调，加强计划生育宣传工作的重要性。使广大群众都懂得它的道理，主动要求计划生育，事情就好办了。高老以十分清晰的声音连连回答：

"对，对！"表示对林老意见的赞同和支持。

两位科学家从科普工作又谈到三年前他们一起会见北京市青少年时的情景。当时他们和几位科学家坐在主席台上，台下都是朝气蓬勃的青少年学生。高老即席写出一首鼓励青少年向科学进军的诗篇。林大夫在讲话中说："倘若有人问我春天在哪里，那么，我就回答说：'春天就在台下边！'"说到这里，在座的一位同志说："春天也在我们这里！"高老像孩子似的咯咯大笑起来，林大夫也异常开朗地笑了。这时，全场爆发出一阵热烈的掌声。

中国医学科学院宿舍的院子里，今晚是多么静谧。林宅传出的朗朗笑语掌声，在融融的月色中荡漾开来，飘向碧蓝如洗的夜空……

忆林巧稚大夫二三事

我们默默地站在林巧稚教授的遗体旁边，低低地垂下了头……她的面容如同往常一样安详，像是在凝思。她，满头的银发、清癯的脸庞、劳瘁的心脏。我们也如同往常一样聆听她的教诲：怎样做医生、怎样做人……

作为医生，我们总以为治好了病，就是救活了人，该算是尽职了。可在林大夫看来，这恐怕只对了一半。“人不是机器，病人不等于出了毛病的机器，人有思想、有感情、有家庭、有亲人。”有一位病人怀孕3个月，发生子宫出血，经检查诊断是宫颈癌。按一般处理办法，不仅孩子不能保住，还要立即切除子宫。这对病人和她的家庭是多么巨大的不幸！病人转到林大夫那里，她审慎地诊视了病情，她为病人想得很远、想得很深，决意在严密观察下将这次妊娠继续下去。经过6个月的悉心诊治，孕妇平安，胎儿成熟，林大夫为病人做了剖腹手术。“大人好，孩子好，一切都好。”林大夫舒心地笑了，病人、家属也笑了——这才是治病救人啊！

林大夫经常跟我们说：“有时你开了刀，救了她的病，但她并不快活，她得到了生命，却失掉了幸福。医生不能只为治病而治病，我们要为人民的健康和幸福而工作。”这就是林大夫的心。她把每个病人都当作自己的亲人，把每一个孩子都当作自己的儿女，为他们焦虑，为他们操劳，同他们一道经历痛苦的折磨，同他们一道享受幸福的欢欣。邓颖超同志曾经说：“林大夫不是一般的大夫，她对病人有一股特别的吸引力。”我想，她对病人深切的同情和关怀，病人对她真诚的信任和寄托，就是这股吸引力的来源吧。

谁都知道，林大夫在病人中有一种神奇的魅力。不是吗？手术前的病人顾虑重重，愁肠百结。林大夫来了，她检查了病情，安慰几句，病人的疑团云消雾散；产妇在待产室折腾不已，林大夫来了，她摸摸胎位，听听胎心，为病人擦擦汗，拉拉手，产妇破涕为笑，产程居然也加快了；遇到疑难重病人，连比较有经验的医生也难决断，林大夫来了，她的几句话会使人顿开茅塞……她不是神医，但她经验极其丰富，学识渊博，观察敏锐深刻，动作简捷准确，谁人不为之钦羡、景仰！临床医学是一门特殊的应用科学，医生是一种独特的职业。对于病人只怜悯是不够的，还必须有为他解除病痛的能力；而且有技术也是不够的，

因为有些疾病是单凭技术解决不了的。林大夫是医生的典范，是把理智与感情、把高尚的医德与精湛的医术结合起来的典范。我们会从她在病人面前的一举手、一投足、一启齿中，看到这种结合的完美体现。

林大夫心地如水，清澈可见。她虽饱经沧桑，但稚童般纯正的心一尘不染，她不为世俗所惑，有时近乎天真。她常在医院附近的副食店买些蔬菜水果之类，安然排在队里。售货员、顾客都认识这位辛苦的老人，请她提前买货，她总是摆摆手，谢谢人们的好意。有时排上半个小时，东西卖没了，她莞尔一笑，悄悄地走开了。她在晚年记忆并不算好，时常会把眼镜、扇子、钢笔等丢在病房，同志们为她收起来，等她想起来，大家便开玩笑地说："主任，得拿巧克力糖来换。"过后，她真的把糖拿来了。"馋嘴的孩子！"她说。我们品味的又何止是糖呢！可是，谁要是不把工作做好，她也会狠狠地批评一通，甚至会发脾气哩。

林大夫尊重同龄人，爱护后辈。我想起了她给我们讲的一件事：50年前，林大夫在英国伦敦进修学习。有一次，她去参加一个学术报告会，人生地不熟，走了好久也找不到会址。她问路，路人总是回答"往前就是！"等她赶到会场，却已快到会议结束的时间了。林大夫苦笑着说："也许我的口音别人听不清。不过，我吃了苦头，却养成了一个习惯——此后，凡是有人向我问路，我定要指点个明白，有时还要陪着走几步。"问路与指路本是生活小事，却有一番做人的哲理。林大夫想着的都是别人，"自己的活是为了别人更好的活"。向她求教问题，她是从不厌烦，从不敷衍的。在科学研究上，她同样耐心地给学生和助手指路，她的思路、她的提议、她的支持，甚至她的失败，奠定了一项项科学研究成功的基础。学生和助手科研取得了成绩，她高兴欣喜，却从不为自己计较分毫。她说，我只是为你们“垫垫肩、铺铺路”。

林大夫过世了，她为我们留下了什么？无法估价。病中，有人问及：“林老，您接过多少生?”她喃喃地说：“千——千——万——万。”她给后人留下的宝贵的精神财富，却是千万个数字也难以回答啊！

妇女的保护神[①]

今年9月中旬，我们举行了北京协和医院建院70周年的庆祝活动。无论是白发苍苍的前辈，还是风华正茂的中青年，大家都在谈论林巧稚——她是协和的象征，她是协和的光荣！

的确，人们始终在怀念这位卓越的医学家。半个世纪以来，林巧稚的名字家喻户晓，她的事迹有口皆碑。一个医生享有这样的尊崇和殊荣是颇为少见的。诚然，她当之无愧。

我们都清楚地记得：林巧稚正是1921年进入协和医学堂的。1990年10月，邮电部发行了林大夫的纪念邮票，人民大会堂里一片庄严热烈；今年的12月23日，是林大夫诞辰90周年日。虽然她已谢世八个年头，一首诗却表明她的生命在无限延续：

……她亲手接生的孩子，又有了孩子，或孩子的孩子；

她亲手培养的学生，又有了学生，或学生的学生……

①本文系作者为纪念林巧稚大夫诞辰90周年而作。

追求真理　魂系中华

林巧稚大夫是从旧中国过来的知识分子，青少年时代受基督教的影响颇深，她曾以“仁慈博爱”、“乐善好施”为信条，“不为良相、便为良医”为志愿。

林大夫的信奉也许并不为错，但是旧中国的黑暗与苦难、战争与动乱，一个医生所为实在微不足道，她所施行的仁术也被限制在一个狭小的范围。林大夫对此的感受是非常深切的：1941年太平洋战争爆发，协和关门，林大夫一面在东堂子十号挂牌看病，一面到中和医院（现北医人民医院）上班，还要去北大任教。行医不过是维持生计，而通过接触底层百姓，才使她理解什么是真正的疾苦。

新中国成立是一个划时代的变化，林大夫正是从这一变化中看到了祖国和事业的希望，以满腔的热忱和勤奋的劳动投入到共和国的建设。1955年，她成为中国科学院第一批，也是唯一的女学部委员；1959年，她被任命为中国医学科学院副院长，北京妇产医院名誉院长；她还是人大代表、人大常委、全国妇联副主席等。

她能为国家参政议事，为制定婚姻、妇女劳动保护等法规筹划陈言，能组织大规模的防治宫颈癌普查。理想变成了现实，弱者变成了强者。一个女医生所追求的真理，所走过的道路告诉人们，只有把自己的志愿与国家、民族的命运结合在一起，才有出路。林大夫说得好：个人奋斗的力量是渺小的，党、祖国和人民才是力量的源泉。

林巧稚大夫较早接受西方教育，自幼思想活跃，她出生在福建厦门鼓浪屿，父亲是英文教师。考入协和后，可以说受的是美式教育，1929年毕业拿的是纽约州立大学的文凭。1932年林大夫到英国伦敦和曼彻斯特进修，1933年去奥地利维也纳，1939年去美国芝加哥大学医学院学习。她多次辞退居留海外的重金约聘，坚持回到祖国母亲的怀抱。1949年，有人送来了飞往大洋彼岸的机票，她莞尔一笑谢绝了。她的思想也许很质朴，只是想为自己的姐妹同胞效力，为改变民族的迷信与落后尽责。“这大概是我的一种责任感，一种难以割舍的眷恋……”她曾这样深情地回答。

而当她代表新中国出访的时候，那种自豪与骄傲又是从未有过的。1953年林大夫赴维也纳参加世界卫生会议，访问苏联、捷克斯洛伐克。1972年出访美国、加拿大。1978年去西欧四国。“新中国成立前，我搭乘邮船，一叶孤舟漂洋，不胜凄凉。而今，前面有五星红旗引路，后有八亿人民相依……”这是她激动的心声。

从1973—1977年，林大夫被世界卫生组织研究顾问委员会（这是世界范围的最高级卫生顾问团）聘为顾问，出席此间一年一度的会议。她坚持医学发展和援助的正确方向，维护国家与民族的尊严和利益，表明了她的伟大的爱国主义思想。她的教育背景很“洋化”：流利的英语、某种习惯；她的行为很“中式”：始终留发髻、着旗袍、穿布鞋。在外国人眼里，她是一个彬彬有礼，却又令人有些敬畏的中国老太太……

预防为主　实践第一

林巧稚大夫的医学思想是值得研究和纪念的，其哲学内涵已不仅仅在于医学本身。

林大夫非常重视预防。她常说，妇产科，特别是产科的根本是预防，是医疗保健。“妊娠不是病，妊娠要防病”是她的一句名言，是她对妊娠保健的深刻见解，也是我们近年来发展较快的围产保健工作的认识基础。

20 世纪 70 年代，有一度产前初诊（即孕妇的第一次全面检查）拖到妊娠 7 个月才开始，林大夫得知后，非常生气。她认为，让一个孕妇有了问题，已经感觉不舒服才来找医生，这是产科医生的耻辱！她告诫我们，一个只会处理难产、而不会去预防难产的产科医生，其责任已经丢掉了一半。所以，她强调产前检查应该再提前，最好从妊娠一开始便享受保护，定期检查，严密监护，确保母子安全。

1975 年冬，在不到 1 个月的时间里，从郊区某县连续转来了

5 个先兆子痫和子痫的孕妇，其中有一位孕妇抽搐频繁发作，胎儿已死于宫内。林大夫对此十分震惊、焦虑。“产科质量太差了，这是对妇人和孩子不负责!”她急不可待地写信给那个县的卫生局，让他们抓一抓孕期保健。

普及医学科学知识是贯彻预防为主方针的重要组成部分，所以林大夫十分重视科普工作。她著文、演讲、接见妇女和青少年，到门诊、病房，做面对面的宣传。1965 年，她参加中国医学科学院赴湖南医疗队，在湘阴县巡回医疗 4 个月。根据农村基层的实际情况，她编写了《农村妇幼卫生常识问答》——一个最高权威专家亲手编写的最通俗的科普读物，用心何其良苦！以后，她又主编了《家庭卫生顾问》《家庭育儿百科大全》，这些都是深受广大人民群众喜爱的畅销书。无论林大夫走到哪里，都会有人认出这位满头白发、慈祥可亲的老人，向她致意，向她询问，她都会耐心地回答和解释。她每天都会收到不少来信，她都认真阅读、认真回复，她与姐妹同胞心心相通。

林巧稚大夫强调的另一个观念是实践第一，这对于有着显著应用科学特点的临床医学尤为重要。她认为，一个临床医生绝不要离开病人。林大夫经常说，医生的对象是活生生的人，他们有思想、感情、有社会和自然条件的影响和反应。看病不是修理机器，医生不能做纯技术专家，不要只凭数字报告下诊断开处方，要到病人床边做面对面的工作，悉心观察、关心照顾病人。

一生辛劳　无私奉献

也许很少有人像林巧稚大夫这样辛劳：她勤勤恳恳地工作了

几十年，做了一辈子的值班医生。到八十高龄，在病中、在梦中，还在想着接生，想着妇女和儿童……

及此，我们应提起她的家，她的电话。

林大夫终生未婚，孑然一身，不停忙碌。医院和病房就是她的家，她的办公室就在产房对面，产妇的一声不寻常呻吟，她便会敏感地听出来。外出开会回来，她首先要去看的是病人。她还有个家，在东单的一幢小楼上。但与其说这是家，毋宁说是暂时逗留歇息的地方。

就是在这个家里，一部电话还是始终连着妇产科，几十年它一直牵动着林大夫的心。我们都知道林大夫的脾气，她喜欢别人向她请示商讨问题，厌恶自以为是。打电话过去，她从不厌烦，从不敷衍，总是仔细询问，给予具体指教，有时觉得情况不够清楚，便撂下电话，赶到医院来，无论盛暑严冬、刮风下雨或是深更半夜。她还喜欢你把处理的结果告诉她，否则她会一夜睡不好。

这就是我们的林大夫！人们信赖她，崇敬她，因为她有丰富的经验、高超的技术，还因为她对病人无限的爱和关切。当实习大夫的时候，她就知道为产妇擦擦汗、拉拉手，是一种不可低估的力量；个人开业时，她将钱偷偷放在贫苦产妇的枕下；成为著名专家，她还是愿意摸摸病人的头，掖掖病人的被角……她的一启齿、一举手、一投足都体现了对病人的深切的爱，这种理解和同情就是一种神奇的吸引力！林大夫的心，是一颗真正母亲的心！

一位记者曾对我说，当他和林巧稚作了一次长谈后惊奇地“发现”，这位老人依然心地如水。林大夫对求医者一视同仁，更体谅孤苦与危难；她一生清廉，不图索取，甘愿奉献。

1970年底，科里收住了一位山东来的老大娘，巨大的腹部肿瘤像小山一样，两个小孙儿竟然可以围绕捉迷藏。病人比林大夫小一岁，亲切地称林大夫为大姐。林大夫和大家一起研究手术方案，成功地切除了肿瘤。老人给林大夫捧来家乡的花生大枣，林大夫却不知如何是好。第二天，林大夫给老大娘送来了她想吃的煎饼——我至今都不知道林大夫跑了多少路、从哪里买到的……

林大夫的故事是讲不完的。科里每年12月都要开纪念会，新来的医生要认识已经故去的老主任。她的一幅油画是美国妇产科教授费利普斯请一位美国画家画的，放在我们的教室里——她永远是我们的先生。

林大夫逝世以后，遵照她的遗嘱，一笔资金给了幼儿园的孩子，一部分留作奖掖有作为的青年医生基金。她的遗体供医学解剖，骨灰撒向大海。一个完全无私的人！

她留给我们的是伟大的精神。一位妇女的保护神，永远激励着我们，永远保护着我们……

一代宗师，医界楷模

宋鸿钊教授以其近60年的医学实践及研究，为妇产科学的发展建立了不朽的功勋，为后来者树立了光辉的榜样。

宋大夫的大剂量化疗治疗绒癌，在20世纪60年代初已见成效，卫生部组织鉴定时，专家云集，非常认真。当时，我刚到协和，那些须仰视才见的柯应夔、林元英等大教授令人钦羡，他们和宋大夫很友好，但检查、要求却十分严格，甚至近乎苛刻。每一份病历都要查阅，亲自检查随诊的病人，宋大夫则能对每一例了如指掌，报告得如数家珍。因为每一例都倾注着他的心血。为了观察化疗副反应，他几乎是泡在病房里，血象抑制和恢复的曲线就是这样严密观察、检验绘制出来的。宋大夫总结的绒癌脑转移的病程进展，连病人说话不利落、吃饭筷子掉了这样的细节也不放过，提出早期诊断的忠告。所以，过硬的材料、细致的工作和科学的结论让专家们心悦诚服。

宋大夫可以称得上妇产科的“全能冠军”。早年他在苏州、上海行医，有非常精湛的产科技术，他曾给我们讲过在船上接生助产的故事，使人想起“枫桥夜泊”“江火钟声”的意境。他的手

①此文系作者为追忆恩师宋鸿钊教授所作。

术很漂亮，他的视力不很好，但剪腹膜时推动剪刀如裁布，到膀胱附近戛然而止，恰到好处。其手术绘图如素描一般，很细腻。他曾想编手术图谱，可惜未能如愿。避孕药减量是他对计划生育的重要贡献。后来他集中全力攻克绒癌，但对其他癌瘤也十分关注。如对子宫内膜癌晚期转移的病例他都有成功的经验。近20余年，我们重点研究卵巢癌，常常请示他的指导，关于用药周期、耐药防治等，他的真知灼见给了我们很大帮助。我们编撰了《卵巢癌的基础与临床研究》一书，他热情作序，对恶性生殖细胞肿瘤保留生育功能的治疗，则是直接借鉴他关于滋养细胞肿瘤保留生育功能的医学思想。

宋大夫于学会、杂志工作与学科发展上功勋卓著。半个世纪以来，他是主持全国妇产科学工作时间最长的一位。开始他辅佐林巧稚大夫，做秘书，处理很多具体事务；以后他担任学会主任委员、杂志总编辑直到20世纪90年代。当时开会审稿都是利用唯一的假日——星期天，无报酬可言。为了将双月刊改为月刊，

宋大夫等跑了几年才得以实现。开始搞中英文摘要，作者缺乏经验，每一篇几乎都是宋大夫和吴葆桢大夫重新编写，可谓呕心沥血。宋大夫高度近视、晶状体混浊（后来到天津医科大学眼科中心换晶体，那晶体已如不甚透明的松胶），视力很差，看到他将稿子几乎贴到眼睛上，或伏案低垂着头，日复一日，年复一年，始终辛劳不怠、耕耘不辍，令人景仰、催人奋进。

宋大夫是位忠诚的、诲人不倦的医学教育家。大家都愿意聆听他的讲授，为了推行他的绒癌诊断治疗经验，他走遍了全国20余个省市，举办学习班、研讨会、专题讲座。他的讲解细致深入，循循善诱，如静脉点滴化疗如何严格掌握速度、时间，甚至连输液最后怎样注意将瓶底和输液管中的药液不浪费，确保剂量准确，都一一交代清楚。每次讲演完毕，总有众多医师围拢过来请教问题、咨询病例，宋大夫从不懈怠敷衍，甚至对来信也认真作答。

宋大夫是我们非常尊敬的恩师，在相当长的时间里，宋大夫、吴大夫和我三人同行，人称“老中青"，去开会、去讲演、去手术。宋大夫虽然不亲自上台，但他的指导总是切中要害。记得有一次，癌瘤转移大出血，我和吴大夫想了好多办法都不奏效，老先生略加指点，果然立竿见影，我们称他是“掌门人”。他想办法，用和美国国立卫生研究院（NIH）合作得到的一些经费支持我们出国进修，带我们去日本、新加坡、瑞典等参加国际会议，经受训练。最难忘的是1996年，他被授予英国皇家妇产科医师学院院士，我和杨秀玉大夫陪他前往伦敦。他虽已近耄耋之年，但精神矍铄，思维敏捷，在受聘仪式上，院长介绍了他的创举与业绩，台下一片肃静庄严，我们从心底里产生一种自豪感。在晚上举行的盛大宴会上，宋大夫谈笑风生，展示了中国杰出科学家的风采。

1992 年吴大夫病逝后，我回科做主任，和宋大夫同在一个办公室。他把原来他用的林大夫的桌椅让给我，有点诡谲地说："这套桌椅好！"我当时想"老人可真有意思"，也是用心良苦矣！我有机会经常听宋大夫指教，我发现他是烈士暮年，壮心不已。他关心学会工作，杂志工作，科室工作；更关心医疗卫生事业的改革和发展。关于很多全国医疗卫生事业的情况、数字，他熟稔详尽，使我了解学习很多。平时自己不甚关心，想来颇为惭愧。

宋大夫走了，巨星陨落，呜呼哀哉！我曾写过一帧"传道、授业、解惑"的条幅赠给宋大夫，那是我们众多弟子的由衷景仰和谢忱，但愿它伴宋老西行，以慰藉他伟大、仁慈的灵魂！

良师益友①

我们对癌瘤的态度是殊死搏斗、锲而不舍。用尽最后一分力量，治到最后一分钟。

——吴葆桢

吴葆桢大夫在病榻上和癌魔搏斗了半年，终于不克。1992 年 3 月 3 日 9 时，心电监视示波无情地拉成了直线……

1991 年 3 月，我们还在沈阳做了一台 8 小时的卵巢癌手术录像表演；5 月，他在济南主持全国妇产科学术会议；回北京后便夜以继日地准备 9 月在新加坡召开的国际妇产科学术会议的论文，连医院里组织的查体也忽略了。直到 8 月下旬，他发烧、咳嗽、声音嘶哑，才被劝说去检查，发现了肺部团块。住院前两天，还主刀手术。看到他气喘吁吁、满头汗涔的样子，大家安慰他说："吴大夫，您太累了，好好休息一下也好。"这位著名的肿瘤专家心里自然明白，他莞尔一笑道："我每天抽烟两包，共 40 年，这个'指数'恐怕在劫难逃。"

①此文是作者在吴葆桢教授 1992 年 3 月 3 日逝世后发表的悼念文章。

半年来，他接受了手术、化疗，还用了不少土、洋偏方，都没有回天之力了。他也没有休息好，始终在惦记着他的事业、他的病人。他和宋鸿钊教授等根治绒癌的工作，获国家科技奖和陈嘉庚基金奖，今后怎样再提高，他在想；关于卵巢癌淋巴转移的研究2年前也获了奖，怎样继续攻克这个堡垒，他在想。他有一句名言："我们对癌瘤的态度是殊死搏斗、锲而不舍。用尽最后一分力量，治到最后一分钟。"就是这样一位治癌的勇士，居然被癌瘤夺去了生命，像是一位将军倒在沙场！

来看望吴大夫的人络绎不绝，是同道、是朋友、是病人，送来的鲜花终日不败。我挡不住这么多诚笃热心的人们，杜姐①不得已亲笔张榜谢绝探视，但还是有不少朋友从外埠赶来探望，新加坡的小蔡专程来看救了她命的恩人……

人们都说："吴大夫，你好好休息。"可是，这个时候，我陡然地感觉到，没有了吴大夫，我们的手术台、我们的病房、我们的学术会议、我们的生活里，会失去多少真知灼见、多少幽默情趣、多少风趣乐事……他只有62岁，他本可以救

①杜姐，著名京剧表演艺术家杜近芳，吴大夫夫人。

活比这个数字多几倍、几十倍的病人！

他常说："吾生三件快事：一是操刀手术；二是坐下来写文章；三是与朋友饮酒聊天。"我知道，那饮酒聊天实在是他枯燥辛苦、夜以继日的工作的些许调剂罢了。

多年来，我把吴大夫作为自己的"传道、授业、解惑"的良师，"相知、相敬、相助"的益友。他竟然去了……我眼前又显现他气喘吁吁、满头汗涔的脸，我只能唏嘘哀叹："吴大夫，您好好休息吧！"

吴葆教授，吾师吾友，仙逝去矣。治癌勇士，却被癌伤，痛哉斯人。哽咽成句，以志哀殇。

六十春秋，学贯中西，名扬海内外。治癌斗魔，救死扶伤，恰是将军鏖战在沙场。

无数日夜，融会今古，论著等身长。调侃谐趣，斯世同怀，毕竟赤诚风动驻人间。

高山仰止，景行行之[1]

一直以来，. 我们都把苏应宽教授、江森教授，或尊称苏江二公视为两面旗帜。不只是山东的，也是全国妇产科学界的；不仅是年长一些、熟悉他们的，也是年轻一些、不太熟悉他们的。

他们学识渊博，学贯中西；医德高尚，经验丰富；论著等身，桃李天下。

更令人感佩的是，他们和蔼可亲，平易近人，谦谦君子，款款大家。

还让人钦羡的是，他们同省、同市、同一所大学，却彼此感情诚笃，友爱和谐；相互尊重，不争伯仲。这在当下浮躁日盛、功利不让、物欲横流、人心不古之时尤为难能可贵，堪称楷模。

我们对苏江二公高山仰止，景行行之。

江公更有特性：他睿智深刻，却坦诚诙谐；他极富见地，却从善为流；他当然是长者、智者和大师，却顽皮、乖巧，有时像是孩童。

一位哲人说：阅读童话，会发现成人倒是幼稚、可笑和低

①2010 年江森教授九十华诞，作者为之所作贺词。

下的。

阅读江公，像是面对思想的铜镜，应该有心灵的拷问……

因此，当我们为江公的九十华诞庆贺时，不仅有学术的学习和讨论，也应有人文的学习、反省和讨论。

协和与齐鲁的友谊和合作源远流长，因为有苏应宽、江森和宋鸿钊、吴葆桢，他们都是我们的师长和朋友。我们不仅要学习、发展他们的学术和技术，更要传承发扬他们的思想和精神。

我们怀着庄重、敬仰和虔诚参加这一盛会，必将获得丰硕、珍贵而难忘的收获——因为这里是孔圣之地，泰山之山巅。

话 说 协 和

在北京繁华喧闹的王府井大街旁侧，沿帅府园向东，有一群令人瞩目的中国古典宫殿式建筑，绿琉璃瓦覆盖、汉白玉围栏、雕梁画栋，无不使人感到一种庄严和肃穆。这就是清朝豫王府旧址，后由美国洛克菲勒石油大王投资修建的北京协和医院。

今年9月恰值协和医院建院70周年。

人们，无论是在这里看过病还是没有看过病的，也许都会油然而生一种想法：协和医院与其他医院有什么不同呢？今天的协和与老协和又是怎样的承袭与区分呢？当我们在为她做七十庆典的时候，更促使我们去作一番历史与现实的思考。

浓厚的学术空气　严格的规章制度

协和医院不仅是医院，也是学府，是中国协和医科大学的临床学院。这里浓厚的学术空气，多半来源于她的传统。

每周三下午的学术活动常常是安排得满满的，雷打不动。有成果报告、综述讲座、新技术新进展介绍和病例讨论等，还有请国内外著名学者做报告或学术交流以及研讨班活动。在通知栏里，大家可以看到这些活动的海报琳琅满目。它常常吸引许多市内其他医院的同道。

协和要求她的每个医生做到理论与实践相结合，注重总结经验。内科大巡诊是把二者相结合的很好体现。据老一辈协和人说，早在 20 世纪 20 年代内科大巡诊就已实行了。它历来都郑重其事，先要选择较复杂和疑难的或是罕见的病例，或在诊断和治疗中不易解决的问题，或有某种新的经验教训值得重视和汲取等。参加者从实习大夫到主任、教授，济济一堂，颇为庄严。报告病例要非常流利准确，包括各种化验的结果。医师们的发言有理有据、有争有辩，百家争鸣、集思广益。主任的综合和卓见，使每个人受益匪浅，又促进大家去学习、去思考。这些大查房的记录都还完好地保存着，多少年，一本本，尽管纸已变黄、角已磨残，但年轻的医生们还是愿意翻阅它，其中领略的已绝不是病例本身……

协和的历任管理者都知道，仅仅造成一种气氛是不够的，还必须有一套严格的规章制度。老协和的规矩是很严的，它包括老师对学生、上级医师对下级医师、护士长对护士；还包括各种职责、工作制度、技术操作规程，旨在保持“协和标准”。协和的训练严格，实习大夫除协和医科大学的八年级学生外，其余是从全国部分重点院校挑选的优秀者。住院大夫是从实习大夫中遴选的，然

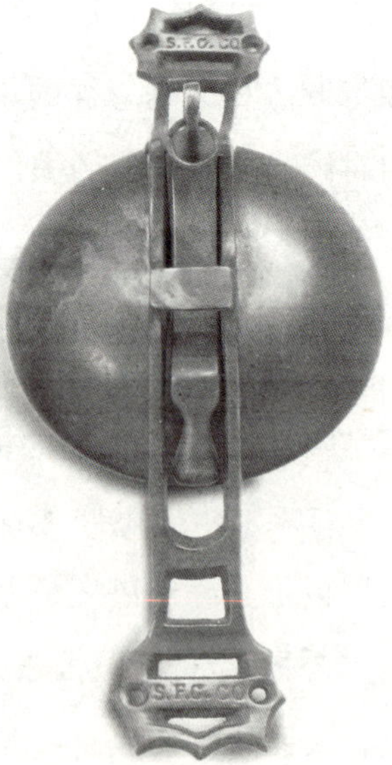

后经历低年和高年住院医的锻炼，总医师是富于竞争性的角色，主治大夫要经过严格的考核方可中的。老协和是一年一度的聘任制，每年有1/3被停聘，可见竞争之剧。而要逐级上升至“宝塔尖”，不“苦其心、劳其髓”，则绝难达到。

老协和的不少规章制度一直被作为“样板”和标准被其他医院所效法，“文革”中曾以“繁琐哲学”、“形式主义”遭到批判。其实，这些规矩是科学之法，有的甚至是用鲜血和生命换来的经验教训！这些年，医院健全和强化了制度建设，重新编撰了各种常规，并严格检查执行情况。一次导尿术，有二十条步骤，虽然细碎，却不可有些微疏漏紊乱，为的是培养无菌观念，减少感染。看护士早晨铺床，可当作一种艺术表演；窗户是开成一条线的，水壶嘴是朝着一个方向的——培养素质，方便舒适于病人。人们是这样建设协和的，协和又是这样陶冶一代一代后来者。

综合优势　精益求精

北京协和医院是一所综合性医院，她集医疗、教学和科研于一体，被卫生部指定为解决全国疑难病症的技术指导中心之一。世界卫生组织（WHO）在院里设立了疾病分类合作中心。中国医学科学院在院里设有妇产科、核医学、眼科和内分泌科四个研究中心。

协和的分科很细腻，有的专业床位并不多，如果就某个专科与专科医院相比，也许是小巫见大巫。那么，协和的优势和特长在哪里呢？在于综合、在于结合。协和是医疗、教学、科研三结合的，互相促进。协和的临床和医技结合的好，协和的各个科、各个专业都很好，避免了薄弱和缺陷，增强了力量。协和就是在这些结合与协作中，发挥自己的优势，做出卓有成效的工作。

1991年，“激素分泌性垂体瘤临床与基础研究”取得重大成果，获卫生部科技进步一等奖。这个工作通过对国内外最大系列（1041例）垂体瘤病例的临床分析，总结出我国的特点，并对各种垂体瘤所引起的代谢紊乱和脏器损害的范围及严重性进行深入探讨，在国际上首次提出垂体卒中后有完全和部分破坏两种结果的概念和治疗原则。这项研究是由内分泌科、神经外科、眼科、耳鼻喉科、病理科、放射科、放射治疗科、麻醉科和计算机室九个科室长期密切合作完成的，仅论文就有79篇，充分显示了“大兵团”作战的威力。此外，诸如“根治绒癌”、“卵巢癌淋巴转移”、“脊柱侧凸症”、“人工胃肠支持”等研究也都是多学科联合，医技医护配合，共同努力取得的。

协和医院现有床位700张，每日门诊达3000人次，每年住院患者逾万人。在门诊，有时挂出50多种专科号。70.9%的病人是从外区、外省市转诊来的。住院病人中，疑难危重病人占45.2%；需二级以上护理（病人不能自理）的垂危及大手术病人占52.3%。这些病人从诊断、治疗或抢救，到痊愈出院需要多少精心的医疗护理啊！

“我们千里迢迢到北京协和看病，是到了头。无论如何……我们心甘了。”病人的话殷切感人，也是鞭策鼓舞。为了保证门诊第一线的质量，70%的门诊病人是由主治医师以上的有经验的大夫接诊的。住院病人经过各种检查会诊，要明确诊断和处理。医院设立了“医疗成果奖”，专门用于奖掖临床实践中认真负责，对疑难病诊断、危重病抢救成功的医务人员。1987年7月至

1989年12月间，全院所诊治的病种就有1683种，其中只有一例的532种，非常罕见病例30余种，有些在国内外属首例报告。

“我们要力求把每例病情搞清，要尽力把每个病人治好。”尽管疾病的复杂、医学本身的局限，现今尚难完全。

几十年过去了，协和的医生大致还是“走”的这个时间表。大家似乎很习惯了，这其中的苦乐自然与病人紧紧相连。

罗慰慈大夫1987年在《协和青年》上发表讲话说：医务工作者要有强烈的责任心和自豪感，要充分理解“神圣”二字的含义。我们的职责是保护生命。老一辈协和人说，如果说“协和精神”，那就是服务病人、奉献自己。

近年，当行业不正之风乍起的时候，协和似乎也难得维持一池平静湖水了。但是医院加强廉政建设，调动传统力量，采取了一系列措施，如强化管理职能、建立监督机制等。在最近一年中7次对门诊和住院病人进行包括诊断、治疗和护理等24个项目的问卷调查，群众满意率平均达90%以上。去年年底，医院听到一位晚期胃癌病人在收住院和安排手术过程中，其子女担心不送钱会有影响的反映后，一方面及时找患者家属了解情况，劝阻了送“酬谢费”；另一方面由医务处组织普外科、胸外科、麻醉科教授参加术前讨论，认真研究手术方案。病人经过普外、胸外两次手术最终切除了肿瘤，痊愈出院。患者和家属十分感谢地说：“协和医院不仅医术精湛，而且医德高尚。”

在最近的三级甲等医院的检查中，北京协和医院取得良好成绩，也显示了医院的潜力和凝聚力，以及维护协和荣誉的责任感。每个人的自觉、自律、自强、自信观念得到了进一步加强。

历史与未来

几十年来，北京协和医院在医药、卫生、护理各方面，为我国培养了高等医学教育、科研和临床一代代英才，卓越成绩蜚声海内外。从协和出去的，不仅仅是从协和医学院和协和医科大学毕业的，还有在协和工作过的，在协和进修过的——他们都打上了“协和”的烙印。

我们可以写出一连串令人敬仰的名字：张孝骞、林巧稚、黄家驷、吴英恺、胡传揆、孟继懋、钟惠澜、曾宪九、叶恭绍、聂毓禅、王秀瑛、吴阶平、吴蔚然、陈敏章、方圻、朱预……

协和是医学家的摇篮，协和出去的，遍布海内外，成为医界巨将与中坚。在北京、在上海、在西安、在台北、在美国和加拿大……这个被称之为“中国宫殿里的西方医学学府”，的确为我国的现代医学发展做出了巨大贡献。

协和“三宝”均安在，只是更添彩。

教授。老一辈有的已经作古，有的还老而弥坚，悉心教诲于后辈。重要的是从医之道、治学之道、为人之道后有承袭。新一代医学人才已经成长，1978 年以来，共毕业了博士生 90 名，硕士生 495 名，后生可畏。

病案。自 1921 年建院的第一份病案，至今已积累病案总数 200 余万册。我们可以从中找到孙中山、蒋介石、张学良等大人物的名字，还可以看到祖孙三代人诞生于此留下的脚印。丰富的病案是宝贵的资料。

图书。它属于医科院，但进出者多数是协和人。这是国内最大的医学书库，有图书 15 万册，期刊 32 万册。其特点是外文期刊最丰，有 5700 种，有的是首卷珍藏，还有 900 种西洋医学史和 1325 种中医古籍。这是协和人最喜爱的医学知识的海洋。

协和的医务人员就是在这种环境中塑造而成的，当然，不可忘记张孝骞大夫说的话：“医生的真正老师是病人!”

大浪淘沙，协和几经沧桑。

70 年前，罗氏以 20 万美金购得原协和医学堂产业、12.5 万美金征得帅府园东单三条地产，以实际耗资 750 万人民币盖成了协和医院。邓家栋大夫说：无论创办人原有的意图如何，但具体办学办院的人不是职业传教士和商人，而是医学家，是科学工作者。他们无疑是要把学校办成世界第一流的医学院的。这番话很中肯。历史的演进，特别是新中国的建立，使协和翻开了新的篇章。

尽管协和业务繁忙，学府森严，但却从不是世外桃源。1925 年，“五卅惨案”，协和男护士毅然参加声援活动、集会游行。尽

管美国人反对在协和任职的任何中国人参加社会活动。1937年，卢沟桥事变，日军8月上旬开进北京。协和师生一片热诚，不问待遇，不计安危，奔赴抗战救国第一线，奋力抢救伤员。1950年，抗美援朝，保家卫国。协和这个被美国人占据的“领地”，也如火如荼地行动起来。1951年1月我国政府接管协和，人们接收伤员，捐献飞机大炮，组织手术队……

协和毕竟是中国人民的协和，协和人终究有其最佳选择。林巧稚大夫在1952年9月27日《人民日报》上，发表了她的著名短文《打开协和窗户看祖国》。她说：“我觉悟到共产党与人民政府是为人民服务的，以人民的利益作为衡量的标准。就是这个真理感动了我，唤醒了我，使我打开了30多年关紧的窗户，伸出头去歌唱‘我们亲爱的祖国，从今走向繁荣富强’。我决心更好地为人民服务，为广大人民谋幸福。”

这是老一辈协和人的政治宣言。他们显然没有完全遵从创办者的初衷。那一代老医生中很多人成为中国共产党人，是党和国家领导人的朋友，担负着重要的工作。他们不仅是医学家，也是祖国的社会活动家。

中国政府当然没有忽视协和的建设，今天协和的规模已经翻了一番！协和医院的扩建工程也被列入“七五”计划。1.4亿，这是迄今国家投资建设医院最多的一次。扩建工程由国务院总理奠基。新的医院大楼于1993年竣工开张，床位增加到1200张。医疗设备、科研能力和教学水平都将得到新的改善和提高。

李鹏总理为协和建院70年的题词是：科学的管理，精湛的医术，高尚的医德，优良的服务。这无疑代表了党、国家和人民的殷切期望，也为协和医院指出了奋斗的方向。

无论是中国人，还是外国人，都同样关注着协和的历史和未来。1972 年美国总统尼克松访华，他的先行官黑格点名要看协和。以后的来访者纷至沓来，有医学同道、有政府官员、有旅游者……或许美国人的心理是复杂、耐人琢磨的；而台湾同胞却十分坦诚，他们说：我们是来寻根的，心里有一种朝圣的感觉。

协和本身就是一部历史，是医学的，也是社会的……

挪威印象

1984年5月9日，我作为访问学者来到了挪威——斯堪的纳维亚半岛上一个美丽的国家。

几个月的逗留，挪威给我留下的最深刻的印象，便是“自然”这两个字了。大自然展现了她自然的脸庞，人们在她面前又生活得那样自然、和谐。

奥斯陆街头

挪威的首都奥斯陆，是一个具有现代繁荣和古典素雅相结合的城市。

从地铁车站一出来，便是闹市。从小山上的奥拉夫王宫开始，卡尔·约翰大街展现它西方世界的灯红酒绿，以此为中心，纵横的街道两旁便是一家接一家的商店了。

可是就在街旁的草坪上，人们却可以就地小憩，甚至枕着自己的双手半躺着晒太阳，那眯缝着的眼睛，总是充满着惬意。

街头多雕塑，多喷泉。在市府大厦和码头之间的一个小公园，几幢巨型石雕和铜塑非常醒目，其内容都是母亲和儿童的。天真的孩子在母亲面前嬉戏，那么稚气逼真，栩栩如生。母性的美和爱融合在一起，使人觉得只有爱才算美，只有美才可爱。我在长椅上小憩，闭上眼睛，四周静悄悄的，只有喷泉的水声和路边时而传来的汽车声，美妙极了。

有一处雕塑是个渴极欲饮的少年，他蹲在池边，手捧一碗水，正送到嘴边，那碗水总是满满的，向外溢淌。我在他面前驻足良久，还有几只鸥鸟在池边盘旋，有的落在那少年的碗上，得意地啜饮。那些鸟儿毫无怯色，你几乎可以随时把它们抓在手里。

挪威全国有400万人口，奥斯陆占了1/10，街头熙熙攘攘，人们彬彬有礼，带着悠闲和微笑的神情。不少人牵着狗，在这里，养狗并非只有老人或男人，还包括青春少女。

也有更为热闹之处，那是街头演唱。有些青年，或独自一人，或二三人，手弹吉他之类的乐器，边弹边唱，给人一种热烈的感觉。他们的面前，放着盛乐器的盒子，一曲歌罢，这盒子便是接受赏钱的容器了，不时有人会投入几个克朗。有两个少年，拉小提琴，颇受欢迎，得到的赏钱尤多，我想他们未必拉得更为出色，倒是人们看他们年少可爱罢了。只有在地铁的出入口处，这种演唱才显得冷落，因为人们忙于赶路，无暇顾及了。

园林家庭

我很欣赏奥斯陆的居民住宅，它惹人喜爱，发人遐想。它使我怀念祖国北方农家的小院，江南竹林掩映下的茅舍。

多年来住在城里的筒子楼或者单元房，给人的感觉不过是一个歇息和睡眠过夜的场所罢了。作为“自己的家”的概念实在是不清晰的。我时常留恋儿少时在乡下的草屋，虽然没有电气化的设备，却足以使人感到家的安谧和温馨。

我们学生城周围的本地居民住宅都是一幢幢像儿童积钱盒似的，或像安徒生童话中那小巧玲珑的木房，通常是一层，也有小阁楼。颜色是各种各样的，玲珑剔透，和周围的树林花木十分和谐。奥斯陆地势起伏，人们利用斜坡施工，使车房、小屋都巧妙地处在合适的位置上。院中的花木草坪都经过精心修剪，包括那通向各处的小径。在周末假日，你可以看到，修整居所庭院是人们假日生活的主要内容。男人们、女人们都袒露着胸背，既劳动又沐浴阳光，足以显示他们对生活的热爱和辛勤不怠。

有些讲究的人家，还在自己的庭院里修建了雕塑和动物的模型或喷泉。至于户外的茶座，几乎家家都有。还有为儿童建造的滑梯、沙坑、小篮球场和游泳池。

有一次我看见一位母亲在草坪上教她蹒跚学步的幼儿翻跟斗，母亲翻一个，孩子在后面也翻一个。两人嬉戏欢笑的情景，竟跟我后来在参观奥斯陆市政大厅二楼的大型壁画上看到的一模一样。

人们不愿意去破坏大自然的宁静。一个男子在院中修剪花木，大概是到了吃晚饭的时间了，妻子从屋子里走出来，却不是高声地呼叫，而是顺手拿起了挂在墙上的小铃铛轻轻一摇，多好听的银铃声。丈夫听见，转过身来，会意一笑，收拾东西归去。那动作就像是在剧中、在梦中，迷蒙而真切，是纯粹透过自然的帷幕来展现的啊！

在一个稍大的院落里，估计有几家人，但每户各成系统。他们利用假日在一起玩耍，有小孩、青年，也有年逾花甲的老者。那游戏是再简单不过的：每人拿一个球，大小不一，然后开始让球在草地上滚动，依次进行，后来的球绝不能碰到已经掷出的球，当然越到后来，球越多，输的可能性也越大。个个玩得认真，好像年纪越大，玩得越是小心谨慎哩。

奥斯陆夏日的夕阳迟迟才会落山，差不多到晚上 11 点多钟，依然人影可辨。房舍里亮着灯，户外的绿树丛间，更显得神秘诱人，使人感到仿佛进入了童话世界。

自然之子

我在挪威一家医院里学习和工作。使我吃惊的是，病人的体质都很不错。尽管做了大手术，或者施行了放射治疗或抗癌治疗，病人身体都恢复得很快。我问挪威同行，原因何在？回答说：第一，营养好、身体素质好；第二，挪威人喜欢运动。

滑雪、游泳、跑步、晒太阳、骑车，这是挪威人最喜欢的体育运动和业余爱好。

漫长的寒季，数月的积雪，使挪威人和雪结下了不解之缘，再没有比滑雪更激动人心的了。好多人告诉我，挪威国王奥拉夫五世，80 多岁的高龄，照样滑雪，他还借用手比划，口吹哨音来描绘一上一下滑雪的风姿。我住的房间里，几副滑雪板就立在门后。它用不着“刀枪入库”，因为不要3个月，它又要大显身手了。真可惜我不能在那里住到冬天。市内就有跳雪台，至于滑雪场到处都有。就是夏天，我看有的孩子滑“旱雪板”（比滑雪板略短，底下装有轮子），也风驰电掣一般。

你无论走到哪里，也无论在什么时候，总会看到有人在跑步。老幼妇孺，特别是青年人，将跑步视为一种乐趣。我是一个不好动的人，可是在挪威人的感染下，也养成了每天跑步的习惯。空气清新，花草芳香，道路洁净，跑起来真舒服啊！有的人工作忙，白天没时间跑，到了晚上11点多钟也要照例出去跑的。其实，在挪威，夏季晚上11点外面还亮着呢。有一次，我到一位挪威朋友家做客，席间，男主人说，他下午刚参加一场越野跑竞赛。他四十开外，身体矫健。这种越野跑，每人拿一张地图和指南针，按规定跑完全程，中间要自己循图觅路，深入森林，几个点必须走到，在那里打上“记号”。我说，这不仅需要耐力、速度，还要识图、辨方向。男主人兴奋地说，这两个小时太有意思了。我看他毫无倦意，好像只不过刚刚上了一趟街。

每个挪威家庭平均有两三部汽车。我们学生城有个不小的停车场，但青年人更愿意骑自行车。他们身着短裤、汗衫，背上囊袋，登上车快速急驶，英姿勃勃。奥斯陆街道起伏，坡度很大，下坡时飞也似的，上坡则要立起身努力踏蹬，青年人也要气喘吁吁。如若到郊外旅行，身后的行囊装得鼓鼓的，青年男女谈笑风生，飞快前进的车，从你身旁“唰唰”地掠过，给人以无限的激越之感。

与其说挪威人喜欢游泳，不如说他们更喜欢在海滨晒太阳。

其实，岂止在海滨，只要有阳光露面，谁也不会放过。他们对太阳，实在是由衷地热爱。无论在阳台、在草坪、在沙滩，人们尽量裸露着身躯，让宝贵的阳光抚爱着，你不会指责他们放浪形骸，却只能对他们表示深深的理解：长长的寒冬，漫漫的黑夜，多雪多雨。太阳出来了，光明、温暖的太阳啊，人们欢呼太阳，太阳拥抱众生！

没有风，只有金色的光；没有嘈杂，只有虫鸣鸟啼。躺在草地上，天湛蓝湛蓝；闭目冥思，悠然悠然。啊，自然之子！

故　乡　人

（一）

这是在奥地利阿尔卑斯山下大湖畔名叫乔治的小镇。小镇只有一条主街，我下榻于一个典雅的小旅馆，正对着高塔式的教堂。小镇十分宁静，教堂的钟声时时作响，尤其在清晨六时，叮叮当当的钟声竟持续达半分钟，那么辽阔，那么久远。

街上遇不到一个自己的同胞，愈发感觉孤寂。一天傍晚，信步向街头走去，意外地发现一个中国餐馆，那“广州饭店”四个字令我怦然心动。

尽管我也去过欧美的不少中国餐馆，而这次的感觉则不同。老板虽然也递上了菜单却热切地说：“先生想吃什么？菜单是给洋人看的。先生从北京来，你点些可口的，我们现给你做。”“来碗汤面吧。”我说。老板又为我加了两菜，很有滋味的。

“老板生意如何?”我们聊起来。

“马马虎虎，镇上没有其他中国人，奥地利人还比较喜欢中国菜。我们来这里已经 10 年，我和太太，还有两个孩子，雇了一个马来西亚女孩子帮忙。”老板说。

“有些朋友交往?”我在此1周已有些耐不住寂寞，于是发问。

“做生意很辛苦啦。有时一家人到山上或湖边玩一玩，没有什么事情，世外桃源一般。”老板娘也凑上来。

其实，他们很关心国内情况，从开放政策会不会改变，1997年香港回归是否有麻烦，到和台湾会不会动武都问到了。他还在家乡投资，买了两幢房子。说明他并没有置身于事外，也和祖国紧紧地联系在一起。

“前两天有两个从国内来的人，是和奥国谈判并察看地形，要在这里建一座中国针灸按摩医院，会来100多人呢。”老板娘很高兴地说。

“那您这饭店一定会热闹起来了。”我似乎也觉得寂寞一扫而光。

教堂的钟声又响了，很悦耳、很惹人遐想。吃过饭，老板执意不收钱，那怎么可以呢。老板娘过来打圆场，钱是收下了，送我一瓶绍兴黄酒。“这对您不是新鲜东西，用不着带回去，在这每晚喝一点，冲冲那洋饭的味道。”

此后几天，每晚喝点热黄酒，仿佛又回到了故里。

(二)

第一次到北欧这个国家，还是13年前。那时，来这里的中国留学生和访问学者很少，在我们那个学生城只有屈指可数的4位。

平时大家都很忙，难得一见。不过，每到周末，总要聚一聚。有新来的同胞，人生地不熟，大家会帮他找住处，陪他去邮局发信，去超市买吃的，尽快地安顿下来。

第二次来这里是开会，几天的时间。除了几位同来的与会者以外，没有和此地的中国同胞打交道。

这是第三次踏上这片异域。时间稍长一些，可与自己同胞的交往却今非昔比了。

十几年前在这相识并已“扎根”于此的中国——斯堪的纳维亚人，可能在北极圈附近生活久了，性情也冷却下来。电话打过去，冷冷地说上几句便挂了——其实并没有什么相求于人家，只不过想既然来了，应该打个招呼。

街上的中国同胞可是很多了，男女老幼，拖家带口的都不乏遇到。或匆匆擦肩而过，或慢慢接踵而行，真是陌路人，很少打招呼，很少寒暄，连外国人都有的“嗨”和微笑都没有。

我曾坦诚地问一位在此居住 8 年的中国同胞：“你们很不愿意理睬大陆来的人，是吗？”他笑着说：“理睬又如何？有什么用吗？”另一位同胞更直率地回答：“省得麻烦……”

我却敢断言，他们刚到这异地时是肯定找过人帮助，或麻烦过别人的。

我们的有些同胞是否变得过于实用和功利？我在想。人的交往恐怕不独如此，可否还有亲情、乡情……

听大师们讲课

大学里，有很多受尊崇的师长们授课；工作后，有很多妇产科前辈们讲演。记得起的、印象深的，似乎不在于讲的内容好不好（学生又怎么评价老师讲的内容呢），而在于讲者的个性、特点或者风采。

回忆大师们的讲演风采是有趣的。

鲍铿清教授是著名的组织胚胎学专家，他的科学家秉性卓尔不群。20世纪60年代，据说某国一位学者发现了针刺穴位的组织学结构，名曰XX小体，并连接成经络。鲍教授认为他讲的无法重复，不能验证，是伪科学，这在当时是要有点勇气的。后来证明那不过是一场政治闹剧。鲍教授讲课则基本上(或根本上)是念他的稿子，非常认真地念，包括“重起一行”、“逗号”之类照念不漏。于是，我们上课就是记录。我的同桌每每打瞌睡，本子上便拉成了曲线，同学们戏称为“睡波”。一下课，便又精神起来，赶忙抄笔记；再上课，再绘“睡波”。鲍教授依然故我，继续一字一板地念他的稿子。记得他的眼镜可以翻转，一会儿翻下来（老花镜）看讲义，一会儿翻上去（平镜）看同学……从不敷衍。

王根本老师（当时是解剖学讲师，后来当然是大教授了）讲课极为熟练，可以说倒背如流。更有绝招的是，他背靠解剖挂图，可以用教鞭准确地指点什么骨头、什么肌肉，再加上他浓重的口音，使讲课变得生动有趣。解剖本来很枯燥，可是到现在，我都喜欢解剖，看图谱，背记血管、神经、淋巴，好像锻炼记忆一般，乐此不疲。当然，对于外科大夫，这是必备的基本功。

阴毓璋是妇产科教授，以严谨、严肃、严厉闻名，令师生畏惧。据说，他37岁在美国便得到了内、外、妇、儿科四大教授的头衔，怪不得那么“牛”！早晨在手术室走一遭，连外科手术也能指点。他还研究过克山病。他做手术得意之时，要哼一曲洋歌，当时我们听不懂，拉钩唯恐不及，哪敢分心欣赏歌曲。解剖盆腔血管时，会不时地发问，令人胆寒。有一次“倒霉”竟落到了院长身上：那天，院长到手术室“视察”，站在我们后面看阴教授做手术。阴教授指着一根血管问：“后面的，这是什么血管？”院长非外科大夫也，怎能回答，默不作声。阴教授喝道：“连这根血管都不知道，还看什么手术？你出去吧！”院长居然一声不吭，乖乖地退下去了……

而阴教授对病人可是非常关心，对工作可是非常认真。记得那时开始用氢氯噻嗪利尿治疗妊高征（当时叫妊娠中毒症），阴教授一整夜地坐在病人床边，观察病人，计量尿液。

阴教授的讲课可谓“空前绝后”，那不是讲课，是教诲，是教训。讲“骨质软化症”，板书由当时任助教的老师用粉笔写好。教授手拿教鞭，熟练地绕着圈。本来不大的眼睛眯缝着，不知道目视何方。他开始便提问：“为什么北方孕妇容易患骨质软化症？”从前头一排点起。一般的回答都是北方冬天日照时间短，少户外接受日光的活动，蔬菜缺乏又单调，钙质的摄入也不足……好像教科书上写的基本上也讲出来了。可是阶梯教室近 200 人已经站立起一半，教授仍不满意（现今，我已经是妇产科教授了，似乎还不清楚阴教授所要求的答案是什么）。后来，他讲课前，问过“巴斯德消毒法”，问过“分娩因素”，甚至问“白细胞分类”……都不是特别“了不起的问题”，但也从来没有人答对过。同学们害怕他提问，上课不敢坐在前排，可这也逃脱不了教授的目光——他眯缝着眼睛，略微抬一下头，用教鞭向后方一点，像乐队指挥将指挥棒向上一挑，“请最后一排，最右边那位戴眼镜的同学回答”，于是教室后半部同学都相继站起来了。

据说“文革”期间，阴教授受了不少苦。阴教授的学问太深了，个性太强了。

我 1964 年到协和以后，林巧稚老主任（在协和大家更习惯叫

大夫，如张孝骞大夫、方圻大夫等）已经不太讲课了，但林大夫查房却是很有意思的。对林大夫查房，从上到下都非常重视。我们要把病例摘要，包括各项化验结果都背得滚瓜烂熟，特别是要准备林大夫可能提的问题，要查阅文献。高年大夫更要能引经据典，表明自己的“高深”。然而，林大夫可不是那么循规蹈矩，按部就班地提问题、讲问题的人：她看见窗户新涂了绿漆，便提问，颜色对病人的心理有什么影响；她在待产室直接用耳朵贴在孕妇肚皮上听胎动、胎心，旁边大夫送上胎心听诊器，她便问，这种听诊器是谁发明的？最能让林大夫查房高兴的是陪伴她的高级医师必须有如下两个本领：第一，因为林大夫英语太好了，查房时会经常不自主地说出一些英语来，你必须能准确地、简要地帮助她老人家解释一下；第二，林大夫有时会找不出一个合适的汉语词汇来表述自己的意思，而她又要求非常准确地找出这个词，你必须善于捕捉林大夫的思想脉络和表达方式。

后来，我经常陪林大夫接待来访者，或拟文发表，或拟稿讲演。通常是和记者商定提纲，然后和林大夫交谈，再将其谈话整理出来，有序有段。还得让林大夫看得满意，说得上口。林大夫有深刻的思想、睿智的见地，我们会从她朴实无华的言语中领会到一位伟大医学家的清澈见底的胸怀、宽广无涯的仁爱。

还是北京协和医院妇产科已故副主任王文彬教授讲得好：林大夫从美国芝加哥回来，在 10 楼 223 室(一个老协和聚会的阶梯教室)讲演，她用英文演说近 2 小时，却唯独没有一个“我”字。何止是讲演，她的 82 年生命历程，如此壮丽，也是只有妇女和儿童，唯独没有她自己。

宋鸿钊大夫可是讲课的能手。特点有三：一是熟练流畅；二是记忆非凡，数字概率皆如数家珍；三是朴实无华，如同说书者手中一把扇子，他也只是一支粉笔。那时倒也没有如今的电脑多媒体投影之类，从头至尾都是板书。宋大夫或端坐或站立，一杯茶，一支笔，一面黑板。但讲起来十分动人、酣畅，如讲绒癌脑转移早期征象，拿筷子竟然掉落，下地突然不稳，都会作些逼真的模仿，惟妙惟肖，足见其观察之细腻。我常陪同先生为进修生讲课或外出讲课，发现宋大夫一口气讲下来，不看稿，不停歇，而且基本材料全面、准确无误，让人铭记于心，我居然也可以“依葫芦画瓢”描述一番了。

宋大夫为了推广其滋养细胞肿瘤的诊治规范，走遍大江南北，全国的主要省市几乎都去过，不厌其烦地宣讲，通常还要在讲演后对提问者不厌其烦地回答，还要到病房去不厌其烦地指导。让人体会到圣人所云的“学而不厌、诲人不倦”，真大学问家也！

江森教授（我们愿称之为江公）是山东大学医学院的教授，我没有直接聆听过他的授课，但在各种学术会议上，他的讲演颇富特色。江公学贯中西，融汇古今，有深厚的中国文字之底蕴，所以常常咬文嚼字，用词十分缜密。如我们以前讲剖腹产习以为常，而江公首先提出剖腹产一词不妥，应改为剖宫产。后来，他成为医学名词审定委员会委员，真乃非他莫属。杂志叫《妇产科进展》，江公以为“科”如何进展，应是妇产科“学”之进展。他亦常在文中注释英文名词，也是字斟句酌，不知道他何以有那么多词！

江公并不吃老本，常有新知新意，一个剖宫产题目讲了又讲，居然也是屡讲屡新。几年前，在南京讲，给他的时间到了，主席摇铃示之，先生听力不及，并不介意，还以为是自己声音太小，于是说“好，我大点声”，我行我素地继续讲下去。工作人员找我，问怎么办，我说让老先生讲吧。后来，又在威海讲，放投影的学生显然知道如何“控制”老师，但江公也会不高兴：“怎么这样快!”但毕竟还是让人“牵着鼻子走”了。等到2004年在青岛开会，江公已届耄耋之年，但精神矍铄。他从剖宫产的历史讲到分类，进而适应证、并发症，头头是道，侃侃而谈。令人惊喜的是，他已完全适应“现代化”要求，和多媒体投影协调同步，时间也掌握得好。更令人惊诧的是，他拒绝人扶人搀，自己快行上下，中间还有几个跳步，让人捏一把汗。

江公老而弥坚，不乏幽默机智，偶有波谲云诡之举。他愿意看武侠小说，吴葆桢大夫在世时，他们经常互换书籍，互通有无。也许，从中学了不少义气、侠气、乖气。听说他入冬时节做了一个小手术，术前问学生：“风萧萧兮易水寒，壮士一去兮不复还。我能否复还?”当然一切顺利。晚上，却假装输液反应，“骗得”医生给他打针。然后，不无得意地跟护士说：“你看我装得像不像，他们都没有看出来，哈、哈!”

江公，真可爱矣!

生命的价值

对于医学的定义早有仁智之见。我们可以认为医学是人类情感的一种表达，是维系人类自身价值，并保护其生存、生产能力的重要手段。

自从有人类开始，便有了医学。尽管它的起动是原始的、落后的，甚至是自然性的、不自觉的，如对出血的局部压迫、病灶的烧灼、针砭等。也会遇到缺乏人道的“医疗”服务。但救死扶伤毕竟始为人性善良的体现，进而成为文明社会的一种责任。

由于医学的发展和社会化，受社会因素和科学技术的影响与制约愈加显著。医学的非人道化或医学人道化遇到的冲击日益突出，引出了很多有争议的和亟待解决的问题。

医学的最突出特征是研究人，涉及人的价值观念。人是世上万物中最宝贵的物质，是无可比拟的财富。但是，生命需要经济来维持，文化（包括政治信仰）来制约，而二者常常淡化和影响生命的价值，或者折射生命的光彩，甚至扭曲了生命本来的意义。

在有阶级、有各种关系、有不同经济文化背景的人类社会中，不能忽视多因素对生命价值的作用。战争、瘟疫和灾祸可以伤害、杀戮亿万生灵。

人作为医学的对象，生命的本质是相同的，但生命的社会价值却不相同，这有可能使医学的“一视同仁”受到冲击。比如如何给全人类提供医疗保健？能否做到平等分享这种医疗保护？又比如，在商品社会，医药的提供和索取是完全按需的、无价的吗？至少，在一定的历史阶段、在政治经济发展的某种水平时期，这种医学人道化是难以完全实现的。

医学的社会化使医学不能囿于纯福利施与，而要注意到经营与发展。于是，医疗过程（看病、检查、开药、手术等）更多地注入了金钱意识。金钱起作用，医生也不能例外。而医生会感到他的报酬与其复杂、富于责任的工作不相平衡；业余服务、兼职等并非是其时间、精力和能力都能胜任的。医生的良知受到了挑战！

所幸的和可喜的是大多数中国医生能忠于职守、勤于奉献，在相当时期里，医生们很少计较个人得失，而以病人的康复为宽慰和快事。只是当商品意识日渐浓重时，医生难免陷入困惑——到医院看病和到商场购物终归不是一回事，金钱或经济利益既是医院和病人的媒介，又可能是两者之间的屏障。它淡化了医生和患者之间真正的、真诚的感情联系，却可能强化了其中的不正常的商业交往。

因此，我们应该适应新形势，恪守廉洁行医的信条。使我们能从纷繁的、透着金钱气息的迷蒙中得以解脱，把同情、关心、尊重、爱护病人作为自己崇高的职责。救治了病人，是对人的价值的最好的保护，这是对生命价值的尊崇。同样，对医生的劳动的合理报酬，也是对其价值的尊重和肯定。

生命是任何东西都不能补偿的，维护生命是人世间的最高奖赏。唯此一点，医生又有何求！

唉，人呐

手术下来已是华灯初上。有点累，但经过这近7小时的艰苦努力，最终把病人的癌瘤都切除干净了，心里还真是很惬意的。

我想把手术记录写完，再观察一会儿病人。哦，周末了，妻儿要等我吃晚饭。一帮人拥进我的办公室，以病人之子为首的家属们都微笑着，千恩万谢。“您老可是救命恩人，太辛苦了。我们到外面用点饭吧。”病人之子很恳切地说。“谢谢，我还有事要做。照顾病人要紧。”我说。他又递上厚厚的信封，这更是万万收不得，好说歹说地将他们请出了门。

病人情况很好，跟值班大夫交代后我便驱车（两个轮无马达的）回家。北风呼啸，严寒刺骨，我拉紧了棉帽，顶着风一歪一拐地蹬着。通常做了这么成功的手术，总要哼个什么曲子抒发一点心中的快乐，可是今天只能闭着嘴憋住气。

前面是十字路口，正好是绿灯，我继续向前骑。说时迟，那时快，一辆轿车从我车前右拐，两车相擦，幸好车速都不快，我趔趄而倒，那车也戛然而止。我身子尚未立起，脑子亦没明白过来，从车子的前门下来一人，赶忙去用手摸查其车，后窗拉下探出一女人头，大声呵斥道：“你眼睛长哪儿去了？耳朵聋了！”

我扶起车，自觉并无错处，秽言恶语已司空见惯，懒于去计较，可那前门跳下之人却冲到我面前，揪住我的衣领，恶狠狠地说："小子，今天便宜了你。你要给我的车蹭一道印，我让你身上开一道口！"我被骂得顿时清醒了许多，定睛一看，啊，这不是刚刚那位满脸堆笑，一口一个老人家称谓我的病人之子吗！四目相对，尴尬至极。

我说声"对不起"便跨上了车，两腿更加无力，哪里还有哼歌的情绪。我后悔不该撞上轿车，更后悔不该撞上那病人之子的车。因为，我们明天必定要相见，他会不会不好意思呢……

唉。人呐！

滚动的睡眠

我睡眠有三个特点：一是入睡快——躺下不足三分钟鼾声即起；二是睡得“死”——不论打雷唱戏、电视音乐、抑或灯光闪亮均无碍我深沉黄粱；三是睡中动——有夜间的“把式”，主要是滚动。这后者尤为见长。

念小学时，我独自睡在一间小屋的床上。有一天早上醒来，竟发现自己抱着被子睡在地上，不知何时我居然如此平稳滚落，无痛、无伤、不醒、不惊。这可吓坏了母亲，从此每当我入睡后，她都用几个枕头筑成一垒，以防不测。

上中学，我要住到学生集体宿舍去。都是上下层的木床，我不敢睡在上层，怕高空降落。就是在下层，每晚必须用行李绳将床四周绕上几匝，同学们戏称“引狼入圈”。

大学三年级的夏天，我们去农村支援麦收。一天下来，疲惫不堪，晚上几个男生在一张大通铺上显示舒展之姿和比赛夜半之声。翌日晨，又有奇怪的事情发生，我和旁邻的同学竟然换了位置。我们都发誓夜间没有出去小解，不会懵懂躺错地方。是他跨越了我，还是我滚过了他，难以定论——没有证人，也无监视录像。今天检讨起来，根据我以往的“劣迹”，“肇事者”十有八九非我莫属。

20 世纪 70 年代，我到藏北高原巡回医疗。骑马走了十来个小时，到了驻地还要搭帐篷，四周挖排水沟。吃罢饭，大家纳头便睡。我身为队长，当然要睡在帐篷口，很有吃苦在前的风格。这一夜睡得真好！可是，第二天早晨我被来送酥油茶的藏族老阿妈唤醒，她问："你怎么睡在这儿?"这时我才明白自己已经滚到帐篷外的水沟里，棉被大半浸湿，可是我用自己的躯体挡住了夜半的雨水，同志们都安然无恙。我的"事迹"被队员和藏胞传为"佳话"，仿佛我成了活着的董存瑞和黄继光。啊，令人难忘的藏北高原的雨夜，还有我那滚动的安谧的睡眠……

鼾 声 如 雷

我年轻时打鼾就小有名气。结婚前，我向对方作了坦诚交代。这点小毛病当然不会影响我们的坚贞爱情，但的确有碍人家休息睡眠。初时俩人相敬如宾，倒也罢了；日子久了，未免啧有烦言，那也无奈。正是因为日子久了，太太居然完全适应我的“睡眠伴奏”，甚至当我值班、出差而不在家时，她竟然难以入眠了。近年又发现，她的鼾声也很有长进，真乃“近墨者黑”矣！但她拒不承认，以表明自己已出于污泥而不染之清高。一周末，家人闲坐聊天，儿子突然神秘地让大家听一段录音：粗犷的男喉音、柔细的女嗓调；时长时短、亦抑亦扬；或高或低、忽断忽续……“这不是男女二重唱吗！”全家人大笑。

因为自知打鼾会招人烦，所以外出时总要向同屋有个声明，不论是否熟稔。某次到外埠开会，到宾馆已经很晚，赶忙洗漱安歇。翌日晨，同室的朋友似显疲惫，苦笑着对我说：“老兄很辛苦，夜里表演得淋漓尽致。”话虽含蓄，不难明其义。我遂急忙致歉：“对不起，唱得不好，多包涵了。”令对方哭笑不得。

那次是与一位刚认识的先生分配住在一起，我说：“我打呼噜很厉害，你要睡眠不好，可以跟会务组商量，调换一个房间。”

这位山东汉子爽快地说："没关系，我什么情况下都能睡着。"果不其然，睡如其人，不到3分钟，此君已入睡，且鼾声即起。真是闯荡了江湖才知道天外有天，能人背后有能人。他时而高腔、时而低调，呼出、吸入均可出声，如雷鸣泼水，车轮轰滚、虎啸狮吼。像法师呼风唤雨，抑或表演高超口技。可怕的在于，他不时地呈现憋气痛苦状，甚至有几秒钟令人恐惧的寂静停歇。我曾几次轻轻地帮他活动脖颈，或想唤醒他。但少顷，他又我行我素地做他的营生去了。这一夜，他是够酣畅了，可我是从未合眼，不免有些惭愧，连入睡都没赶上，更谈不上比试一番。第二天早上，我还是向他提出了医生的忠告："你的呼噜是超水平的，我为你差不多值班观察了6小时，至少有60几次是中断呼吸的。如果我们以每次中断10秒算，就相当于有1分钟完全窒息。这叫睡眠性呼吸暂停综合征。你得去看呼吸科或耳鼻喉科医生。"

本来是要讲故事，并未想做科普文章，就此打住吧。

辞职报告

当了两届、6年多的院头之后，我提交如下辞呈。

一般地讲，辞职要比免职、罢官体面得多。但熟悉官场和懂得政治的人都知道，有时辞职只是下台的委婉说法，多半是辞职者不得已而为之。也有真不愿意继续干的，那原因甚多，也颇为复杂，比如年限（或年龄）已到，任期届满，人际关系不善，工作不如意（或阻力不克），身心劳瘁不支，家属或亲朋竭力劝退等等。也有无功无过，没滋没味而不想再“泡”的……

本人属于哪类、归于何种，并没有认真反思总结过。这种“不够认真”的态度也许就该辞职！总觉得是非功过应由领导与群众评定，由时间做结，况且又不是大不了的官儿——这五品顶戴花翎并不是铸在我头上的。

自认为在职期间还算尽力。现在都讲业绩，可是这业绩不意味着成绩是自己的、问题是别人的。业绩得善于总结，否则有业无绩，虚漂而过，于是便成了有苦劳无功劳。以前还可以说“劳而无功亦无过”，并以清廉自诩。现在要求严格了，新的口号是“无功便是过”，那是够吓人的。有些部门的组织者、管理者或领导者，“功”与“无过”是难以分清的，比如看管仓库，不失盗是正常工作职责，是“无过”，还是“功”？医院无医疗事故，无医事纠纷，“无过”，是“功”乎？仔细一想，仓库不丢东西、医院不出事故，没有一些管理的制度和办法是难以保证的，这其中必定融注有管理者的辛劳。所以，你说他无过也无功，恐怕有欠公允。“功劳”不见得都惊天动地，董存瑞炸碉堡、黄继光堵枪眼、罗盛教救少年，固然是英雄壮举；而雷锋的平凡也是难得的伟大！

我似有为自己的无过辩解之嫌，但的确还觉得自己有点功。

在任期间不时有人指出我的宽容，诸如“和事佬”、“抹稀泥”、“搞平衡”之类，说不清是褒是贬。我们经历过“斗争哲学”的炼狱，结果是越斗争，敌人越多；越斗争，越不团结；越斗争，越结仇积冤。“和为贵”虽显懦弱，但仁爱之心必有感化之力。以此理对自己，则能保持平和心境：成功不可忘乎所以，勿飘飘然；失败不可气馁，莫萎靡不振。做什么事，都要有恒心，目的的达到就在“再坚持一下的努力之中”！

我不喜欢背后议论，更反对背地里说人家坏话，还讨厌打“小报告”。因为每个人都有优缺点、有长短处，总可以从别人的长处中弥补自己、短处中警诫自己。用不着去说三道四，无论你怎样小范围的议论人家，迟早会传到被议论者耳里，对他无益无补，只会增加摩擦、影响团结。向领导反映情况和问题，是个人的自由和权力。但如果是可以直接向当事人指出就能解决的事情，又何必绕一个圈子呢？“报告者”的用心是良是苦其实不难判定。

我曾经历一件并不算大的事情，却记忆犹新。那是我毕业不久，一次接生后常规检查新生儿，或因经验不足，或略有粗疏，小儿有个很短的“六指”没有在表格中记录。我的上级医师本可以直接给我指出，甚至给予批评。可是，她竟然不给予我丁点指教，径直汇报给主任。于是，主任严肃地批评了我一通，我心悦诚服地承认自己的过错，却对那医师的做法不以为然。这以后，凡是有人向我反映某人的问题时，我便要问“你是否和他本人说过?”我欣赏开诚布公，坦率直言。虽然达不到“闻过则喜”的境界，倒可以做到“当面闻之不恼”。

我主管医疗业务时，最怕两方面的事情：一是医疗差错和医疗事故，二是医生的服务态度不好，和病人争吵或被病人及家属投诉。每有如履薄冰之感。这其中还有许多是病家对医生的不理解。

医者仁术。我也敢说绝大多数医生是完全可以信赖的，绝非“红包”之类可以度量。刚做医生时，学习白求恩，景行行止，亦觉高不可攀。但几年之后，则觉得“全心全意”、“待病患如亲人”实在是很自然的事，这并非自命高尚或唱高调。譬如，今天你给病人做了大手术，你会始终牵挂于她。下班以前，一定要再去看看，若情况不好，你不会走。晚上你也会打电话询问情况，第二天如果是节假日，你会自觉来看病人——无需用加班费来“刺激”，这一切都极为自然、顺理成章。又譬如，如若太太或孩子有些什么不适，你也许会稍加敷衍，拖到明天。可是医院来电话说病人有什么问题，则不论轻重真假，都不敢怠慢，必须马上赶去，亦不管深更半夜、刮风下雨。这也很正常，也不认为自己如何先进、模范。

病家和医生都不应该将“红包”看得太重，大夫更应该看重的是自己的责任，以及对病人的诊断和治疗结果。关于此，我很赞赏医生这样和病家的对话：病家说：“没有别的意思，只是觉得不这样心里不踏实。”大夫说：“你这样才使我不踏实。你是想让我踏实地做手术，还是不踏实地做手术?”病家会无言。

我也相信，绝大多数病家的此举出于好意，为了表达感激之情。而有些则出于无奈和其他心理。我曾坦诚地告诉青年医生，医德和名誉不仅在于营造，也在于维系——医生有时得保护自己。医病或手术常有吉凶未卜之事，非分的交易是危险的！病人来自社会，各式各样。对于医病应一视同仁，并无高低贵贱之分，亦无远近亲疏之别；对于交往，则不可不谨慎为之。

在谈到医德时，人们只注意到医生和病人，而忽略了另一个方面，即医生和医生之间，或同行之间。“文人相轻”虽是从旧而来，却未必消匿。对别个医院、别个医生贬低轻视，借而抬高自己的事不乏遇见。有些病的来源、病的复杂化，则出自这种医者之无道。请看，有的医生这样对病家说“这手术是怎么做的，一塌糊涂……”，“根本不该用这种药”，“他们把病给耽误了”等等。以前的诊断、治疗，由于当时病情、当时医院条件等，处理上的偏颇可能存在，但完全否定或攻击别人的工作，并不是正直的、有修养的医生之所为。而且，若如上所言，则给病人造成的思想负担决不在真正的疾患之下。尊重别人，也是尊重自己，相互指责就是相互拆台。这不意味着为谁隐瞒缺陷，而是为了弥补缺陷。因为医者的目的是一致的，只是由于条件、经验有别。至于只是方法观点不同，或者无端地蔑视别人，就更是医道低下的表现。

我有一个习惯，在查房、手术时，我提出问题，通常是让年轻的医师回答，当然问题也主要是针对他们的。他们答对了更好，答不对或答不出，也没有关系，反正是督促他们学习。要是直接提给高年医师，他们有时也会答不出，这会使他们非常尴尬，因为他们要经常带领那些年轻医师，要给他们面子，给他们尊严和威信。以难倒别人而标榜自己高深的人，不能称得上是好师长。各级专家、各级领导者都应平等待人，盛气凌人可不是好作风。有一次我参加美国一个大学的研究生的答辩会，答辩通过后，大家都来道贺，学生又特意向导师致谢。导师却说："这是你自己努力的结果。从今天起，你我是同事关系，而不是师生关系了。"讲得很诚恳、很认真。作为学生，应该永远尊重他的师长；作为老师，却不该永远以师长自居。

说到为官，的确有一个擅长与不擅长的问题，或者会与不会，或者不那么俗的说胜任与不胜任。现在有个顺口溜："说你行，你就行，不行也行；说你不行，你就不行，行也不行。"词句苛刻，有些言重了。我认为，一个人的潜能是很大的，但你所能展示的只有五六分。如果有合适的条件和环境，才能的发挥可以更加充分。如若从人的天资而论，其实都是差不多的，绝顶聪明和傻瓜属于两个极端，是少数。我们归于大多数一族，谓之天资平平，靠后天学习、勤奋，而机遇也是重要因素。因此，让某人承担某种领导责任，实在不是一件了不起的事情。诚如我自己，并没有多少过人之处，却有不少不如人处，不过得到一次机会而已。我劝那些为官者，千万不可误以为自己如何了不得，换上另一个人不见得比我们差，比我们做得好也未可知。

现今，为官、经商，做任何事，都要有各种关系，已经有了"关系学"的专著。可惜没有时间去读，也不想去读，其实也用不着去读。那些书的内容，不过是人们不愿意说的、秘而不宣的、非不能而不为的种种，作者为了“搞”点钱，把它公布于众罢了。为官之道实在简单不过，点破就没有意思了，因为有很多人在梦寐以求，还是让人们增加一点兴趣吧。当然也有“傻子”做官的，可真是“鞠躬尽瘁，死而后已”，人民会说他好，也会被说成不擅为官。

辞了官，下了台，会不会有一种失落？不少人会有。其实政策是很优厚的，有什么待遇不变之类，也是对“没有功劳也有苦劳”的一种承认。一个大夫有什么失落，不过是脱了“中山装”，换上“白大褂”而已。反着换过去的，再顺着换回来。所谓，“官位是暂时的，兼职是挂名的，职业是永久的”。说真的，把为官当作公仆，着实有很多约束，要带头遵纪守法，要清廉公正，要为人谦恭等等。比如，当院长，走在路上，无论有事如何匆忙，总要微笑着和人打招呼，不管是熟悉的、不熟悉的，认识的、不认识的。否则人家会说你有架子，眼里没群众。开职工代表大会，大家给你提些意见，不论是中肯的、不太中肯的，符合实际、不太符合实际的，你都得虚心地接受过来。你管了人家一年，就不能让人家“数落”你两天？公仆嘛，得任劳任怨。公仆嘛，得低着点头，弯着点腰。不当院长，有一种“解放”和“平等”的感觉。我不必对每一个人都点头，我不必对每一句“骂”都忍耐，我们不都是一样的教授和大夫吗？

“归去来兮，田园将芜，胡不归？”别了，那应接不暇的、枯燥无趣而又必须强颜欢笑的应酬，还有……

当我披露上述种种思想之后，我的确感到不适合再继续留任。那有些喧闹拥挤的门诊，那充满浓烈消毒药味的病房，那宁静的、透着某种神秘气氛的手术室更让我贪恋。于是，我不把本文当作辞职报告，而是一个医者对医术、医道的忏悔录。

“挤 车 法 则”

工薪一族，上下班挤公共汽车习以为常。那种焦躁难耐的心情，那种不顾一切地冲刺，在经过千百次的磨炼后，居然也有“升华”的时候。近日偶然迸发出思想火花，竟总结出一个小小的法则来。

上车——不知经过多少次翘首企盼，或者车虽来了，但车上人已爆满，不再停靠，飞驰而过。终于有车停靠车站，男女老少，个个争先，齐朝上挤，很少有谦让（车空人少时或许有，车满人多时则绝无）。通常一边挤、一边喊：“再挤挤！”“车上的向中间串一串。”车上的反应通常冷淡，挤出的空间有限。这种“胶着”状态可持续些时，汽车方能开动。

上了车——那心情、那状态与几秒钟前大有改变。虽然仍在挤压中，尽管没有座位，甚至正在“金鸡独立”，但终归可以长吁一口气——“上来了”。在下一站，或下几站重复上述故事时，立场迥然不同。通常在听到上车人的呼喊时，亦反应冷淡。通常和其他车上人一样，一边固守领地、一边叫嚷：“别挤了！”“快开车吧。”或看热闹，或闭目养神。

我们同是上车人，我们同是车上人。我们同样挤，我们同样喊。但我们的心理和行为可以“分裂”！

生活中有些事情与挤车十分相似，譬如晋升职称。当你在申请晋升时，你会说名额太少、条件过苛；当你已获通过并审评别人晋升时，你也许会说提升太滥、标准过松。当评审某奖、某先进、某模范时，有人如若不是候选人，也不甘心推举别人，或对候选人吹毛求疵、说三道四。自己得不到的东西，别人也休想得到。大家都得不到，也就都轻松了。

人生如旅途，要经历几多驿站。同行者当应相互关照、相互提携。如是，我们的工作和生活就会顺利得多、快乐得多。如若不信，让我们就从乘公共汽车开始试一试。

人，真怪

去服装店，想买件外衣。

衣架挂着的，模特穿着的，琳琅满目，令人眼花缭乱。

看中了一件，愿求一试，售货员小姐首肯。脱下自己的外衣放在柜台上，穿上新衣，上下左右打量，觉得不错，欲成交。去拿自己的衣服，却无。但见一男士正穿我的衣服，转过来、掉过去地自我欣赏，呈满意状。我道声对不起："这是我的衣服。"他亦致歉，并有遗憾之态，遂回身去找自己的衣裳，也不见。竟发现另一位先生正在试他的衣服，还喃喃自语："款式挺新、很合身。"他们俩又互道对不起，纷纷脱下别人的衣服。

我们常常鄙薄自己的而看重别人的，岂知有人还正在羡慕你呢……

人，真怪！

得病真好

无论得了什么病，通常的、共同的感受，就是痛苦。可是，我的一个病人却向我道出了她与众不同的新感受——得病真好！她的头脑很清楚，她的神经很正常，她的感觉很自然。且看她怎样说。

我和丈夫结婚十余年，虽相敬如宾，却也平淡似水。两人从单位忙到家里。家里的事情，分工明确，各行其是，他像是位很合作的同事。家庭的一切生活几乎一成不变，似乎有一张时间表。这次生病，打乱了秩序，活跃了气氛。他居然会用洗衣机、会烧菜、会收拾房间——须知，此前这些从来与他无涉。当他把鲜美的鸡汤端到我面前，当他轻轻抚摸我的手，当他温存地和我聊天，我的热泪禁不住涌出——那本是久违的初恋时的感受啊！

我们的儿子已经10岁，可以说娇生惯养，任性懒散，在家里连油瓶倒了都不会扶的。可是，在我生病的那段日子里，他一下子长大了，那么乖，那么听话，那么能干。吃完晚饭，他会自动收拾洗刷碗筷，会自觉去做作业；竟然可以去买菜，还货比三家，和摊主讨价还价。他每天取报拿奶，还为我擦脸洗脚，讲些开心的故事。我倏然间体会到，有儿子原来是这种感觉，那是我久已渴望而未曾领略的，是母亲有了依靠和寄托的满足感。

单位的同事接踵而至，有的还得等轮流探视卡才能进病房。那份关心、情谊，着实令人感动。我想，平时免不了的磕磕碰碰、恩恩怨怨，本不足道，早该云消雾散。那些耿耿于怀、难解难分的纠葛也应该容易谅解和宽容。我和每个来访的同事紧紧地握手，动情地望着他们真诚的、友善的目光，心里有一种说不出的慰藉。

我的大学同学和朋友都来看我了。虽然同在一个城市，除了年节打个电话以外，很少有什么来往。他们怎么知道我病了呢？本来也不是什么大病、重病。送来的美丽的鲜花那么温馨可爱，问候抚慰的话语那么沁人肺腑。有趣往事的回忆，现今生活的调侃，都让人感到彼此并未疏淡，心还是紧紧地相通。

“得病真好。”我的病人重复着，却又意味深长地叹息：这么美好善良的感情为什么非要等一个人有病的时候才被焕发出来？如果我们平时都能这样彼此相待，该有多好……

友　人

日前，大学同窗 A 君来访，感慨良多。

那天，电话铃响，对方系温柔甜美之女声，称是 × 省驻京办事处，接下来说："我们 A 厅长找你说话。"对方换上深沉悠长之男音："我是 × × ×，来开会，顺便检查一下身体，主要是心脏和神经，你安排一下，具体和我秘书联系。"我知道 A 君荣任厅长，已多年未见，竟然没有寒暄，没有问候，完全是布置工作，简直就是通知。而且，我见识少，心地狭，对这种由别人拨电话的派头，总有一种不平等、受屈辱的感觉。碍于同学面子，还是压下了本来想说的"我已不是业务副院长，这不是我的职责"，只说了句："好吧，请你秘书和我们医务处联系，我请他们帮助、关照。"

几天后，又是那温柔甜美之女声打电话："厅长对检查很满意，让你今晚六点到我们办事处见他，并一起吃饭。"——又是不容商量的、指令性的通知，真是职业习惯！"厅长大人很忙，我也比较忙，恕难从命。谢谢了。"我说完赶快撂下像是灼手的话筒。脑子里似乎出现了 A 君的样子，但又被另一个清晰的影子重叠着：那是在大学时，他央求着借我的实验报告，第二天闹出了大笑话，老师把我们两人的报告都念了一遍，一字不差。最糟糕的是他竟然把我的名字也抄上了。A 君啊，A 君……

事情都已经过去。可是，第二天上午，A 厅长却突然闯进我的办公室。派头跟我想象的差不多，可态度与前大相径庭，极端的谦恭可亲，又仿佛是三十多年前向我借实验报告。“老兄，得帮我一个忙。”他说。“厅长大人何劳草民？我只会看病，别无所长。”我有点阴阳怪气。他略带诡秘地说：“虽然当了厅长，但也得有个高级职称啊。其他都好办，这国家一级刊物上的论文可是硬通货。”“你写来，我看看。”“不瞒你说，我除了签字，从不动笔。”“电脑打的更好。”“我没工夫玩那玩意儿。这样吧，坐你的车——在你的文章上带上我的名字，或者给我一篇你的东西。”“恐怕不行，我的研究和你不搭界，明眼人一看便知有诈。”“还是那么死心眼！就在你发表的文章署名中加上一个我的名字，再复印一份就行了。只要你别告我侵权。”啊，真有长进，比抄我实验报告时聪明多了。我难耐无语，还是甩给他一句话：“那可不一定。”说罢，送客。

名人之后

岳先生和秦女士同在一个研究室，皆为年富力强之中坚。俩人一起完成了几个课题，合作甚佳。

时临晋升高级职称之际，公认非岳秦二位莫属。但据悉只有一个名额，气氛不免有些紧张。

一同仁，很多事，见岳先生履历中籍贯系河南汤阴，遂联想岳先生可能是岳飞之后，顿时张扬于市。虽然岳先生也曾听说同姓者“五百年前是一家”，却从未想嗣岳武穆为宗，故对此传言不以为然，被理解为默认。名将之后的桂冠竟使岳先生头顶闪光，身价陡增。岳先生也不知不觉得意起来。

秦女士平素性情怪僻，语言尖刻，人际不善。又有多事者戏称“你莫不是秦桧之几代嫡孙?”开始，秦女士反唇相讥“你才是秦桧的孝子贤孙!”转后又想，秦桧之后又何妨，八百多年前的事与我何干。不是“有成分，不唯成分，重在表现”吗？于是，便不再争辩。

晋升高职之争，变成了名人后代之战。一日，在做实验间隙，岳先生半开玩笑地说：“唉，风波亭上万古悲风啊，你们老秦家可把我们岳家害苦了。”秦女士也没有好气，“你以为你祖宗很伟大？不过愚忠于赵家王朝而已。”“那也比卖国求荣要好！”“什么国？中国五十六个民族五十六朵花，都是中华民族。秦丞相还促进民族和解呢！”“无稽之谈！”

两人莫名其妙的争论因为实验的铃声而收场。

岳先生和秦女士的业务能力确实不相上下，评委们很为难。有的评委想得更多一些、更深一层：这岳秦之恩怨，这名人之争是否会涉及某种政策？于是弃权的不少。最后商定，今年全都不要上了，空缺一名额，明年让有千古冤仇的两家一起上，也不枉成全一件好事。

某君讲演

某君官虽不大，却喜开会、善讲演，有会必到，到必发言。虽会海翻波，却飞渡从容。余有幸，于不同时间、不同场合、不同主题的三次会议上，聆听其侃。发现他锦囊在握，以不变应万变，遂默记整理之，真乃奇文也。记述如下，为大众共欣赏。

女士们、先生们、朋友们、同志们：（非常正式）（如下乡或到基层，则以“大娘、大婶、大嫂、老少爷们儿”开头。十分亲切，使会场活跃。）

我们今天探讨的是内涵深刻、外延广阔的系统工程，它覆盖面大、含金量高，是多层次、全方位的立体交叉；是从微观到宏观、从二维到三维、从时间到空间的多元、多极的大手笔。无论是硬件，还是软件；无论是社会效益，抑或经济效益，它都誉满全球。这是一个景观、一种氛围、一道风景线。它也是文化，也应该像办“土豆节”、“水泥节”和“鞋带节”一样搞系列庆典，要召开研讨会、论证会、评审会、鉴定会和新闻发布会。增加它的力度、强度和透明度，使之有可行性、可操作性和可持续性。为什么——（很激动）不可以有我们自己的“自行车看守教授”、

“商场保安巡逻家”和“长睡之星”、“流涕之最”，以及“尔贝诺奖”、“阿弥陀佛”杯？搞科技的要考虑女娲补天的技术，搞文史的要注意贾宝玉到底和多少金钗奴婢发生了关系！

……

（讲演趋于高潮，很生动。但尽管仔细听讲，使劲理解，仍未领会要旨，竟不知所云，难以追忆其详。）

总之，希望每个人都努力“卡拉”，每件事都争取“OK”。不能只会说“早晨好”，“再见”，也要多一点“鼓捣猫腻”，“拜拜”。

好，今天先简单说到这儿，以后有机会一定再讲。谢谢诸位的关注。

（台下，无可奈何的、热烈的掌声。）

人 见 人 爱

小张漂亮活泼，衣着入时，惹人喜爱，故有“人见人爱”之称。对此议论是褒是贬，小张不以为然，我行我素。而其男友却心存芥蒂，耿耿于怀。

男友深爱小张。一日，对她说：“你也要检点些，不要太张扬，穿戴朴素点。”态度诚笃。小张说：“我没有什么过分的，都喜欢我并不是我的过错。”辩解得实事求是。

小张也深爱其男友。虽不心悦诚服，但亦依其言。遂寡言少语，散懒邋遢，很少参加社交活动。同事们均感诧异，猜度小张是否父母患病，还是领导批评，抑或爱情受挫……

“人见人爱”的小张逐渐失去了昔日的光彩，连男友也嫌其神黯形秽，竟有疏淡之意。不日，大家果然看见他伴另一漂亮活泼女郎流连于市。

也许是因为忌妒，也许是因为本性，小张的行为较先更加活泼，打扮更为艳丽，坦荡无邪，“人见人爱”的小张更加人见人爱。

原男友不知是爱、是恨、是怨、还是悔……

李家父子

老李是我的朋友，晚婚晚育，36岁时李太太为其生一子。现今，老李六十有余，子已长大成人。父子同居一处，时有争执。

一次，老李出差湖南张家界，购得既熟甜又便宜的猕猴桃10千克，欲带回京给妻儿一尝。在火车上，老李每隔几小时必清查一遍，将要烂的挑出吃掉。路程长，天气热，到家剩的几千克也差不多都烂了。对此，妻子感动不已，儿子却不以为然，称他观念陈腐。说照此您将永远吃烂的，应该先拣好的吃，抛弃烂的。老李不解，难言满腹苦衷。老李节俭，虽收入不菲，却习惯清贫。其子则花钱大方，专嗜名牌。老李以16元买得一件衬衫，儿子以160元买得一件相同式样的名牌。几日后，李妻将两件衣服一道清洗，名牌色泽脱落，竟贵贱难分。这次，老李似有理在握，教训其子："不要迷信名牌，十件衬衫能穿多长时间？"儿子并不以为憾，反问他："您可

体会过穿名牌的气派和滋味?”

儿子不知什么时候考了驾照，也不知什么时候借了一辆车。单位不远，却驾车往返，甚为得意。老李坚持骑他的破车，一曰锻炼，二曰自由，多次拒绝儿子送接的孝心。儿子还有大哥大一部，其实并无生意和诸多社会关系，每天都让父母呼叫，以示炫耀，二老极为反感。一日晚，李妻突然腹痛发作，老李焦急无奈，欲用“二等车”送往医院，但妻痛甚，坐卧不宁，不得已呼叫儿子，急送医院诊治。儿子略显矜持，只是不咸不淡地说了一句：“请不要拒绝现代化……”

药 房 老 孙

老孙是中药煎药室的工人。20多年前，他不过三十出头，业已被称作老孙。

煎药室只有老孙一人，从抓药、煎制、过滤、分装到发放，全由他完成。老孙忠于职守，埋头苦干。早晨，我们上班，他已经把药送到病房，还看着病人把药服下，怕药凉、怕漏服；晚上，我们下班，他还在收拾包包袋袋、瓶瓶罐罐。大家都对老孙啧啧称赞。

那时候，时兴讲用，就是讲学得如何好，做得如何好，群众自然推举老孙。老孙羞于面、讷于言，推辞再三，但拒绝肯定是不可以的。老孙讲的倒也实在，怎么想就怎么做，怎么做就怎么说。最后他说：“其实，也没有什么，只不过干活吃饭。”在当时真可谓语惊四座，大家诧愕，却不敢哗然。有人帮助老孙提高觉悟，把朴素的阶级感情上升到路线高度，并启发他多做好事。老孙愚而不笨，他花费了好多时间和精力为病人理发、购物、取款领邮包，病人都感谢称道，可专司其职的理发员、收发员和住院处外勤却无可奈何，颇有微词。

那时也经常召开对当权派的批判会，就是非常严厉地批评单位领导，“革命重任”又落在老孙身上。会上，老孙说：“其实，院长对煎药室挺关心的，经常来——”下面有人唯恐老孙“滑边”“走火”，赶紧打断，嚷着“走资派的居心何在?”老孙猛然领悟，拿起事先别人帮他准备的讲稿，铿锵有力地念道：“他们是想把小小的煎药室变成复辟资本主义的黑据点，进攻社会主义的桥头堡!”大家都使劲屏住气，憋得双唇两腮酸痛，生怕喷笑出来。

一场“风雨”过后，老孙的煎药工作和生活又恢复了平静，人们似乎不那么关心他了。可是，老孙可真的老了，脚步缓慢，腰背僵驼。已经到了退休年龄，却一聘再聘，因为没人接班。年长的做不来，年轻的不愿做。一天，老孙领着爱女找院长，让其接班，并献上女儿为其整理的几万字的《中药煎制法》一书，算是自荐。院方欣然允诺。亦有不少人疑惑不解，老孙女儿大专毕业，受聘于某公司，收入颇丰，何苦跟她老子一样受煎熬?老孙淡淡一笑，慢悠悠地说：“我们是药王之后，注定要在药堆里过生活……”

老孙是否是孙思邈的嫡亲无从考察，我以为多半不是，可他确实是个好人。

包 装 人

阿贵妻要出国。万事俱备，只等签证。

阿贵趁此机会去外埠办事，7岁的儿子也跟着玩一圈。刚好1周，父子返家。

一进家门见妻正坐在梳妆台前悉心描画，转过身来，令人惊愕不已。但见：丹凤细眼已成大双眼皮，然有疤痕感，且眼白颇多；颧部垫高，稍嫌突兀；嘴角向两旁延开2厘米，加之口红过重，宛如血盆；脸面脂粉厚腻，形同假具；头发卷曲，又染成金黄，像是戴了西方法官头套；胸乳高高隆起，裸露大半，显得过分。一日不见，如三秋兮。所谓伊人。不可复识！

“怎么样？亲爱的。”妻的语调怪异。阿贵木然，无言以对。“宝宝，妈妈漂亮吗？”妻子转问儿。儿子不语，摇摇头。“宝宝，妈妈像不像洋人？”妻兴致很浓，带着期望地又问。儿子不语，点点头。

少顷，儿子突发惊人之语：“妈妈不是妈妈！”“你看你把自己捯饬成了什么样子！”阿贵也按捺不住愤懑。“要出去，就要和国际接轨。”妻言之凿凿。“那也是假冒伪劣。你想讨洋人喜欢，恐怕适得其反。猪的眼大，好看吗？鸡的眼睛小，难看吗？

猪就是猪，鸡就是鸡。”阿贵急不择言，也不知如何说才是。

阿贵妻被数落得伤心泪下，抽泣成声。阿贵不忍，再看其妻，粉脂被泪水冲刷，露出“黄土地”，颜面有同千沟万壑，禁不住“扑哧”一笑。妻似有所感，娇嗲地说：“你觉得好看了吧，总得有个过程呀！”

夫妻正说话间，忽有叩门声，宝宝跑去从“猫眼”一看。竟吓了一跳，嚷道：“爸爸，快来看一个什么人?”阿贵开门一望，也不禁一愣。“王贵同志，别来无恙?”对方先声夺人，出语不凡。只见来人：眼睛深陷眼眶里，眯成一线；鼻翼拉宽，尖顶像是兀立的残垣；口角两侧各有一个如同拉紧绳结的挛缩；面皮蜡黄，光亮如漆；头发乌黑垂直，前有刘海，后有披肩。仔细打量之后，阿贵才认出此乃在欧洲留学时同一实验室的玛丽小姐。“我到这里学习半年，中国化了，你看——”玛丽的不伦不类的表白，阿贵似乎没有听进去。

阿贵妻却凑上来，两位女士极端热情的相会，又是握手、拍肩，又是拥抱、吻颊。“我叫王婆。”玛丽说。“我叫玛丽娅。”阿贵妻说。一个用半生不熟的英文，一个用半熟不生的中文，交谈甚欢。阿贵难以卒睹，领宝宝到内室去了。

第四部分　守望医魂

医生工作的对象是人，不可见病不见人，不可只医病不医人。妇产科医生面对的是女人，是为人妻、为人母并集家庭责任于一身的人，不可稍有疏忽和懈怠，她们应得到更多的尊重和关爱。妇产科学不仅是一项技术，更是一种人学，一种艺术和哲学。

当医生最重要的是善良与友爱①

走进北京协和医院郎景和大夫的办公室，记者发现，这里更像是一间有趣而风雅的书屋和缩微博物馆。

在不足10平方米的屋子里，四面沿墙而立的书架和紧邻的书桌上摆满了各类中英文书籍资料，仔细看才发现，大部头的专业书著旁，几乎有一半是和文学、艺术、绘画、哲学相关的书籍；书桌上错落有序地摆着或挂着各式各样的铃铛；在空余不多的墙上、书架玻璃门前，还挂着郎景和教授自己的笔墨之作，或经精装细裱，或随手贴在墙上。

在繁忙的门诊、病房、手术室等工作的间歇，郎教授就在这些书籍、铃铛、书法作品的环绕中，以他惯常的节奏，忙而有序、从容不乱地研究问题、著书撰文、指导学生。

从医40余年，最爱别人叫他“郎大夫”

当问及为何选择从医，郎景和教授告诉记者，小时候，母亲多病，镇上的郎中随叫随到，几剂药过后，母亲的病情就会缓解许多。由此他萌生出对医生最初的印象：和蔼可亲、助人除病。

①原载于《生命时报》专访“天下名医”，2011年5月13日第15版。特邀记者：王姝。

于是，选择了医学道路。

从白求恩医科大学毕业后，他因成绩优异被学校推荐到北京协和医院工作。实习期马上要结束时，他开始填报专业志愿。因为比较喜欢外科手起刀落、当机立断的感觉，他填写了外科和妇产科。当时担任北京协和医院妇产科主任、著名的妇产科专家、中国现代妇产科学的创建者林巧稚大夫，在诸多实习医生中挑中了郎景和，让他成为那年新入科室的住院医生。提起此事，郎教授至今仍十分感慨："到协和工作是幸运的，在林大夫身边工作更是幸运的。"

郎教授在北京协和医院妇产科工作已有40余年，其间也曾下乡、入藏巡回医疗、受邀外出会诊讲学、海外出国访问交流、主持院科行政工作，但病人和中国妇产科学事业，始终是他内心最为珍视、倾注了全部精力和情感的事情。

20世纪90年代，时任北京协和医院副院长的他，受当时妇产科主任吴葆桢大夫病危之际所托，毫不犹豫递交辞呈，回科接手妇产科主任之责。在此后20年里，凡有人问及此事，他都以此为幸、为乐，因为人生中的大部分时间是在做自己最喜欢的事情，看病、开刀、搞研究、做学问，乐在其中，不知疲倦。尽管历任副院长、时任多年的科主任、又有诸多社会职务的闪光头衔，他还是最习惯也最喜欢别人称他为"郎大夫"。他强调临床实践，强调永远走到病人床边去，"离床医生不是好医生"。又善于在纷乱的症状中，在繁杂的检查报告里，找出头绪、抓住要害、做出诊治决策，一些疑难杂症因此了然，迎刃而解。

"看到郎大夫的那一刻，我心里马上踏实了"

这是一位病人的女儿说的一句话。当时病人被初步诊断为"重度宫颈上皮内瘤变"，是一种癌前病变，由郎教授为病人的手术确诊病变级别，以排除浸润性癌的可能。患者的女儿一见到郎大夫，就说了这么一句话。这种感觉在著名作家毕淑敏对郎大夫的访谈笔记中也提到过："他不但叫人感觉到无惧、可亲，还有一种很内敛的力量蕴含其中，预备着在危难中给你以期望和能够兑现的光明。他始终是从容不迫和安详的。"

无论是初见还是熟识，无论是在忙碌的门诊，还是在与癌瘤相搏的手术台上，他总是以他由内而外的包容气质，在平静中感染并鼓励着周围的人。而如此气定神凝、一直清晰的思路，更基于充实的内心。郎大夫曾在他的杂文集《外科解剖刀就是剑》中以浪漫的文笔对年轻医生提出中肯的提醒："我们常常把梦想遗弃，只是为了追逐时代飞转的车轮。但我们务必看准方向，知道自己上哪去。"为此他提出，医生要"加强自身的人文和哲学修养”，要“克己、利人、同情、正直”，也要“学点文学、艺术、哲学”，从而修炼成“整体的眼光和平静的心灵”。

郎景和教授最喜爱的绘画之一，是温森特·凡高为他的私人医生加歇医生画的画像，他喜爱画的蓝色基调，因为觉得这是深沉而神秘的颜色；喜爱画中加歇医生蓝色的眼睛，因为从中看出平静而悲悯的情怀。

郎教授的平静与从容还表现在与病人接触的点点滴滴中。有各种难治的疾病，也有各种难处的病人，他始终以关爱之心、宽容胸怀对待他们。身边的医患人员从未见过他对病人训斥、呵责，甚至大声说话，总是和颜悦色，耐心周致。因此，一个好医生不仅要有精湛的医术，还应有品德修养、人格魅力。

善良是医学的根本

“善良是做人的标准，也是医学的根本。”郎大夫的这句话并非仅对于女性，也绝非堂而皇之之词。善良，可以说是他看待周围人事的基本价值标准，也是他一直秉承并倡导的医学核心理念。10多年前农妇在手术后赠送的手绣鞋垫，会被他小心珍藏；在西藏骑马外出巡诊时，朴实藏民躬身助他上马的情景，会被他时常念起；对已逝世的良师益友、历任老主任，每年清明，他都会雷打不动地前去祭奠；他在吴葆桢大夫逝世10年之际，曾作赋《吴葆桢大夫逝世十周年祭》，发表于《光明日报》；对青年学生的困难，均事无巨细、不计工作繁忙，倾力帮助。在郎大夫办公室的一面墙上，高悬着他自己所做的一幅毛笔画“九笔佛”，下写“觉悟、冷静、慈悲、智慧”。

郎教授在他的《一个医生的哲学》中写道："医学，是一种善良人性和友爱情感的表达。"作为医学人文的一贯倡导者和全国妇产科学领头人，他对于"科学求真、艺术求美、医疗求善"的理解，更体现在他每日的临床医疗实践中，也是他对于制订临床医疗规范的指导思想。作为一个热爱手术的外科医生，他时时不忘对病人意愿的尊重和生活质量的兼顾。如对于子宫肌瘤的治疗，他常引用他喜爱的英国著名妇产科教授邦尼说过的一句话："为了半打纯属良性的肿瘤而切除年轻妇女的子宫，不啻一次外科手术的彻底失败。"作为全国妇科腔镜协作组组长，他在将妇科腔镜技术引入国内，并大力促进其发展的同时，还一直提醒同道"外科手术不是器械和技术的炫耀，手术室里最重要的是病人"，"合理决策使用新技术，否则，微创可能变巨创"。将人文关怀和对科学的热爱与尊重相结合，是他一直秉承的行医原则，这也贯穿于他行医的始终，真正体现了医学艺术之美。

郎景和教授在一次关于青年医师成长的演讲中，以《翅膀坚强，高飞远翔》为题说道：临床工作有三条基线，就是"心路清晰，心灵平静，心地善良"。我们也可用此透视郎大夫40多年来的医学人生。

守望医魂

郎景和大夫是中国妇产科学界当之无愧的领军人物。1964年从白求恩医科大学毕业后郎景和被分配到北京协和医院，是林巧稚大夫亲自将他挑选进了妇产科。秉承恩师林大夫的从医之道、治学之道和为人之道，郎景和在协和辛勤耕耘43载，历经锤炼，积累了深厚的底蕴，成长为一名卓有建树、受人敬仰的医学大家。

在妇产科学的临床和科研工作中，凭着勤奋、执着和悟性，他创造了许多个第一，即使是做学问，“人性”的主张总使他能够选对研究的方向，不断有新的超越；在医学科普领域，40年笔耕不辍，著作等身，将科普视为医疗的延伸和社会责任，被誉为科普界一面高扬的旗帜；在学科建设上，他富于理念创新，促进人才培养和团队建设，注重营造适宜的学术氛围与环境，使协和妇产科始终保持全国“妇产科领域的常青树”地位；他对医学的本质进行了多年潜心、深入的思考，完成了从一名医生、一名科普作家对病人的细节关怀，到对医学、医生的哲学思考，进而到医生的哲学修养和人文观念的大力传播者的升华。

①2007年，郎景和被评为全国十大医德楷模，北京协和医院宣传处段文利处长为此撰写本文，发表于《中国教工》。

他拥有数不清的头衔和旁人看上去耀眼的光环——中华医学会妇产科学会主任委员，《中华妇产科杂志》总编辑，中国医师协会妇产科分会会长，以及中国科普作家协会副理事长……但他最喜欢的还是"郎大夫"这个称谓。在郎景和的履历里填满了各种奖项，国家科技进步奖、何梁何利奖、人文医学荣誉奖等，但他最喜欢的还是"优秀教师"这个奖项。因为，医生，治病救人；教师，传道授业解惑，这是他此生最看重的两重身份。这就是郎景和，一个百姓心目中生命的守护神；一个学生眼里的良师益友；一位医学职业精神的守望者。

分享"第一"

卵巢癌是死亡率很高的妇科疾病，由于难以筛查和早期诊断，病人就诊时往往已属晚期，70%于5年内死亡。从20世纪70年代起，郎景和与连利娟教授、吴葆桢教授等一道，深入系统地研究了卵巢癌的发病机制、转移规律和生物学行为等。20世纪80年代，郎景和在国内最早开展卵巢癌的肿瘤细胞减灭术，20多年来施行手术2 000余例，并把手术的各关键步骤、手术彻底性评价以及再次减灭术、分期手术等概念和操作推向全国。1995年他所提出的"卵巢癌恶性肿瘤的诊断与治疗的策略建议"，则直接推动了2000年中国妇科肿瘤学组（CGOG）制定《妇科常见恶性肿瘤诊断和治疗规范》。此外，他在国内率先总结了卵巢颗粒细胞瘤的特性与治疗方案；提出VAC、BVP、PEB方案，使卵巢恶性生殖细胞肿瘤的治疗得到了突破性进展；提出淋巴转移是卵巢癌的重要转移途径，阐明了各组淋巴转移的比率和影响转移的因素。他通过自制的脂质体阿霉素进行淋巴管化疗，被临床证实具有良好的靶向性和低毒副作用。此外，还率先进行了卵巢癌流行病学调查，遗传性卵巢癌综合征的分子遗传学研究，在国内第一次成功地将人白细胞介素 -2 基因转导入卵巢癌细胞，为研制卵巢癌肿瘤疫苗提供了实验材料。郎景和关于卵巢癌淋巴转移的研究、卵巢癌发病和生物学行为及治疗学的基础和临床研究，先后四次获卫生部及国家科学技术进步奖，并获吴阶平－杨森医药研究一等奖，又于 2001 年获中国妇科肿瘤特殊贡献奖。

20 世纪 90 年代中后期，郎景和教授建立和主持了国家自然科学基金重点课题“子宫内膜异位症发病机制的研究”，形成了对子宫内膜异位症发病的新认识和基本构想，提出“在位内膜决定论”和“源头治疗说”，这一科研成果获得了 2004 年“北京市科技进步一等奖”和 2005 年“国家科技进步二等奖”。他们还起草制定《子宫内膜异位症临床诊治规范》在 25 个省市推广，讲座受众达 8 000 人次，极大地推动了全国范围内该病的规范化诊治工作的开展。

郎景和在国内率先将腹腔镜应用于妇科临床，迄今协和妇产科腹腔镜手术已逾 3 万例，无论深度、广度均居全国之首。他在国内率先开展推行子宫颈病变和子宫颈癌的先进细胞学检查和病毒学检测，制定了诊治规范，推进了防癌进展。由协和妇产科牵头的卫生部十年百项全国子宫颈病变规范化诊治工作，目前已有 100 万名妇女受益其中，包括新疆 1 万人和西藏 5 000 人。

随着“人到中年”，女性盆腔内起支撑作用的周围肌肉和韧带在逐渐出现老化、弹性减小，盆腔内器官如子宫、膀胱和直肠

“三大件”开始出现膨出、脱垂，包括尿失禁和盆腔器官脱垂在内的女性盆底障碍性疾病严重困扰着中老年妇女的健康与生活质量。为了让中老年妇女摆脱尴尬，“活得更加体面”，郎景和从20世纪90年代末在全国率先开展“女性盆底障碍性疾病的基础与临床研究”，不仅阐明了女性盆底障碍性疾病的发病机制，而且成功组织了全国六大区域共涉及2万余人的流行病学调查，为我国对该病防治策略的制定提供了宝贵的依据。他在全国倡导“盆底外科重建”建立学组，并致力于在全国推广规范化诊断与治疗经验。这一科研成果获得了2004年“中华医学科技进步二等奖”。

在妇科学天地，郎景和获得了许多“第一”。他是妇科肿瘤研究、子宫内膜异位症研究、腹腔镜的应用、盆底重建外科的提出与研究等诸多方面的开拓者和领军人物，但他更是一位乐于“分享”的长者。每每攻下一个山头，他就把“第一”让给别人，更愿意为奋力前行的队伍保驾护航。他发自内心地认为“大家好才是真的好”。

当年绿树已成荫

郎景和非常钟爱医学教育事业，多年坚持为协和医大本科生授课，他的授课可谓点睛传神、荡气回肠，既讲历史，又讲前沿，还常在黑板上即兴作画，教大家绘制手术图谱。近10余年他共带出了硕士生、博士生、博士后60名。

他的一位学生（第三年住院医）在繁忙的临床工作之余将师长在查房及日常医疗活动中的提问及讲解以及科室学术活动时的

讨论认真记录，整理归纳，竟成30余万字的一本书，郎大夫将其命名为《妇产科临床备忘录》出版。当年学生拿着初稿怀着忐忑不安的心情来找他商量时，郎景和的鼓励不仅是言语上的，更是行动上的。他邀请科里的范光升、徐苓、边旭明和沈铿等好几位专家教授一同审校书稿，并亲自为该书写序，写编著者的话，写内容提要，甚至到书籍的栏目设置。更值得一提的是，他还在书的扉页写下了这样一句话："也许，我们学习得很不少，只是实践得不够；也许，我们实践得也不少，只是思索得不够；也许我们不是记忆得少，只是忘却得多……"作为一名协和妇产科的学科带头人，担任中华医学会妇产科学分会的主任委员，多少重要事情等着他拍板，多少复杂手术等着他上台，多少学生等着他去传授，多少重要科研项目等着他指点，郎景和有太多太多的事情要做，但每当科里的青年人找他帮忙，他总把这些事看作比自己的事更重要，真诚地全力地给予支持和帮助。

青年医师怎么培养，关系到协和妇产科的未来。这是郎景和心中的最重。他将青年医师分为高、中、低年三个层次来培养，以形成学科的阶梯：对低年医师，重在临床轮转培训，打好基础；对中年医师，重在主管专业技能的建立，他以自己的学术影响力不断给科里的年轻人创造进修、出国、培训和晋升等条件，让他们得以不断深造；对高年医师，重在亚专业方向发展，他和每个人亲自商谈，使每个人在科里能定岗、定位和定向，明确自己的专业发展方向。这就是他著名的“400米跑道，多竞赛，少碰撞”的青年医师培养理念。青年人打好基础后就应该压担子，给予更多的锻炼机会，为此，郎景和鼓励他们参与并担任更多的科室工作和学会工作。在各个专业组发展上都有年轻人崭露头角。

不仅如此，郎景和还创立了妇产科月报会制度，在每月的第一个周三下午，各专业组将一个月的工作状况、疑难病例集中在这里汇报，全科人就感兴趣的学术话题展开激烈的讨论，郎景和启发式、鼓励式、点睛式的精彩点评，成为这一份学术大餐当中必不可少的部分。近年，他又在每次月报会的结尾加入几分钟的“读书报告”，如微创手术、妇科病理等方面的书以及奥斯勒、邦尼、努瓦克等大师的书，蕴意深刻，饶有兴趣，吸引了科内外、院内外不少听众。

从林巧稚大夫手中延续下来的产科，每年分娩1 400～1 600例，虽数量不多，但70%～80%为高危妊娠。他们不仅能很好地处理内外科等严重合并症，其产前监测研究代表着国内外的先进水平，遗传咨询和产前诊断多次获奖，目前已建成“国家级产前诊断中心”。妇癌组与内科、外科、麻醉科、病理科、检验科、放射科、超声科、ICU……多科协作，在肿瘤细胞减灭术、化疗、放疗和介入治疗的实施方面取得长足进展；盆底重建外科从女性压力性尿失禁、盆腔器官脱垂的研究与治疗开始，并与泌尿科、肛肠科、消化科等合作，不断拓展深入……除了继续保持协和妇科肿瘤、妇科内分泌、产科、计划生育等传统优势外，妇科内镜、子宫内膜异位症、盆底重建外科、IVF 等也逐步成为协和的优势领域。一大批中青年骨干随着科室的发展逐渐成长起来，脱颖而出。在他领导下，该科闻名遐迩，获得多项科技奖励，担任全国各学会、学组领导职务，成为妇产科的“国家队”，显示其顶尖的学术地位和兴旺发达的向上精神，已被提名为 2007 年全国卫生先进集体。

郎景和“大树、小树与森林”的团队建设理论，是将著名专家形象比喻为大树，将青年医生比喻为小树，将团队、方阵比作森林。以大树、小树、森林的关系来比喻老中青与团队的关系。大树是方向，学科带头人是科室前进的标志，没有大树不行；但树大了会遮挡雨露阳光，不利于小树生长，枝叶过于密盛要剪枝！这是指老教授在一定的时候要善于主动让贤，以利于年轻人尽快成长。小树都长起来，就形成了一片森林，成材了，不怕狂风暴雨了，是说青年医师在老前辈关怀帮助下就会迅速成长起来，具有独挑大梁的竞争能力。

妇产科从林巧稚教授开始，涌现了一大批国内外著名的专家教授，宋鸿钊、葛秦生、连利娟、吴葆桢、孙念怙……他们以毕生的心血为协和医院妇产科的发展奠定了坚实的基础，他们是协和的大树，是旗帜，是方向。郎景和是他们当中承前启后的一代。为了协和妇产科的未来，他们甘为人梯，勤于剪枝，如此才形成了妇产科学科蓬勃发展的森林。

郎景和教授不仅用语言，更用行动佐证了“对老者尊重，搀扶着走；对后生爱护，提携着走；对同龄人关照，牵着手走”的理念。

高扬科普的旗帜

郎景和是真正理解医生的职业使命和社会责任的医学家，所以，他一贯重视预防为主，热心科学普及，出版科普书籍 38 部，200 余万字，并屡屡获奖，是广大群众喜爱的科普作家。

从医 43 年，诊治病人千千万万，郎景和在病人心目中无疑是位好医生。然而他并不满足于此。他常想：一个医生在 1 周里尽管看了百多位病人，做了十多台手术，可还有好多病人没有机会来看病；即使是痊愈的病人，也还有疑虑和问题；健康人也想知道健身防病的知识。于是他有了医学科普创作的原动力。

从 20 世纪 70 年代起，在林巧稚大夫的指引下，郎景和走上了医学科普之路。他参与编写了《家庭卫生顾问》《家庭育儿百科大全》等深受广大人民群众喜爱的畅销书。在当时为数不多的几份经典科普期刊《父母必读》《大众医学》《知识就是力量》里，他是最优秀也是最多产的撰稿人。他总是“挖掘那些震撼人心的科学事实，并用简捷生动的语言写出来”。老百姓特别是广大妇女通过文章认识了郎景和，而郎景和也因为拥有一大批读者感到宽慰。

《妇科肿瘤的故事》在《健康报》连载后，读者来信源源不断。一位患有卵巢未成熟畸胎瘤的年轻妇女感激地说，是郎大夫的一篇《“改恶从善”与“和平共处”》的文章救了她的命。当时她住在医院里，手术方案久议未定，正在这时郎大夫的一篇文章刊登出来，当地医生根据郎大夫的指点，为她设计了正确的方案，手术获得了成功。

写科普，有些人认为是浪费时间。郎景和则认为，一个医生，如果他仅仅是一个好医生，那他就不可能是一个好医生。郎景和已经把科普宣传和创作当作自己职业的一部分，当作医生的一种社会责任。他还利用各种机会讲解科普与科研的相辅相成、相互促进的关系，向全社会呼吁科普意识的培育。

科普创作可以称得上是一种科学文化苦旅。郎景和在这个征途上跋涉数十年，仍乐此不疲。他捕捉时代气息，紧跟科学前沿，不断创新科普小品、科学文献的表达方式。他的《妇女科学文丛》包括“从初潮到更年”、“女性与婚姻”、“妊娠与分娩”、“妇科肿瘤”四卷，基本涵盖了妇女保健的全部内容。

在中国科普作家协会第三届全国代表大会上，郎景和再次当选为科普作协副理事长。后来，又被中国作家协会吸收为会员。他从医学专家到科普作家和作家的成功之路，代表了当今科学与文化事业相渗秀的趋势和潮流，对科学工作者、文化工作者都会产生深远和有益的启迪。

医生给病人开出的第一张处方应该是关爱

“一个医生竟能写出如此优美的文章！”这是不少人看了郎景和的文章后发出的感叹；而与郎景和打过交道的病人，更是对其高超的医术和崇高的人格魅力充满敬意。亲切、真诚、睿智、幽默，温文尔雅，洒脱随和，没有丝毫距离感，令人敬仰。

人文关怀，始终是郎景和医学哲学思想的内核和闪光点。包括学术思想、医学哲学观、医学科普观、人文关怀理念在内，构成了他对医学精神的领悟，而渗透其中的是他深深的社会责任感。在一步步迈向学术殿堂之巅的同时，他从来没有停止过对医学的本质、医生职业的哲学思考，40年的时间，完成了从一名医生、一名科普作家对病人的细节关怀，到医生哲学修养和人文观念的大力传播者、推动者的升华。

小时候，母亲多病。镇上的郎中和蔼可亲，腋下夹着一个黑皮包，随叫随到，几剂药过后，母亲的病情就会缓解许多。郎中那种神圣感让郎景和一生都难以忘怀。

在当医生之前，郎景和透过文学作品对人性、对社会就有很多的感悟。从医后，郎景和对人文关怀有了更深的理解。他常跟学生们讲，医生工作的对象是人，不可见病不见人，不可只医病

不医人。妇产科医生更有其特殊性，因为妇产科医生面对的是女人，是为人妻、为人母并集家庭责任于一身的人，不可稍有疏忽和懈怠，她们应得到更多的尊重和关爱。完成这一使命的妇产科医生应该体会到，妇产科学不仅是一项技术，更是一种人学，一种艺术和哲学。

这样的人文关怀理念指导了他的医疗实践，那就是在坚持医疗原则的前提下，设身处地为病人着想，求得医患之间的“合拍”，形成一种水到渠成的相互理解和信任。

曾有一位24岁的病人长了巨大子宫肌瘤，当地的医院要把她的子宫全部切掉。这对于还没有结婚的女孩子意味着将永远失去生育能力。万般无奈下，她来到协和医院。经过缜密的考虑，郎大夫为她保留了子宫，做了肌瘤剔除术。后来她顺利地怀孕生子，巧的是剖腹产手术也是郎大夫做的。在手术的同时，郎大夫连她子宫内孳生的小肌瘤也一并拿掉了。5年后，她的子宫肌瘤又复发了，这次，她接受了郎大夫“子宫全切”的建议。郎大夫这“先后三刀”，送给了女人一个完美的人生。

一个子宫巨大平滑肌瘤同时合并有脑梗塞、原发性高血压和继发性红细胞增多症等的患者，由于惧怕手术，腹中“养”瘤10年，瘤子长到18千克，直径45厘米，相当于盆腔内有360个子宫，或者孕育6个3千克重的胎儿。在郎景和多次动员下，病人才下决心摘掉巨瘤。郎景和亲自主刀成功切除了肿瘤，这是国际上迄今报道的体积与重量最大的子宫肌瘤。

一个医生的爱心、技能和睿智究竟表现在哪里？

一位12年前做过剖腹产手术的农村妇女，难以摆脱的腹痛，使她在9年前又切除了子宫及附件，然而问题依然没有解决，她仍终年蜷曲于床榻不下地、不能操持家务，更不能干农活。2个月前，她来协和医院就诊后，郎大夫亲自为她做了腹腔镜手术。腹腔的粘连解决了，然而“心里的粘连和创伤”没有消除，病人依旧愁容满面，一动不动地躺在床上。术后第二天，郎大夫来到病人床前，鼓励她高兴一点，坐起来；第三天，郎大夫又来到病人床前，鼓励她、搀扶她下地行走；第四天，农妇终于高高兴兴地出院回家了。郎大夫关爱的力量就这样发挥了作用。

所以，郎景和总强调医生要体察、尊重、理解病人的伤痛、意愿和要求。他讲得最多的一句话是：“去做手术，但不仅仅是去做手术。完成了手术，并没有完成对病人的全部治疗。”郎大夫常对学生们说，治疗，并不只是意味着治疗某种疾病，而是帮助患者恢复精神心理与身体生理的完整性；关心病人，也不意味着我们只注重疾病本身，更应该考虑病人的体验和意愿。如是，我们才能将自己“塑造”成为真正的外科医生。人文关怀已经从郎景和的一种职业习惯、一种责任，升华为一种精神。

在临床实践中，郎景和强调医生要才、智、德兼具，而德是基础，要注重品德修养，贯穿哲学理念。他说，一个完美的手术，技巧只占25%，而决策占75%，决策是哲学，决策是负责精神。所以，他热心认真推行诊治人性化、微创化和个体化，积极拓展、推广微创手术，创伤小、恢复快、效果好，甚至癌症患者亦可保留生理与生育功能，提高生活质量、促进社会家庭和谐。

医学是什么？医学能否包治百病？郎景和说得最多的一句话就是：我们对病人“有时是治愈，常常是帮助，却总是抚慰”。

郎大夫不断思考、不断总结，强化“医学是人学与仁学”的理念。他在近几年宣讲、推行“医生的哲学理念和人文修养”，精辟、深刻、实际地阐述了医学是什么，应该怎样？医生是什么，应该怎样？如何改善医患关系，进行医患交流，珍视、维护精神道德底线。他在北京、上海、南京、广州、成都、长春等地，在协和、北大、首医、中山、川大等大学的讲座有极好的反映。在《健康报》《中国医学论坛报》长篇连载，推动了医德及医学人文教育的深入开展。他的《一个医生的哲学》一书全面地阐述了这些理念，1998 年、2002 年、2007 年三次再版印刷，成为业内外读者都喜欢的书籍。

郎景和以医疗为职业，充分显示其关心于人、体恤于人、帮助于人的高贵品质。他对医生的理解是“科学家也许更多地付诸理智，艺术家也许更多地倾注感情，而医生则必须集冷静的理智与热烈的感情于一身”。他提出的“医生为病人开的第一个处方应该是关爱”，不仅是他的践行，也成了所有医生的箴言。

在人们对医疗服务水平和医风医德颇有微词的今天，郎景和其人、其事、其思、其谈、其行给我们以震撼。一个热爱自己的职业且陶醉其中的人，一个把工作视为一种乐趣、一种享受的人，一个把医学升华为很艺术、很哲学的人，人们没有理由不相信他所取得的成就。我们各行各业、我们每个人太需要这种“状态”了！郎景和以他的“纯粹”为我们诠释了人生的境界，他赢得了人们由衷的敬意。患者需要更多这样的好医生，我们的事业需要更多这样的人！

一个医生的哲学①

北京协和医院妇产科大夫郎景和是公认的妇产科领域的大家，是妇科肿瘤研究、子宫内膜异位症研究、腹腔镜的应用、盆底重建外科的推广与研究等诸多方面的开拓者和领军人物。从医50年，他获得了多项荣誉：国家科技进步奖、中华医学奖、何梁何利奖、全国医德楷模……2011年，郎景和当选为中国工程院院士。

结缘妇产科

“能够到协和工作是幸运的，能够在林大夫身边工作更是幸运的。”

小时候，母亲多病。镇上的郎中随叫随到。每次出诊都会拎个黑色皮包，问过情况之后从包里拿出一个装有注射针的盒子，用上药后母亲的病情便有所缓解。“酒精的味道给我一种特别神奇、向往的感觉，对医学的神秘感让我难以释怀。所以我选择了医学，尽管当时酷爱文学。”

事实上，很多人对男性妇科大夫是心存困惑的。在中国内

①摘自《北京晚报》。记者：缪炜。

地，由于受传统观念的影响，男性妇科大夫较少。郎景和曾做过调查，中国内地妇产科大夫中男性人数不到15%。郎景和是如何和妇产科结缘的呢？这就不得不提到林巧稚大夫，一位被称为“万婴之母”的人民医学家。

“当时新进的住院医生需要报两个志愿，我喜欢外科，觉得刀起刀落比较解决问题，第一志愿就报了外科，第二志愿报了妇产科，觉得它也属于外科系统，不大不小，既动手又动脑。”

由于受欧美观念的影响，时任妇产科主任的林巧稚大夫会在每年新进毕业生中挑选一名男大夫，而郎景和恰恰符合林大夫的愿望，就这样，郎景和就成了林大夫钦点的妇产科大夫了。

“林大夫实际上是我的祖师奶奶那一辈，当然她是我们的师长。那时，妇产科就30多个大夫，指导的机会多，更重要的是，林大夫最后的10年，我做她的学术秘书，陪着她出门诊、开会、出访及编撰文章等，得到了她更多的直接指教。”

医学是人学

“医生给病人开的第一张处方是关爱”

学医之前，郎景和通过文学作品对人、人性有过很多感悟，从医之后，他始终用这种人文关怀指导医疗实践，把每一次治病当作是和患者的一次合作。医学的发展，尤其是西方先进的技术设备被引入之后，很多人觉得去医院看病和大夫之间的沟通少了，取而代之的是生硬的仪器和一堆堆的化验单。

“医生不是工程师，不是纯科学家，应该比其他职业有更多的人文关怀理念。病人到医院，不是躺在一个冰冷的流水线上接受各种各样的检查，应该得到温暖与友善的关怀。仪器只是帮助认识疾病的手段而已。”

郎景和认为，作为医生，首先要关爱患者，然后才是诊治她的病痛。尤其是妇产科医生，面对的是女人，集为人妻、为人母及家庭责任于一身。诊治一定要考虑病人的意愿，因为她的健康不仅关系到生命，更关系到生活质量、家庭幸福等问题。在妇科疾病中，子宫肌瘤是一个相对高发的疾病，每 5 个成年女性就有 1 个肌瘤患者。在治疗上，子宫切除和肌瘤剔除是处理这一疾病常用的方案。

“病人长了个肌瘤，或者多发肌瘤，如果病人很年轻，还没有生育，我们只是剔除肌瘤，就像一个苹果哪儿烂了，就把烂的部分抠掉，苹果还是可以吃的。事实上，子宫切除是破坏，肌瘤剔除则是建设。”

说到这，郎景和曾经为一位子宫肌瘤患者先后做了三次手术，送给了一个女人完美的人生。第一刀，当时患者 24 岁，是广州文工团的演员，患子宫肌瘤找到郎景和，考虑到患者没结婚，没生过孩子，虽然肌瘤很大，郎景和采取的是肌瘤剔除术。术后两三年，她结婚怀孕了，郎大夫给她做了剖宫产手术，因为肌瘤剔除后子宫上有瘢痕，最好是剖宫产。产后 5 年，她又长了肌瘤，比较多、比较大，子宫已经完成了生育的任务，与患者磋商，又做了全子宫切除。

“一切从病人的利益出发，考虑病情，是科学原则；又考虑人情，是人文原则。将病情、人情结合起来，才是最好的治疗，这就是医生的责任。”

最喜欢叫他“郎大夫”

“院长、院士、主任、教授、专家……各种称谓，我最喜欢大家亲切地喊我‘郎大夫’”

目前，协和医院妇产科共分为普通妇科、妇科肿瘤、产科、生殖内分泌科和计划生育科等五个专业组。除了专业齐全，技术力量雄厚，梯队建设也很完善，共有221张床位，107名大夫，其中正教授24名。

2011年，一份由复旦大学医院管理所公布的医院排行榜，在国内医疗界引起不小的震动。在妇产科领域，北京协和医院妇产科排名全国第一。作为掌门人的郎景和说，近一二十年协和医院妇产科发展迅速，得益于林大夫对整个学科建设的周密布局，以及连大夫、吴大夫历届主任及前辈们的进一步发展建设。

“林大夫很有远见，在她那个年代已经把妇产科的几个亚专业进行了很好的设想。当时，宋大夫研究妇科肿瘤，连大夫、吴大夫搞妇科，姜大夫搞生理产科，尤大夫搞病理产科，葛大夫搞内分泌，孙大夫搞遗传，唐大夫搞妇科病理，这个布局是发展妇产科的基础，我只是发展壮大这个科室而已。”

从1964年毕业踏入协和医院妇产科大门，郎景和一干就是近50年。20世纪90年代，时任北京协和医院副院长的郎景和，受当时妇产科主任吴葆桢大夫病危之际所托，递交辞呈，回科接手妇产科主任一职。

“在吴葆桢大夫去世之后其实我还兼任了半年的科主任，但后来觉得不行，就把院长辞了。其实我自己主要还是一名临床大夫，看病是最重要的。”

事实上，从20世纪70年代开始，郎景和就一心扎入临床研究，与吴葆桢教授等一起深入系统地研究卵巢癌的发病机制、转移规律等。郎景和说，作为病死率最高的妇科癌瘤，常用两个70%来形容它的可怕程度，由于筛查和早期诊断较为困难，70%的患者就诊时已是晚期，而且70%的患者生存率不超过五年。1982年，郎景和和吴葆桢教授最早在国内施行卵巢肿瘤细胞减灭术，并把这项技术推向全国。20世纪90年代中后期，郎景和开始研究子宫内膜异位症，提出了“在位内膜决定论”阐述内异症的发病机制，以及“源头治疗说”，制订了规范化诊治方案。郎景和经常告诉年轻医生，医疗是主体，科研和教学是翅膀，没有这两者，临床工作就不能高飞远翔。

科普是责任

“保健靠自己，看病找大夫。”

从医近50年，郎景和救治的患者千千万万，直到今天，每周看一次门诊，几乎天天上手术台，为患有疑难杂症的妇女服务。然而，他并不满足于此。郎景和说，一个大夫每天面对患者的时间是有限的，而广大公众对健康防病知识的渴求却是无限的。从20世纪70年代开始，郎景和在林巧稚大夫的指引下，走上了医学科普宣传之路，撰写了包括《家庭卫生顾问》《家庭育儿百科大全》《女性健康全书》等深受广大读者喜欢的畅销书，如今出版各种科普专著近40部，500余万字。

“科普是一个医生的社会责任，有时一篇好的科普文章可使千百万人受益，这一点也不是每个医生都认识得到的。”郎景和说，对疾病的防治，目前存在着重治疗轻预防的现象，事实上，每个人都需要了解科普知识，学习各种健康常识，在对疾病有一定认识的基础上才能更好地懂得如何预防。即使那些遭遇疾病的患者，在对该疾病有更全面、清晰的了解之后，才能以正确的心态面对疾病，不至于过度恐慌。

不过，郎景和提醒，“保健靠自己，看病找大夫”，科普知识不能代替医生，患者不能给自己看病，因为医学是一门高深的技术，必须经长时间的临床实践经验积累才能给患者进行诊断和治疗。

郎景和对文学的爱好始于青少年时代，此后从大学到工作，他从未间断过文学写作。虽然医疗工作很忙，却时有诗词短章见诸报端，竟然可集结成册。他不仅是科普作家，也是中国作家协会会员，可谓多栖多产之士，人称既有诗人气质，又有科学家风度，真是再贴切不过了。他编著的《妇科手术笔记》成为全国妇产科医生喜爱的重要参考书，书中所展现的思想和意境已经远远超出了手术技术本身。

忆林巧稚大夫二三事

郎景和说，林大夫被称为“人民医学家”，作为一名平凡而伟大的医生，她全身心地投入到医学和妇女儿童的保健事业中。现今协和妇产科 90%的大夫都没见过林大夫，但她身上闪耀出的精神却永在。

魂系中华

林大夫出身于基督教家庭，她的父亲是一位很有名的英文教员，做过南洋巡抚的英文翻译，所以林大夫的英文特别好。她较早就接受西方教育，在英国、美国、奥地利等国家学习进修，多次辞退居留海外的重金约聘，坚持回到祖国的怀抱。后来有人问她为什么回来，她说“这大概是我的一种责任感，一种难以割舍的眷恋”。

预防为主　重视实践

林大夫非常重视预防，“妊娠不是病，妊娠要防病”是她的一句至理名言。她经常告诫我们，当一个孕妇有了问题找产科大夫，那么，大夫的职责已经丢掉了一大半；只会处理难产，却不会预防难产的产科大夫称不上好大夫。

医院和病房就是她的家

林大夫终身未嫁，不结婚其实很简单，没有时间。当时她的

办公室就在产房对面，产妇的一声不寻常的呻吟她都会敏感地听出来。外出开会，不是先回到位于东单的家，而是先到病房看看。有一次，她的一个女友结婚，林大夫穿好了旗袍准备出席婚宴，这时产房有事了，她只好对朋友说“对不起，不能去了”。

对病人的关爱无法比拟

林大夫受人尊敬，不仅因为她拥有丰富的临床经验，还因为她对病人无限的爱抚和关切。林大夫刚毕业的时候，妇产科还是一个美国人做主任，林大夫很习惯地拉拉病人的手，摸摸病人的额头，掖掖病人的被角……当时那个主任就对林大夫说，一个教授并不是靠拉拉手、摸摸额头就能当的。当时，林大夫说了一句“我喜欢”。有时候，产妇因为产程不顺，在待产室折腾，林大夫很自然地摸摸胎位，或者用耳朵直接趴在产妇肚子上听一听胎心，或者为她擦擦汗，产妇完全得到了安慰和信任，不哭不闹，产程也顺利了。林大夫认为，一个病人首先是你的孩子，是你的母亲，是姐妹同胞……

妇产科男医生

妇产科原属于外科，后成为一个独立的学科，仍归于外科系统，妇科在某种意义上就是女性盆腔外科。

有的基层医院将妇产科与外科共划一个病区；有的国家和医疗单位又将乳腺疾病划归妇科，如将乳癌划为妇科肿瘤。

我一直将自己视为外科医生。

当然，妇产科又有其特殊性，面对的全部是女性。

下面引用的是作家毕淑敏的文章，她也是医生出身，后来成为一名优秀的作家。这篇文章名曰《男妇科医生》，收录在她的作品自选集《大雁落脚的地方》（中国妇女出版社，1998 年）中。文章缘于她对我的一次采访，当时觉得很轻松，现在看来问答都比较严肃，有的问题的确很冷峻，我的“临场发挥”似乎还可以。

这里涉及妇产科医生的作为，故引述之。作为“如何做一个外科医生”的补充内容，征得毕大夫（这样称呼很亲切，是同行嘛！）的同意，个别处做了少许改动，有的地方还加了注解。

……

他坐在我对面，十分庄重。

他是一位男妇产科医生，在这个岗位上已经度过了 30 多个春秋。从翩翩少年到德高望重的医学权威。

全中国大约有9万名妇产科医生，其中男医生不到1/10。也就是说，在我们广阔的国土上，只有几千名男妇产科医生在这一特殊领域，专心致志地为女性工作着。也许比搞原子弹和航天飞机的人还少吧？

我只能用“庄重”这个词形容他，虽然我刚开始想用“慈祥”或是“温和”。不，“慈祥”太衰迈乏力了，而他不但叫人感觉到无惧可亲，还有一种很内敛的力量，预备着在危难中给你以期望和能够兑现的光明。

至于“温和”，他毫无疑问是和蔼的，但“温和”似乎太单纯、平淡了一些，而对这样一位深谙生死和女性秘密的科学家，你断定自己将得到哲学和生命的启迪。

对话中我的问题时有冷僻和挑战，但他始终是从容不迫和安详的。于是想，在鲜血淋漓的手术台上，面对泛滥的癌肿，他一定也这般神闲气定。

问：作为一名男性，您为什么挑中了妇产科？好奇还是组织决定？

答：那时我是刚刚毕业的大学生，当实习医生。当征求去向的时候，我填写了外科和妇产科。我比较喜欢外科的手起刀落，更爽快和当机立断，有间不容发、治

病救人的成就感。

我在国外做研究工作的时候，看到过麦德伍德先生的一句话。

“有两种男人做了妇产科医生。一些是对妇女有一种特殊的敏感和关心，而另一些则是十分谨慎，因为要判断病人是很困难的。换言之，他们处理的每个病例和操作，都不会发生在他们自身。当他帮助病人度过分娩阵痛、卵巢癌、乳癌的时候，他可能存在一定的隔距，因为他知道，他是绝不会有此种经历的。”

（原话是：There are two kinds of men who go into obstetrics and gynecology. Some of them have a particular sensitivity and caring for women. But then there are others who do it precisely because it's difficult for them to identify with female patients. In other words, every disease he treats is a disease or a process that could never happen to him. When he's helping a woman through a painful labor, or ovarian cancer or breast cancer, he can have that detached stance because he knows he'll never be sick that way.

From M. Medved：*Hospital*）

我想我是属于非常谨慎的那一类人。但我并不认为医生治病的经验仅仅来自感受。你没有得艾滋病，但你要摸索出治疗它的方法。要是只有得过很多病才可以当医生，那么医生早就死光了。

问：随着社会的进步，越来越多的女人要求在手术时保留她们的子宫。您怎么看？

答：以前的病人很惧怕医生，基本上是医生说什么，她们就服从。但是现在不一样了，病人常常提出她们特别的想法。子宫是一个很不平凡的器官，它既关乎本人的机体，也关乎后代。有没有孩子这件事，会影响女人、男人，甚至上下几代人、娘家、婆家……所以这是一个很慎重的问题。我认为，医生不是修理机器的管道工，面对的不仅仅是一个生了病的器官，而是一个完整的、有血有肉、与周围有着千丝万缕联系的活生生的人……摘不摘除子宫，我主要是依据病情，综合家庭、生育情况、年龄等等因素。昨天一个病人强烈要求保留子宫，她对我说，要是切掉了子宫，她就得崩溃……我说，你留下它，就是在身体里埋着一颗定时炸弹。作为医生，我无法答应这种请求。但是你可以到其他医院再看看、听听别的医生的建议。

我的实际意思是——如果你要坚持保留，可以另请高明。因为这也关系到我作为一个医生的原则问题。但话不能那样说，不委婉，对病人太刺激了。当医生的，也应该是语言大师。后来她思索再三，还是接受了切除子宫的手术。我不是一个手术狂。切除是破坏，当可以避免或是能缩小它的危害时，我必尽力而为。我曾经为一个病人在子宫里剔除了 200 多个肌瘤，剔出那些大大小小的颗粒，当然比一揽子切除子宫费时费力。操作很麻烦，像在一团海绵状的橡胶里抠除豌豆。这个项目的世界纪录，由英国医生保持着，从子宫里一下剔除了 300 多个肌瘤，我们还不曾打破它。

问：在医院，谁是中心？病人？还是医生？或者护士？

答：现在提倡，在医院里病人是中心。

据说医务人员态度不好，可以到消协投诉。

但医生不能等同于饭店服务员、汽车售票员。他所提供的服务，不是普通的商品，而是一种极为特殊的、和鲜血生命联系在一起的宝贵物质。

医生作为一个行业，是十分崇高的。当然这并不是说看不起普通劳动者。以前那个卖糖的张秉贵老人活着的时候，我常到他的柜台前站着，并不买糖，只是远远地看他举手投足。他微笑着向顾客问好，优美地一抄手，把顾客要的糖一块不多一块不少地抓到秤盘里。那种严丝合缝的劲儿，叫你涌出许多感慨。精致地包扎，微笑着送给你……动作的连贯流畅，叫你顿悟工作是一种享受；敬业的美丽与庄严。

问：当你在台上做手术的时候，是何感觉？

答：我渴望手术。那种充满血腥和药气的氛围，极端安静。没有电话、聊天、无关的话题。没有敲门声，不会有人无端地闯进来，用莫名其妙的事干扰你。你全神贯注，被一种神圣感胀满，很纯净，没有丝毫犹疑，就是全力以赴地救治手术单下覆盖着的这条生命。主刀的时候，妙不可言。所有的人以你为核心，

完全服从你的指挥，没有讨论和敷衍，不扯皮。你甚至是很武断的，像至高无上的舰长，其余的人只是水兵。遇到危险，你必须当机立断，操纵着潜艇，在血泊里航行，威武豪迈，有一种“得气”的感觉。

（我常将手术者譬作潜艇司令，其原文如下：h surgery，you have to live with your decisions. Once you're at the operating table there isn't an opportunity to fall back on anybody else's judgment. It's like a submarine commdander.You get used to giving orders and keeping everybody moving along. It doesn't mean that there can't be levity or humor，but you knows you're the guy in charge. Since you're living by your own judgment almost all the time you get very distrustful of anyone eles's judgment. And that makes surgeons difficult for people to get along with.

From M. Medved：*Hospital*）

问：你认为不送红包，医生会不尽心做手术吗？

答：你觉得给医生送红包，医生就好好做手术；反之，就不负责任，很难想象。在技术上几乎不成立，因为无法操作。别的行业可能会有一个尺寸、一个波动的范围。给了钱，我就尽心尽意给你办，不给钱，就拖着不办。医生只要一上了手术台，是没有选择的。起码在技术上无法掌握这个幅度。不可能故意不给病人好好做手术，给他点厉害瞧瞧，恰到好处地增添某种痛苦，并不危及他的生命……不，手术无法那么精确地控制，吉凶未卜，台上什么事都可能发生。

问：对于毫无背景的病人，你能否一视同仁？

答：你说的是关系户吧？在我们的登记卡片上，有一行小小的注释，标明这个病人是某某介绍来的，那个是谁谁的门路。我有的时候很奇怪，怎么几乎所有住院的病人，都能通过各种关系找到内部的人呢？例外也是有的。有时我会在卡片上看到一位老太太，名字下有一片空白。就是说，没有任何人打过招呼，完全是因为病情笃重，自己住进来的。我就说，现在我同你们打招呼，她没有关系，我给她一个关系——就是我。请特别关照。

当然，我也碰到过给首长的夫人做手术，被人反复叮嘱的时候。我只能回答说，我会特别当心，不要出什么事情。我能做到的就是这些。

问：你当了这么多年的医生，经历了无数的生死，对人生怎么看？

答：我倾向于听其自然。作为每一个人，要注意健康，善待生命；作为一个医生，要竭尽全力去保护健康，拯救生命。有的时候，一切人力都无效，生命自有它的轨道。我经常写一些科普著作，当然我在书里不会这样说。我会告诫大家减肥，不要养成某些不良习惯，比如酗酒、抽烟等等。但我自己从来不吃什么补品，病人送给我的补品，因为自己不喜欢补，所以也不愿用它送人，时间长了就招了蚂蚁。我也没有特殊的保健措施，不抽烟，是因为不喜欢那气味，如果接受那味，也许会抽的。我喜欢紧张的活动，白天很忙，几乎没有思索的功夫。我的格言是——紧张有力量。晚上下班回家的路上，是我一天最惬意的时候，骑一辆26型女车，气不足……

问：是特意不把气打足，还是车胎慢撒气？

答：故意不把气打足。这样骑不快，有利于想事。我的很多文章，都是在路上慢慢酝酿出来的。

问：你提到病人送礼品，你是否经常需要病人的感激？当然我指的不是纯物质上的。

答：我通常不接受病人礼品，但不绝对。比如一个病人出院几个月后，请我吃一顿便饭，我会接受的。从医这么多年，从病人一个眼神、一个动作，能看出她是否真心诚意感谢你。医生的劳动需要别人的承认和肯定，需要病人由衷的感激。我不喜欢那些表层的感谢之词，哪怕是很贵重的礼物，如果里面没有蕴含真挚的情感，我也不看重。医生在高强度的生死搏斗中，和病人是战友。他需要病人对花费在他身上的心血和劳动，予以理解和敬重。

问：如果有来世，你还会再做医生吗？

答：会。我的两个孩子都不做医生。他们说，不要说自己干，就是从小到大看着你这般辛苦，看也看得累了。医生每天看到的是痛苦和呻吟，听到的是病人的主诉，承担的是责任和压力，医生的工作是很枯燥的。但我会继续做医生，我从这个行业里，学到了很多东西，懂得了如何尊重人。科学家也许更多地诉诸理智，艺术家也许更多地倾注感情，医生则必须把冷静的理智和热烈的感情集于一身。

问：我想提一个比较敏感的问题，做妇产科医生，接触的是女性特殊部位。作为男性，是否经受特别的考验？

(一个很刁的问题)

答：这个问题还从未有人问过我。

在生活中，我是一个和常人一样的男子。当我穿上白大褂，就进入了特殊的角色。我是一名医生，我会忘记我的性别，或者说，我成了中性人。白大褂有效地屏蔽了世俗的观念，使我专心致志地面对病人。白大褂对我有象征的意义，是一身进入工作状态的盔甲。当然，还有一些特别需要注意的规矩，比如，为病人检查的时候，必须有其他女医务人员在场；从来不同病人开玩笑，哪怕彼此再熟，也要矜持把握。

对于女性的生殖系统，当我工作的时候，只把他看作是一个器官，仅此而已。这对一个敬业的训练有素的医生来说，不是很困难的事。就像一个口腔科医生，让女病人张开嘴，想看的只是她的牙齿，而不是要和她接吻。这些年来，我看过无数的病人，好看的丑陋的，肥胖的消瘦的，妙龄少女或是白发苍苍的老媪……在我眼里，她们都是一样的：都是我的病人。

问：妇产科的男医生，会不会碰到障碍？

答：有些女病人不愿找男医生，这在我年轻的时候感觉比较明显。现在年纪大了，在大城市里不成为很大的问题了。我刚当医生的时候，战战兢兢，因为没有经验。但病人把希望寄托在医生身上，使人压力很大。你比她年纪小，初出茅庐，但她依旧毫不犹豫地把一切告诉你。病人把年轻的医生当成长者，把平凡的医生当成圣人。后来，有了一些经验，胆子大一些了。但医生当得年头多了，又战战兢兢起来，感到生命脆弱、责任重大，医生被赋予特殊的意义，但我知道自己很普通。好像一个怪圈，又回到了原地。

问：你治疗了多少病人？做过多少手术？

答：不知道，没计算过。有人会精确地计算，有人大略地估计，比如一天大致做了几例手术，一年大约多少天，算出总数。我从来没有计算过。

问：你见过这么多女人，你以为对女人来说，最高贵的品质是什么？

答：(毫不迟疑地)善良，其次是美丽。

问：最后有一个纯属私人的问题，请教于您。我有一位关系密切的女友，各方面条件都很好，大龄、未婚。有人给她介绍了一个男友，也是处处优异，工作为妇产科医生。她无法接受，理由是他对女人懂得太多了，没有神秘感就没有幸福。我觉得这有些先入为主，劝她。她说，你又不是那个男医生，你如何知道他们的心？

答：幸福和神秘画等号吗？什么东西最神秘？是肉体吗？我以为最神秘的是人的思想，身体没有什么可神秘的。女人只靠身体的神秘感吸引男人吗？当身体不再神秘以后，幸福在何方？人的感情是最神秘的，有感情才有幸福。

从医启示录

【医生】

科学家也许更多地付诸理智，艺术家也许更多地倾注感情，而医生则必须集冷静的理智和热烈的感情于一身。

【同情】

医生对病人的同情不是用眼泪，而是用心血。

【洁净】

人们说医生的工作是最干净的：洁白的衣帽、严实的口罩、消毒的手套……但他却要和血、脓、病菌、癌瘤……打交道。唯其如此，才需要最干净。

【慰藉】

医生每天接触的是：病人的痛苦、呻吟、各种各样的难过和诉说。唯一能够使医生激动和慰藉的是：病人痊愈出院时那淡然的一笑。

【忏悔】

再年轻的医生，在病人眼里也是长者，他肯向你倾吐一切；再无能的医生，在病人眼里也是圣贤，他认为你可以解决一切。

医生之难也就在这里。

【外科医生】

多数外科医生都是有些主观专断的。在外科，你必须依你自己的决定行事。手术台上，你没有很多时间和机会退下来听取旁人的评判。这正像潜艇司令，你总要随时发号施令使每个人活动起来。这不意味着外科医生可以少与他人商量，或者不可有点轻松和幽默，但外科医生比内科医生有更多的冒险性。因为，这种紧张却通常是要立即做出决定的工作性质，使外科医生不愿意听取别人的意见，显得较难相处。遗憾的是，把这一“毛病”改造殆尽的外科医生又大半是谨小慎微的君子了。

【年轻医生和老医生】

刚毕业的年轻医生，在工作的头几年主要是实践在医学院所学的理论，属于临床训练阶段。而成为一名有经验的成熟的医生之后，又可能变成了忙忙碌碌的实践家或匠人。我在一本书上看到这样一段话：实习大夫什么都知道，可是什么都不会做；外科医生什么都能做，可是什么都不知道；病理学家说起来什么都知道、什么都会做，只是太晚了。（英文原文是：釕nternst know everything, but do nothing. Surgenos know nothing, but do evering. Pathologists know everything and do everything, but too late.）

这话当然有失偏颇，也过于绝对，病理结果作为最后诊断也并不都是“马后炮”。但无论年轻医生或是年老医生都有自己的缺陷，都得坚持实践、更新知识。

【神圣】

与其说医生在病人面前是神圣的，毋宁说病人在医生面前是神圣的。

孩子再年少，医生也要像对老人那样尊重他；老人再年长，医生也要像对孩子那样关照他。

【角色】

医生要进入“角色”：病苦和欢乐与病人完全“合拍”。

【老师】

诚然，医生不可能遭遇所有疾病，医生的经验是病人给予的——病人是医生的老师。

【切口】

手术之前，病人常常要问医生：“大夫，您要给我作多大的切口？”——他所能关心和想象的，恐怕也只是这道切口。外科医生对这一提问常常不以为然。

手术之后，病人还是要问医生：“大夫，您给我缝了几针？”——他所能关心和看到的也只是这条瘢痕。外科医生会说，我缝得很密，就多几针；我缝得稀，就少几针。重要的是里面，里面的针数可数不清楚……

里面缝了多少针，缝得怎么样，病人没法知道，他只看到这条疤痕——大夫留给他的“签名”和永久的纪念！

外科医生，无论如何也不该小视切口。

【快乐】

我很欣赏这条消息，并常以此炫耀与自慰。美国一家报社办过一次《在这世界上谁最快乐》的有奖征文，其最佳答案有三个：

一，历经风险开刀后，终于挽救了危急患者生命的医生。

二，忙碌了一天，为婴儿洗澡的妈妈。

三，作品刚完成，自己吹着口哨欣赏的艺术家。

医生的甘苦能为人所知、所理解，足矣！

【专家】

专家是令人尊敬的，他们对一般医生所不知道的事情，知道得越来越多；

专家有时也令人惋惜，他们对一般医生所知道的事情，却知道得越来越少。

【处女膜】

处女膜及其完整与否，终究是个解剖学问题——尽管人们更看重其所反映的伦理观念及女人的贞操。

【并发症】

有一句话说得好：并发症的预防是须臾不可忽视的。

因为当我们做得非常多，经验丰富起来的时候，又会像做得非常少，缺乏经验的时候，容易出现问题——你遭遇的概率和困难将会增加。

【位置】

世间的很多麻烦是因为位置没有搞对。做手术时，病人的体位尤为重要。

【解剖名称】

像任何命名一样，解剖学上的名词并没有刻在身体的哪一个部位上，而是刻在解剖学家和外科医生的脑海里。

【清除淋巴结】

清除血管上的淋巴结，就像高空走钢丝……

【身体】

身体是一尊生命的山，有流动着的江河和静止的湖泊。

【子宫肌瘤剔除】

在做子宫肌瘤剔除术时，请记住农夫的话：在收获后的马铃薯地里，我们总可以找出遗留的马铃薯。

【对称器官】

尽管我们有一双眼睛、两只手、两条腿，但谁都知道，它们弥足珍贵。

【破坏与建设】

破坏是单纯的，而且相对容易——比如切除组织或器官；
建设是多种多样的，而且困难得多——比如修整与康复。

关于六六的小说《心术》①

现在，我几乎没有时间和耐心去读小说了。《心术》写了医院和医生，让我们关注和面对。

只是翻一翻，浏览一下，倒是认真听了同道们的读后演讲。

大家这么忙，能认真地读小说，还有这么多议论，就很值得赞许了。

作者提出“信、望、爱”三个最重要的字，而且认为最好的诠释在医院。这一观念让人感动，特别是在现在。

似乎又觉得作者并没有阐述得太清楚或很完全，因为她毕竟不是医生或护士。

信是什么？信是信任，信是信念。

社会上，人与人都需要相互尊重，彼此诚信。否则，不仅仅是医生与病人，不论在任何地方，不论做任何事情，都是非常可怕的、悲哀的。

人们无论从事何种职业都应有信念，就是事业心，即追求的目标。而医生的信念或目标是最神圣的，仁心仁术、救死扶伤啊。

①作者写于2010年11月30日。

望是什么？望是期望，望是守望。

公众对医者的期望是深重的、无限的：好的态度、好的技术、好的诊断、好的治疗、好的结果……

但医学相对落后，人体的未知数最多，医治乏术乃为常见。

有时是治愈

常常是帮助

却总是慰藉

医者得承认，患者得理解。

医生是医学之魂的守望者，医学之魂是人类善良情感的表达，是对病患的救助。

病家的期望和医生的守望应该是一致的，合拍的。或许也会发生偏离，或错位，需要相互沟通与理解，并各自省身，换位思考。

爱是什么？爱是关爱，爱是友爱。

医者和病者是战友，共同的敌人是疾病，应该没有利害关系或利害冲突。医圣希波克拉底早已有言，医术包括三个因素：疾病、病人和医生，病人必须和医生一道对付疾病。

体制改革显然是必要的。

医生诊治病人的第一张处方是关爱，也永远是任何处方的桌面。

再谈小说——

很多医生当了作家，甚至革命家：孙中山、鲁迅、郭沫若、契诃夫……他们想医治或改革社会，“直面惨淡的人生，敢于正视淋漓的鲜血”（鲁迅）。只可惜，他们都没有为医学，或者为医生说点什么。

也许，那个时候人们对于郎中、大夫、先生的尊重几乎没有什么问题，曾几何时，不知道为什么，医生或医患之间竟成了现在这个样子！

我以为医生载负着、体现着社会的精神道德底线，医生、公众与社会都应该维护它。

我也希望作家们要像六六一样深入到医疗领域中来，真正地了解医生和护士，真正地认识医学和医疗。医患关系、医疗问题发生在医院，却是个社会问题。

关于以医生和医院为题材的小说、影视并不少，如阿塞·海利的《最后诊断》《昏迷》《护士日记》《生活的浪花》《人到中年》《急诊的故事》《外科医生》等，医生与护士的形象都很不错。讴歌的《协和医事》，材料很丰富。

我还希望医务人员也应该拿起笔，如同我们拿起手术刀，“解剖别人，也解剖自己——鲁迅”，针砭朽腐，痛斥丑恶，鞭挞落后，揭露伪善，弘扬正气，重塑医患关系，促进社会和谐。

我期望我们要保持对医学人文的眷顾，营造医学活动的理性境界，完善天使的形象，救赎仁爱的诺亚方舟。

《念念有词》前言与后记[①]

《念念有词》前言

我要编一本类似《魔鬼辞典》的书，始由于读《新牛津魔鬼辞典》，该书 1997 年 3 月出版第 1 版中译本，共 950 条。我于旅途中批注，竟达百款余。后又得美国安·比尔斯《魔鬼辞典》，2002 年 5 月第 1 版中译本出版，词条逾千。两部书都不错，前者体现英国幽默，后者乃蜚声国际的另类智慧。可惜英美幽默不是中国幽默。

比尔斯卒于 1914 年，几乎一个世纪过去了。

于是，我想重新编撰之。可是因为太忙，只能利用旅途空闲。却也没有着急，时辍时续，集腋成裘，滴水成河。反正词条也无连续性。从 1998 年至今七个年头了。

这本所谓“辞典”，可以认为是对社会、人、事物的一种另类思考。我想把它写成一种后现代文化与智慧的表达，一种脱俗的，似不经意的，但应该是深刻、泼辣的理性认识。它也许是一种调侃，并非庸俗的黑色或灰色或黄色幽默。它可能看似怪异，

①作者写于 2005 年 12 月。

但却着力维护人性，维护真、善、美，揭露虚伪、空话、大话、套话的假、恶、丑，用意于分清是非，明辨荣辱。魔鬼正是天使，乃是天籁与上苍的垂怜。但或许我难兑初衷。

任何时期或社会的人类文明都是有缺陷的；任何人或人群的天性都是有弱点的。这种缺陷并非仅仅是社会学家、政治学家要解决的问题。但人性的弱点，若在社会改造者身上，该是多么可怕！

并不是每一个词、每一句话都是可以幽默的，但也并非不能使每一个词、每一句话发生幽默的。

诚如前述，本辞典完全利用旅途上做不了别的事，打发时间的半瞌睡状态和颠簸中完成的，不要任何参考书，只是“兴之所至，笔即随之”。而平时是不可能，也没有时间去想、去写的。于是，只能是“魔鬼”辞典，毕竟可以“念念有词”。

《念念有词》后记

在过去的七年里，我总感觉身后背的这个囊袋——我必须不时把有些东西装进去。而我又总是行色匆匆，忙碌于繁杂、多风险的工作，常常顾不上肩背的重负。我只能“向前走着，走着，看到花朵，脚步就慢下来。”（但丁《神曲》）或者把思想的碎片积累、压熨起来，以备不时之需。可谓多采撷多沉淀，过后再思量。

于是，我更习惯、更愿意在旅途中做这些事。没有电话呼叫，没有敲门打扰，可以睁眼看看窗外，琢磨这个世界；也可以闭目遁入自己的王国，发号施令于遐想的仆臣；也可以稍微环顾一下四周的人群，他们的眼神，他们的说笑……这时，可以什么都想，也可以什么都不想。这时，我也就可以填写我的词条了。

这个世界，当然是很美好的，那么多可歌可泣的英雄壮举，那么多动人心魄的爱情故事。但对于一个人的人生却又充满艰辛，甚至历经磨难。况且，我们这个世界也从未安宁，有战争、杀戮、恐怖、瘟疫、水患与地震……我们的社会也有欺骗、阴谋、贫穷、愚昧、腐败与暴力……乃至于此，我们捧读泰戈尔的《游思集》、列夫·托尔斯泰的《智慧历书》，就会感到心灵的安宁和思想的明澈，也仿佛那高塔的钟声神飞辽阔。

实际上，当我遴选和编撰词条时，都是想寻找一个与先哲们对话的内容，或者也是与世人们切磋某种观念。我只是想把这种对话和切磋变得生动有趣，至于这些观念是否完全正确则属仁者见仁、智者见智了。我的一个重要出发点是让我们的生活，让我们的人际充满善良、平静、满足与快乐。我们的良知、智慧和意志实际是在这种和谐的氛围中诞生的，并又溶化于这种氛围。

每有机会，或在家里，或在车上，我会念上几段词条，妻子、儿女或同事、朋友听后，觉得还有点意思，对有的说好，对有的说不好，或提出批评、建议，这也是“群众路线”，或如我们科学研究的“预试验”，不无裨益。

书成后，赘上如许多余的话，并未臻不尽之意。

解剖的精神①

“并不是每一个词、每一句话都是可以幽默的，但也并非不能使每一个词、每一句话发生幽默的。”这是郎景和大夫在这本书的序言里说过的话，其实也是这位聪明人，这位有心人，写作这本书的文学目的。正是这本很值得捧读的幽默读物，使我们感受到这位善于另类思考的人的睿智、颖悟，以及他对人生、对社会，对世间事物的看法、评价。洋洋洒洒，十数万言，言简意赅，引人入胜。在得到启迪、得到教益的同时，绝对也是一次身心轻松的阅读体验。

我很钦佩他，因为他首先是大夫，其次才是作者。他是位声隆望重、遐迩知名的大夫，但并不影响他对文学的热衷、对写作的兴趣。一个人同时做两件事，而且做得很好，这是谈何容易的事。因此，我佩服他饱满的精力，我赞叹他不倦的努力，我欣赏他知识积累的广博，我更羡慕他永无止境的追求。这本《念念有词》，虽然他断断续续写了七年，但今天阅读起来，似是一气呵成，浑然天成。看起来，点点滴滴的精华，汇在一起以后，如涌泉之汩汩，如碧水之漾漾，也是精彩纷呈，美不胜收的。若不是

①本文系李国文先生评郎景和的《念念有词》。

具有充沛的创作元气，具有宏廓的思辨才能，是很难一以贯之，质量并佳的。我很喜欢这本书，尝鼎一脔，便很想让更多人分享阅读这本书的快乐。

虽然郎大夫说他这本书是“兴之所至，笔即随之”的产物，但他“着力维护人性，维护真、善、美，揭露虚伪、空话、大话、套话的假、恶、丑，用意于分清是非，明辨荣辱”的作家良知，却是贯彻始终的宗旨，也是这本书的价值所在。尤其体念到他作为一位在医学领域中获得很高成就的医生，在北京协和医院工作40多年，是中华医学会妇产科分会和中国医师协会妇产科分会的双会首脑，是中国妇产科队伍的领军者，你马上会联想到，当他放下解剖刀、走下手术台之后的那一会儿，拿起笔来从事他精神财富的创作，当他浮想联翩、萦神思索，或审文度意、构思推敲，由医生而作家之际，这种角色的转换，那应该是怎么样的状态呢？我认为他的灵魂深处，是脱不掉他医生职业的白大褂的。他选择了这个职业，便是永远的终其一生的医务工作者了。也许有一点点不同，他在手术台上，拿着解剖刀，面对的是病人；而他拿起笔，奋笔疾书，面对的则是整个社会。社会像人一样，它的机体也会生病的，有时会生很严重的病。郎大夫在序文里就这样写过：“任何时期或社会的人类文明，都是有缺陷的，任何人或人群的天性，都是有弱点的。”缺陷也罢，弱点也罢，这就是社会的病。

医生拿解剖刀，针对是个别的、具体的病患，而作家拿起笔，则是针对社会的整体病象。所以，鲁迅先生到日本留学，本意是想学医的，后来他觉得治疗国民精神上的创伤，是他更应该去着力的去向。于是他成为中国“五四运动”以后新文化的健将，一生以他只需五分钱即可买到的“金不换”便宜毛笔，针砭朽腐，痛斥丑恶，鞭挞落后，揭露伪善，铮铮然体现出民族脊梁的伟大形象。其实，我们不难看出郎大夫的这本《念念有词》中的鲁迅笔法，更看到他行文中流露出来鲁迅名作《热风》的余韵。有研究者认为，鲁迅先生的文章所以有“一杖一条痕，一掴一血”的力量，是与他早年东渡日本学习医学所受到的基本训练有关系。同样，郎景和在这本充满解剖精神的作品中，是他以一个医生看病人的目光，锐利，深刻，细致，准确，来观察社会。所以，抓住关键，切中要害，言必中的，力透纸背。

这种类似《魔鬼辞典》的写法，必须要风趣，要生动，要精辟，更要幽默。郎大夫的这本书，其实是在追求一种中国式的幽默。而幽默，又是和一个人的文化、修养、这本书，从那种令人会心一笑的、精神世界密切相关的。我读了他的在心底里回味很久的幽默中，那种越琢磨越有趣、越琢磨越有味、闪烁着智慧火花的幽默中，我也更了解这位笔似解剖刀那样犀利的医生作家了。

悠山美丽①

这是一本地道的杂文集，文章从形式到内容风格各异，有正襟危坐写成，亦有随心随性而作。这不是一本医学专业书，但却关乎医学的本源。讲述的是医界大家的医学人生，更展现了一幅立体灵动的生活画卷。

与通常的次序不同，这本书我是从最后一章看起的。这一章《字词别意》，其中不乏精辟犀利的点评，也有诗意款款的吟咏，但大多时候是轻松幽默论雅事儿俗事儿正事儿闲事儿。时时灵光闪现，却无半点矫情。嬉笑怒骂之间，作者的率真、善良、正直力透纸背。“兴之所至，笔即随之”之作，让人读来却不忍罢手。笑谈调侃之际，与作者一同“在智慧中获得童年”。

然后是《序跋精选》。给人写序写跋，后竟喧宾夺主的事儿历史上也曾有过。20世纪初，著名军事家蒋百里先生曾写一本《欧洲文艺复兴史》，要梁启超来作序推介。梁启超欣然应允。而梁公做学问却是认真得很，那序文一下笔便就刹不住车了。待到写就，回头一看竟有数万言之多，洋洋洒洒，与原书一样长，难以

①本文为王姝读作者的《外科解剖刀就是剑》读后感（2009年春节前）。

印在书前。本是序文，倒成了东西文化比较的专著，只好独立出版。到该书出版时，梁启超却要叫蒋百里来为这“序”再写一序，成为出版界和书界的一段佳话。本书的这一章有作者自序，有应邀作序，有科普人文书籍，也有医学专业书著。各书的内容多不相干，但序跋成书后竟如一气呵成毫无生涩拼凑之感。作者曾说过，很多人没有看序跋的习惯，但他喜欢看，因为其中确实不乏精品上品，对整本书产生“立刻点亮”的功效；其次，为书写序写跋一方面要不负作者的信任，也应为读者尽点责任。所以，作者的文中少了应酬应景的浮夸和空谈，却见他用心中肯点评专业进展，用情倾力推动学科进步。可能就是这种一以贯之的用心用情，让前后跨度几十年内容迥异的文章，在今日看来却也脉络清晰、浑然一体。

再说说《科学杂记》。这部分说科学，但又似乎更关乎科学以外的东西，或者说郎大夫对“科学”的诠释不仅是科学本身，而关乎科学的孕育、诞生、实施、应用、效果以及缺陷等。独立研究的时候要严谨求实，更要耐得住寂寞；合作攻关的时候要谦虚大度，开诚布公；面对成功荣誉要戒骄，遇到失败挫折应戒躁。医学这门特殊的科学，无论是施术者或受术者，都面临更多不确定性，承担更多风险。唯其如此，这门科学需要更沉静专注地研究，更冷静全面地决断，更小心翼翼地施行，更耐心安静地等待，以及视如己出的关爱。正如郎大夫所说，面对疾病和病人，“有时是治病，常常是帮助，却总是安慰”。事实上有些时候，一剂药物和一份关爱到底是哪个缓解了病情治愈了病患，或者说二者孰重孰轻权重几何都很难衡量。

医院是个有点儿奇怪的地方，医生接触一个特殊的人群，或者说是人群的特殊状态，而医生本身因为经历背景、工作环境等看问题的角度就有那么点儿不一样。在这么个有点儿奇怪的地方，听到遇到些特殊事儿，再从有点儿不同的角度一看一琢磨，有时真是五味杂陈，引人慨叹。倒是“世态”冷暖不可预料，“人情”厚薄不必计较。毕竟，让人感动的大小事儿也时有发生。记得那天在跟随郎大夫上门诊，一个患先天性阴道闭锁的十二三岁的小女孩被母亲领着来看病，宫腔内的经血无法流出，越来越胀大的子宫引起周期性的严重腹痛。郎大夫以他一贯的和蔼耐心问诊，查体过程中小女孩儿不舒服不太配合，郎大夫却说“咦，你的鞋子真漂亮呀，是谁给你买的呀”，以此转移她的注意力，小女孩很快安静下来，检查顺利结束。小女孩看完病，临走时她妈妈很感激，让小女孩儿跟郎大夫道别。小姑娘歪着头看了看，用她真正称得上是银铃般的声音说“郎叔叔再见”，那位母亲有些尴尬地说“要叫郎爷爷”，小姑娘很固执地没吭声。当小姑娘被母亲领着快出门时，又回过头大声地说“郎叔叔再见”。在一旁的我们都笑了，郎大夫也有点不好意思地冲小孩儿摇摇手说“再见再见”。当时的这一幕让我时时想起：真诚的关爱可能只是一句拉家常的话、一个搀扶的动作、甚至一个温和的眼神，都能让人深切地感受，就像郎大夫；而善良的人总会以她自己的方式向你致谢致敬，就像这个小姑娘。

把《从医感悟》放在最后看，许是因为这中间承载的东西太重太多，让我这个学徒阶段的年轻大夫觉得诚惶诚恐。也因为这是郎大夫40余年从医生涯的思想精粹，更可以说是所有医生培养道德修养和人文修养的尚方宝典。每一次阅读都感动不已，每篇文章都获益颇多且彼此不同。早先在《妇科手术笔记》中读到郎大夫的这几篇文章，觉得其中蕴含着一种无形的巨大引力和动力。之后慢慢明白，这源于医学和临床工作本身的魅力，她足以让医学生像文学青年热爱迷恋文学一样对医学产生热情和兴趣，让青年医生有勇气甘于付出青春和才华全身投入。这些文字就好像郎大夫办公室的铃儿，让人在困顿之时清醒头脑，在低萎之时振奋精神，在惶惑之际明晰方向。在简单的鸣响中快慰，在平静的思考中领悟教益。

铃儿高悬，就好像整本书里溢满纸面浓烈的感情，对医学事业的热爱，对师长同道的敬重，对学生晚辈的厚望，对病患的关爱尊重，都要在铃儿的轻灵叮当声中，变得深邃平静、变得辽远空阔，回归到悠山美丽的满足与快乐中去了。

图书在版编目（CIP）数据

一个医生的人文 / 郎景和著.
—武汉：湖北科学技术出版社，2015.4（2016.1，重印）
ISBN 978-7-5352-7674-2

Ⅰ.①一… Ⅱ.①郎… Ⅲ.①随笔—作品集
-中国-当代 Ⅳ.①I267.1

中国版本图书馆 CIP 数据核字(2015)第 066682 号

出版人 何 龙
策 划 何少华 陈兰平
责任编辑 陈兰平
封面设计 戴 旻
责任印制 朱 萍 王冬生

出版发行 湖北科学技术出版社
地 址 武汉市雄楚大街 268 号
（湖北出版文化城 B 座 13～14 层）
邮 编 430070
电 话 027-87679439
网 址 http://www.hbstp.com.cn
印 刷 武汉市金港彩印有限公司
开 本 787×1020 1/16 26 印张 4 插页
版 次 2015 年 4 月第 1 版
2016 年 1 月第 2 次印刷
字 数 280 千字
定 价 88.00 元